UWE KLAUSNER

Stasi-Konzern

REPUBLIKFLUCHT Berlin, 9. Oktober 1964. Bei einem konspirativen Treffen mit einem Boulevardreporter im West-Berliner Wilde-Park wird Gerd Czerny, Major des MfS, von einem Unbekannten niedergeschossen. Der Grund: Czerny ist im Besitz des derzeit größten Staatsgeheimnisses der DDR und hat es sich zum Ziel gesetzt, Stasi-Chef Mielke vor aller Welt bloßzustellen. Die Chancen dafür stehen recht gut, verfügt er doch über Dokumente, aus denen hervorgeht, dass der Grenzsoldat Egon Schultz – östlichen Angaben zufolge von einem Fluchthelfer erschossen – in Wahrheit den Kugeln eines Kameraden zum Opfer fiel. Eine Tatsache, die unter keinen Umständen an die Öffentlichkeit und schon gar nicht in die Hände der West-Berliner Presse gelangen darf, für die der von Stasi-Chef Mielke unter Verschluss gehaltene Obduktionsbericht der Charité mit Sicherheit ein gefundenes Fressen wäre …

© privat

Uwe Klausner wurde in Heidelberg geboren und wuchs dort auf. Sein Studium der Geschichte und Anglistik absolvierte er in Mannheim und Heidelberg, die damit verbundenen Auslandsaufenthalte an der University of Kent in Canterbury und an der University of Minnesota in Minneapolis/USA. Heute lebt Uwe Klausner mit seiner Familie in Bad Mergentheim. Neben seiner Tätigkeit als Autor hat er bereits mehrere Theaterstücke verfasst, darunter »Figaro – oder die Revolution frisst ihre Kinder«, »Prophet der letzten Tage«, »Mensch, Martin!« und erst jüngst »Anonymus«, einen Zweiakter über die Autorenschaft der Shakespeare-Dramen, der 2019 am Martin-Schleyer-Gymnasium in Lauda uraufgeführt wurde.

Alle Bücher von Uwe Klausner finden Sie unter
www.gmeiner-verlag.de

UWE KLAUSNER

Stasi-Konzern

TOM SYDOWS SECHSTER FALL

GMEINER

Immer informiert

Spannung pur – mit unserem Newsletter informieren wir Sie regelmäßig über Wissenswertes aus unserer Bücherwelt.

Gefällt mir!

Facebook: @Gmeiner.Verlag
Instagram: @gmeinerverlag

Besuchen Sie uns im Internet:
www.gmeiner-verlag.de

© 2014 – Gmeiner-Verlag GmbH
Im Ehnried 5, 88605 Meßkirch
Telefon 0 75 75/20 95-0
info@gmeiner-verlag.de
Alle Rechte vorbehalten
5. Auflage 2024

Lektorat: Claudia Senghaas, Kirchardt
Herstellung: Mirjam Hecht
Umschlaggestaltung: U.O.R.G. Lutz Eberle, Stuttgart
unter Verwendung eines Bildes von: © J. Wilds / Getty Images
Druck: Custom Printing Warschau
Printed in Poland
ISBN 978-3-8392-1548-7

Mit Ausnahme von Erich Mielke (Minister für Staatssicherheit der DDR von 1957–1989), Egon Schultz (Unteroffizier der DDR-Grenztruppen), Erich Honecker und den unmittelbar am Geschehen um den ›Tunnel 57‹ Beteiligten sind alle Figuren frei erfunden. Ähnlichkeiten mit lebenden oder toten Personen sind rein zufällig und nicht beabsichtigt.

REALE HAUPTFIGUREN

(in der Reihenfolge des Erscheinens)

Egon Schultz, 21, Unteroffizier der DDR-Grenztruppen

Erich Mielke, 56, Minister für Staatssicherheit der DDR

Erich Honecker, 52, ZK-Sekretär, Mitglied des SED-Politbüros und Sekretär des Nationalen Verteidigungsrates

FIKTIVE HAUPTFIGUREN

Anneliese Petzold, Sekretärin im Institut für Rechtsmedizin der Charité

Gerd Czerny, Offizier im besonderen Einsatz (OibE) des Ministeriums für Staatssicherheit

Tom Sydow, 51, Kriminalhauptkommissar a.D.

Lea, 49, seine Frau

Hans-Joachim Marquard, Sydows Schwiegersohn-in-spe

Viktor Kamerowski, Generalmajor der Stasi und Sekretariatsleiter von Erich Mielke

Marek Wegener, genannt ›Radek‹, Stasi-Agent

Paul Gierke, 21, Boulevard-Reporter

Eduard Krokowski, 36, ermittelnder Kriminalkommissar und Sydows ehemaliger Assistent

Timo Bartels, Kriminalassistent

Marlene Holdt, 34, Czernys ehemalige Geliebte

Friedemann van der Eyck, Chefredakteur

Constanze Behrens, seine Sekretärin

Veronika ›Vroni‹ von Oertzen, Sydows Stieftochter

Fred Matuschek, Kneipenbesitzer

Grigorji Wassiljewitsch Schaljapin, KGB-Offizier

Waldemar ›Waldi‹ Naujocks, LKA Berlin

SCHAUPLÄTZE

DRITTES KAPITEL

VIERTES KAPITEL

EPILOG

»Ich liebe … Ich liebe doch alle … alle Menschen …
Na, ich liebe doch … Ich setzte mich doch dafür ein!«

Erich Mielke vor der DDR-Volkskammer
(13. 11. 1989)

**Aus dem Strafgesetzbuch der Deutschen
Demokratischen Republik (StGB):**

§ 213. Ungesetzlicher Grenzübertritt. (1) Wer widerrechtlich in das Gebiet der Deutschen Demokratischen Republik eindringt oder sich darin widerrechtlich aufhält, die gesetzlichen Bestimmungen oder auferlegte Beschränkungen über Ein- und Ausreise, Reisewege und Fristen oder den Aufenthalt nicht einhält oder wer durch falsche Angaben für sich oder einen anderen eine Genehmigung zum Betreten oder Verlassen der Deutschen Demokratischen Republik erschleicht oder ohne staatliche Genehmigung das Gebiet der Deutschen Demokratischen Republik verlässt oder in dieses nicht zurückkehrt, wird mit Freiheitsstrafe bis zu zwei Jahren oder mit Verurteilung auf Bewährung, Haftstrafe, Geldstrafe oder öffentlichem Tadel bestraft.

(2) In schweren Fällen wird der Täter mit Freiheitsstrafe von einem Jahr bis zu fünf Jahren bestraft. Ein schwerer Fall liegt insbesondere vor, wenn

1. die Tat durch Beschädigung von Grenzsicherungsanlagen oder Mitführen dazu geeigneter Werkzeuge oder Geräte oder Mitführen von Waffen oder durch die Anwendung gefährlicher Mittel oder Methoden durchgeführt wird;
2. die Tat durch Missbrauch oder Fälschung von Ausweisen oder Grenzübertrittsdokumenten, durch Anwen-

dung derartiger falscher Dokumente oder durch Ausnutzung eines Verstecks erfolgt;

3. die Tat von einer Gruppe begangen wird;
4. der Täter mehrfach die Tat begangen oder im Grenzgebiet versucht hat oder wegen ungesetzlichen Grenzübertritts bereits bestraft ist.

(3) Vorbereitung und Versuch sind strafbar.

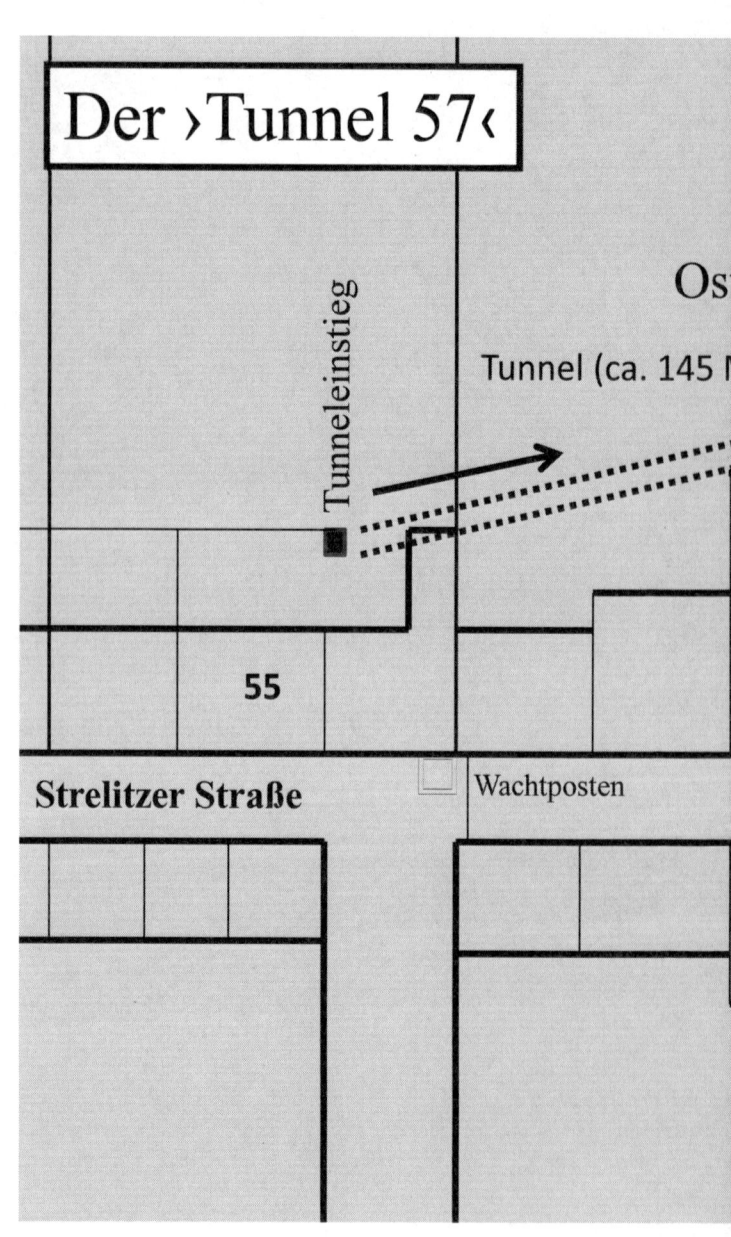

Der ›Tunnel 57‹

Tunneleinstieg

Os...

Tunnel (ca. 145 N...

55

Strelitzer Straße

Wachtposten

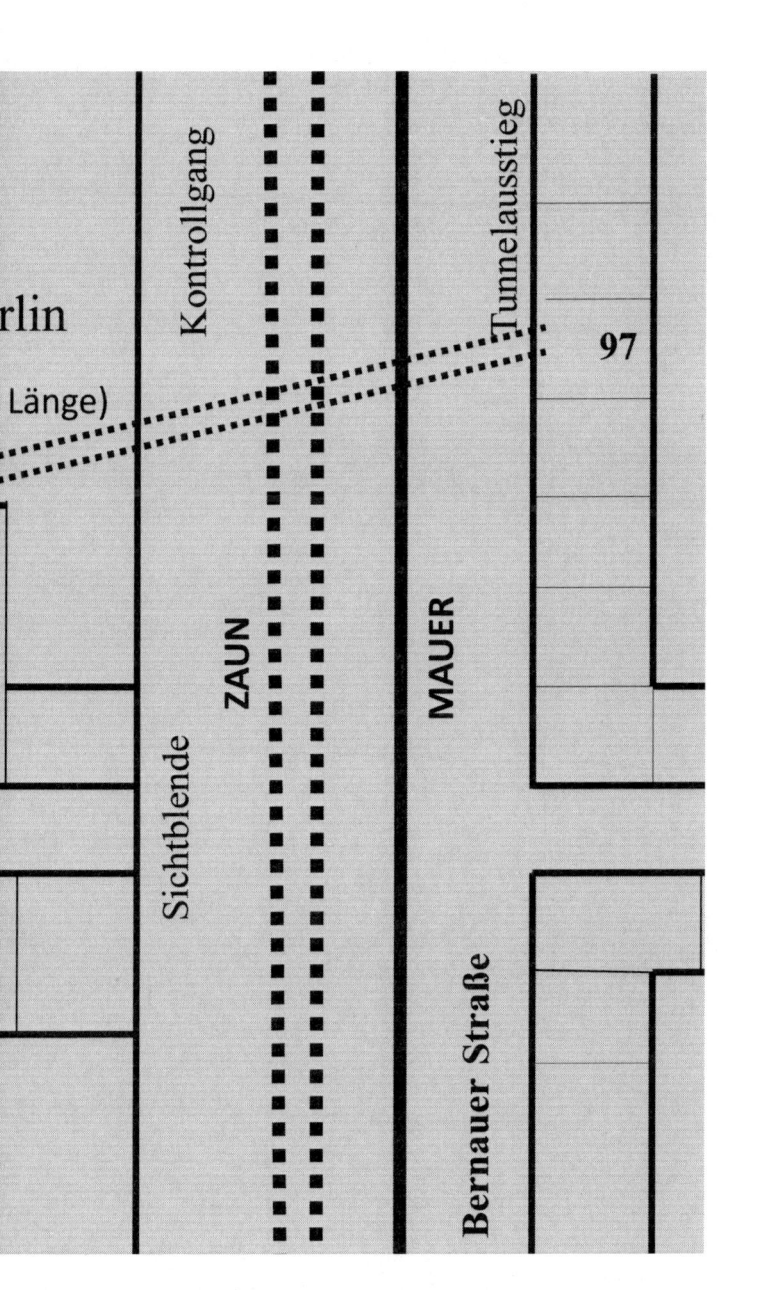

PROLOG

(Ost-Berlin, Montag, 5. Oktober 1964)

1

»Halt, stehen bleiben – deutsche Grenztruppen!«

Die verdächtige Person stellen, ansprechen und die AK-47 entsichern.

Und, falls nötig, auch Gebrauch davon machen.

So war es ihm beigebracht, eingetrichtert und bis zum Abwinken durchexerziert worden.

Aber das war Schnee von gestern. Wie überhaupt alles, was er während der Ausbildung gelernt hatte, Schnee von gestern war. Egon Schultz, 21 Jahre, Unteroffizier der Grenztruppen der Nationalen Volksarmee und erst ein knappes Jahr Zeitsoldat, umklammerte den Schaft seiner Kalaschnikow und näherte sich der Treppe, die zur Hoftür des Ost-Berliner Mietshauses führte. Übungen waren nämlich eine Sache. Der Ernstfall, mit dem er konfrontiert war, etwas anderes.

Etwas, womit weder er noch sein Kamerad und schon gar nicht die beiden Maulhelden, die vor einer halben Stunde Alarm geschlagen hatten, gerechnet hatten.

»Mitkommen – oder ich schieße!« Dabei hatte es zunächst alles nach einem geruhsamen Abend ausgesehen. Zunächst, wohlgemerkt. Bis am Führungspunkt Arkonaplatz zwei MfS-Offiziere aufgekreuzt waren. Von da an, kurz vor Mitternacht, war es mit der Ruhe vorbei gewesen. Und mit derjenigen der drei Kameraden, die bei der Alarmgruppe der 1. Kompanie des Grenzregiments 33 Dienst schoben, natürlich auch. Schultz, mittelgroß, kräftig, dunkelblond und im Zivilberuf Lehrer, war gar nicht erst zum Fragen, geschweige denn zu einer Lagebeurteilung gekommen. Dazu, wie für weitergehende Erklärungen, war laut Aussage eines gewissen Herrn Stiel, der ihm auf Anhieb unsympathisch gewesen war, keine Zeit gewesen. Wohl auch deshalb hatte der Stasi-Offizier nicht lange gefackelt, Schultz und die anwesenden Kameraden seinem Befehl unterstellt und sie zum Mitkommen vergattert. Dann waren die beiden Wartburgs, gefolgt von einer Kradstreife, in halsbrecherischem Tempo Richtung Grenze gerast. Dort, genauer gesagt in der Strelitzer Straße 55, sollte eine Personenkontrolle durchgeführt und die Verdächtigen, falls nötig, verhaftet werden. Schultz war dies nicht nur merkwürdig, sondern ausgesprochen verdächtig vorgekommen. Aber Befehl war nun einmal Befehl. Und Schultz hatte nicht vorgehabt, unangenehm aufzufallen. Deshalb hatte er den Mund gehalten, nicht ahnend, was auf ihn zukommen würde.

»Los, schnappt ihn euch!« Die Waffe im Anschlag, spähte Schultz nach draußen, mit steingrauem Pullover, einer ebenfalls grauen Militärhose und blankgeputzten Lederstiefeln bekleidet. Der Hinterhof lag in tiefem Dunkel, und er fragte sich, was er hier zu suchen hatte. Unter Personenkontrolle, wie vom Stasi-Hauptmann behauptet, verstand er jedenfalls etwas anderes und man musste nicht viel Fantasie besitzen, um die beiden Schnösel aus der Firma zu durchschauen. Schon sehr häufig waren von Wedding aus Tunnel gegraben worden, was ihn, dem linientreuen SED-Anhänger, in seiner Meinung nur bestärkt hatte. Der Westen, allen voran die BRD, hatte nichts anderes im Sinn, als seinem Land zu schaden. Wenn es sein musste mit allen Mitteln. Ob Fluchthelfer, Agenten, Spione oder Saboteure – die Subjekte, die es zu bekämpfen galt, waren alle gleich. Ließen nichts unversucht, dem Sozialismus zu schaden. Aber sie hatten die Rechnung ohne Leute wie ihn gemacht. Er, Egon Schultz, würde alles in seiner Macht Stehende tun, um ihre Machenschaften zu unterbinden. Und sei die Gefahr, in die er sich begab, noch so groß.

»Na los, oder brauchen Sie eine Extra-Einladung?« Schultz schnappte nach Luft, unterließ es aber, seinem Unmut Luft zu machen. ›Typisch!‹, fuhr es dem Unteroffizier durch den Sinn, während er nachdachte, wie dem Feind, der da draußen auf der Lauer lag, beizukommen war. Typisch Stasi. Volle Deckung nehmen, während andere die Dreckarbeit machen. Eine große Lippe riskieren, selbst aber zu feige, um die Kohlen aus dem Feuer zu holen.

Mit einem Wort: große Klappe, aber nichts dahinter.

Was also tun? Was tun, wenn die Kriminellen, die vor ihnen Reißaus genommen hatten, wie vom Erdboden verschluckt zu sein schienen? Was tun, wenn nicht klar war, wie viele von ihnen sich hier rumtrieben?

»Nein, ganz bestimmt nicht!«, beteuerte Schulz, nachdem sich seine Augen an die Dunkelheit gewöhnt hatten. »Ich frage mich nur, mit wie vielen von denen wir es zu tun …«

»Jetzt hören Sie mir mal gut zu, junger … wie war doch gleich Ihr Name?«

»Schultz, Egon Schultz.«

»Ich will Ihnen mal was sagen, Sie Klugscheißer –«, zischte der Hauptmann, so laut, dass sein Kamerad, NVA-Soldat Maier, erschrocken zusammenfuhr. »Wenn Sie nicht sofort Ihren Hintern in Bewegung setzen, können Sie sich auf was gefasst machen! Dann werden Sie bereuen, dass Sie mir über den Weg gelaufen sind. Kapiert, was ich damit sagen will? Entweder Sie gehen jetzt da raus, oder ich sorge dafür, dass Sie die längste Zeit Grenzsoldat gewesen sind!«

Schultz verzog keine Miene, und da er wusste, wie man mit Leuten vom Schlage eines MfS-Hauptmanns umgehen musste, schluckte er seinen Ärger hinunter. Jetzt war nicht die Zeit, um sich an die Gurgel zu gehen, was zählte, war der Kampf gegen den Feind. Gegen den gemeinsamen Feind. Als Unteroffizier saß er am kürzeren Hebel, und wenn es etwas gab, auf das er nicht erpicht war, dann darauf, in einer Arrestzelle zu landen. Was das betraf, war die Stasi schnell bei der Hand, allen voran dieser Hauptmann, der nicht zögern würde, ihn beim Regimentskommandeur anzuschwärzen. An die Folgen, die das haben würde, wollte er lieber nicht denken. Wenn er Glück hatte, würde er ein paar Wochen Bau bekommen, wenn nicht, konnte er froh sein, wenn man ihn in eine Strafkompanie steckte. Was das bedeutete, wusste er nur zu gut, und so beschloss er, in Zukunft den Mund zu halten.

»Haben wir uns verstanden, Schultz?«

Ja, haben wir!, dachte der Angesprochene voller Groll und wich dem Blickkontakt mit dem Stasi-Offizier aus. Einstweilen gab es Wichtigeres zu tun, wenngleich er sich fragte, ob er nicht dabei war, einen Fehler zu begehen.

Dennoch: Für Gedankenspiele, gleich welcher Art, war es jetzt zu spät. Jetzt mussten er und Maier, dessen Atem er im Nacken spürte, Nägel mit Köpfen machen. Und das bedeutete, dass sie ihre Deckung verlassen, das Gelände von verdächtigen Elementen säubern und gegebenenfalls das Feuer eröffnen würden.

Aber nur, wenn Gefahr drohte.

Oder wenn auf sie geschossen wurde.

Na, dann mal los!, dachte Schulz, verstärkte den Griff um den Schaft seiner AK-47 und bedeutete Maier, ihm auf den Hinterhof des Hauses Strelitzer Straße 55 zu folgen.

Dort wandte er sich nach links, den Finger am Abzug seiner Kalaschnikow. Kaliber 7,62 mal 99 Millimeter. 600 Schuss pro Minute. Eingestellt auf Dauerfeuer. Genug, um kriminellen Elementen das Fürchten zu lehren.

Genug, um mit Banditen, Saboteuren und vom Westen gesteuerten Agenten aufzuräumen.

Doch Egon Schultz, 21 Jahre, neun Monate und einen Tag alter NVA-Unteroffizier, irrte. Zwar nicht zum ersten, aber definitiv zum letzten Mal in seinem Leben.

*

Das hatten sie jetzt davon. Buddeln bis zum Umfallen, 145 gottverdammte Meter, 12 Meter tief. Tag und Nacht, sechs Monate, drei Wochen und auch noch den letzten von insgesamt 175 gottverdammten Tagen. Knöcheltief im Berliner Mergel, verschmutzt, verdreckt, durchnässt, übermüdet, kurzatmig und das Rumpeln der Doppeldeckerbusse oder die Schritte der DDR- Grenzpatrouillen im Ohr. Stromkabel verlegen, eine Entlüftungsanlage installieren, Telefon anschließen. Funkgeräte, Gasmasken und vor allem Knete auftreiben, im Ganzen über 35 Mille. Und zusehen, möglichst viele Ost-Berliner nach drüben zu schleusen.

Tagein, tagaus. Ohne Unterbrechung.

Genau das aber, ihre Selbstlosigkeit, war zum Bumerang der Aktion geworden. Das Risiko, an den Falschen zu kommen, war eminent groß, konnte man doch nie sicher sein, ob etwas durchsickerte. Ein falsches Wort, am Ende gar ein gezielter Hinweis – und die Stasi würde ihnen die Hölle heißmachen. Mielke und Genossen hatten überall ihre Leute sitzen, und man tat gut daran, niemandem über den Weg zu trauen. Vertrauen war gut, Misstrauen allemal besser.

Ein Leitspruch, der oberste Priorität besaß, an den sich jeder, auch er, gehalten hatte.

175 gottverdammte Tage lang.

Abzüglich der letzten Dreiviertelstunde.

Christian Zobel, 24, Student und im Nebenberuf Fluchthelfer, verstand die Welt nicht mehr. Bis zuletzt war alles wie am Schnürchen gelaufen. Besser, als er, Furrer und die anderen es sich erträumt hatten. Am Sonnabend, also vorgestern, hatten die ersten Flüchtlinge den Tunnel durchquert. Und was hieß hier überhaupt ›durchquert‹? Ein Spaziergang war das Ganze weiß Gott nicht gewesen. Im Gegenteil. Kriechen war das Gebot der Stunde. 20 Minuten, mitunter sogar eine knappe halbe Stunde lang. Auf allen Vieren, hintereinander, einer nach dem anderen, im Ganzen 57 Menschen. Das war Rekord gewesen – und mehr als genug.

Aber nicht für Furrer. Kurz vor zwölf, vor ziemlich genau einer Dreiviertelstunde, hatte sein Kumpel einen Riesenfehler gemacht.

Vielleicht den größten seines Lebens.

Zobel stöhnte innerlich auf. Kaum zu fassen, aber wahr. Leider. Ausgerechnet dann, als alles wie am Schnürchen zu laufen scheint, tauchen diese beiden Gestalten auf, der jüngere mit einer Taschenlampe in der Hand. Öffnen die Haustür, treten in den Flur und bewegen sich auf das Hoftor zu. Durch die Milchglasscheiben der Haustür fällt das Licht einer Laterne, aber nicht genug, dass man ihre Gesichter erkennen kann. Furrer, in Erwartung weiterer Flüchtlinge, schöpft zunächst keinen Verdacht, auch dann nicht, als die beiden das verabredete Losungswort ›Tokio‹ nicht nennen. Flurlicht nicht angeknipst, Losungswort nicht genannt – irgendwie, so scheint es, lässt Furrer die gebotene Vorsicht vermissen. Eine Fehleinschätzung mit Folgen. Mit Folgen, die sie alle, auch ihn, in tödliche Gefahr bringen.

Zobel schüttelte den Kopf. Furrer, akribisch wie kaum ein anderer – ausgerechnet ihm musste so etwas passieren. Ausgerechnet er, Physikstudent an der FU Berlin, schöpft im Gegensatz zu sonst keinerlei Verdacht. Kauft den beiden ihre Lügengeschichte ab. Wird selbst dann nicht misstrauisch, als sie darum bitten, noch einen Kameraden mitnehmen zu dürfen. Ein, wie sich noch zeigen wird, unentschuldbarer Schnitzer.

Kurz nach halb eins, vor wenigen Minuten, wird ihm jedoch klar, dass er hereingelegt worden ist. Furrer, der mit ihm, Zobel, den Eingang im Auge behält, beobachtet drei Männer, die von der Strelitzer Straße aus das Haus betreten. Da er in zwei von ihnen die vermeintlichen Flüchtlinge erkennt, eilt er dem Trio entgegen, um die notwendigen Anweisungen zu geben.

Der dritte und, wie Zobel blitzartig klar wird, schwerwiegendste Fehler.

Doch war es müßig, darüber nachzudenken. Momentan hatte Zobel andere Sorgen. Jetzt, wo der bewaffnete Grenzer den Hof betrat, beschäftigte ihn nur noch eins: die Frage, wie er möglichst schnell die Fliege machen konnte.

Jetzt ging es um die Wurst, sprich: ums Überleben. Und natürlich auch darum, ob der Tunnel, dessen Einstiegsloch in knapp sieben Metern Entfernung unerreichbarer denn je erschien, entdeckt werden würde. Ein Toilettenhäuschen, in der Dunkelheit kaum zu erkennen, war zwar die perfekte Tarnung. Aber da der Hof recht klein und die Grenzer nicht auf den Kopf gefallen waren, konnte man davon ausgehen, dass sie nicht lange Bestand haben würde.

Was also tun? Was tun, wenn der Bewaffnete, der sich suchend umschaute, Ernst machen würde?

Zobel kam nicht dazu, den Gedankengang abzuschließen. Kaum hatte der NVAler den Hof betreten, riss er die Waffe hoch und zielte. Er tat dies mit Bedacht, als sei Furrer, der in gebückter Haltung auf das Toilettenhäuschen zu rannte, im Grund kein Gegner für ihn. »Abhauen!«, war alles, was der Physikstudent hervorbrachte, um seinen Kumpel, der hinter dem Abort in Deckung gegangen war, zu warnen. »Höchste Gefahr!«

Zobel, bislang unentdeckt, wusste, was er zu tun hatte. Nicht einzugreifen hieß, dass Furrer, der um sein Leben rannte, wie ein Hase abgeknallt werden würde. Und es bedeutete, dass auch ihm, dem der Fluchtweg abgeschnitten war, das gleiche Schicksal drohte. Deshalb, und nur deshalb, musste er genau das tun, was er sich bis vor Kurzem, als er seine Knarre zum ersten Mal in der Hand hielt, nicht hatte vorstellen können.

Er musste zur Waffe greifen, sie auf einen Menschen richten und abdrücken. Er musste damit rechnen, dass dieser Mensch, ein DDR-Grenzsoldat, ums Leben kommen würde.

Durch sein Zutun.

Und durch seine Schuld.

Zobel brach der kalte Schweiß aus den Poren. In die Luft schießen, um den Grenzer abzulenken – schön und gut. Aber was dann? Dann, so war zu befürchten, würde der Kerl sich umdrehen und ihn mit Kugeln vollpumpen. Für ihn, den linientreuen Genossen, wahrscheinlich das Größte. Wer weiß, vielleicht würde er demnächst als Held gefeiert, mit Ehrungen überhäuft und als Musterbeispiel eines rechtschaffenen Staatsbürgers präsentiert werden. Bei denen da drüben, zumindest bei den Hundertprozentigen, musste man mit allem rechnen.

Mit einer Kalaschnikow konnte man gleich reihenweise Leute abknallen, warum also nicht auch ihn?

Zobels Griff, mit dem er seine Walther PPK umklammert hielt, erreichte die Schmerzgrenze, und während er auf seinen Kontrahenten zielte, begann die Hand, in der er die Waffe hielt, zu zittern. Eine Pistole Kaliber 7,65!, dachte er resigniert, was soll ich überhaupt damit? Zu wenig, um es mit einem NVAler aufnehmen zu können, zu viel, um hinterher nicht als Mörder dazustehen.

Ein Schießeisen, wie man es aus Edgar-Wallace-Krimis kannte. Verglichen mit dem, was der Grenzer in der Hand hielt, der reinste Witz.

Aber auch darauf kam es jetzt nicht mehr an. Die Waffe im Anschlag, trat der Fluchthelfer aus der Hoftürnische hervor, in die er sich beim Auftauchen des Grenzers gezwängt hatte. Die Zeit des Abwägens, ohnehin kurz genug, war vorüber. Jetzt war es an der Zeit zu handeln.

Höchste Zeit, um Furrer, der um sein Leben rannte, aus der Patsche zu helfen.

Jetzt gleich.

*

»Verdammt noch mal, warum schießt denn hier keiner!« Das war deutlich, mehr als deutlich. Und es waren die letzten Worte, die Egon Schultz, Kandidat der SED, aus dem Mund des Stasi-Mannes hörte.

Die letzten, die er überhaupt hörte.

Danach, innerhalb von Sekundenbruchteilen, durchfuhr ihn ein Schmerz, wie er ihn noch nie verspürt hatte. Er genügte, um ihn außer Gefecht zu setzen, um ihn kurz innehalten, nach links taumeln und wie ein gefällter Baum zusammenbrechen zu lassen. Aber er reichte nicht aus, um ihn zu töten. Denn Schultz war ein Mann, der gelernt hatte, wieder aufzustehen. Das hatte ihm sein Vater, von Beruf Kraftfahrer, regelrecht eingebläut.

Aufstehen, selbst wenn du denkst, es geht nicht mehr. Auch wenn es sinnlos, um nicht zu sagen unmöglich erscheint.

Aufstehen, selbst wenn eine der beiden Kugeln, die dich treffen, in der Lunge steckt.

Und so, unbemerkt von seinen Begleitern, allen voran dem NVA-Gefreiten Maier, rappelt sich Schulz auf, schwankend, nach Luft hechelnd und kurz davor, das Bewusstsein zu verlieren. Eine schier übermenschliche Anstrengung, die ihm, nicht weiter verwunderlich, nur zum Teil gelingt.

Denn plötzlich, ohne dies zu bemerken, ist Kamerad Maier zur Stelle, die entsicherte Kalaschnikow in der Hand und wie alle anderen, die hinter ihm ins Freie drängten, nur von einem Wunsch beseelt: die Grenzverletzer, auf die sie es abgesehen hatten, an der Flucht zu hindern.

Ein Unterfangen, das indes misslingt. Und das, obwohl Soldat Maier Dauerfeuer schießt, obwohl ein Feuerstoß nach dem anderen zwischen den Hofwänden widerhallt. Sämtliche Fluchthelfer, auch Zobel, können sich retten, in letzter Sekunde und dank des Tunnels, durch den sie wieder in den Westen gelangen.

Sie haben überlebt, können ihr Glück kaum fassen.

Nicht so Egon Schultz, der nicht nur kein Glück, sondern ausgesprochenes Pech gehabt hat. Von insgesamt 10 Kugeln getroffen, bricht er unweit der Hoftür zusammen.

Wobei der Großteil, nämlich acht, aus der Waffe seines Kameraden stammt.

Ein Umstand, über den nichts, nicht einmal die leiseste Andeutung, an die Öffentlichkeit dringen durfte. Dafür würden die Verantwortlichen, allen voran die Stasi, sorgen.

2

RIAS-Reportage über den Fluchttunnel | *05. 10. 1964*

RIAS: Wie haben sich die letzten ... Minuten abgespielt, die ja die entscheidenden sind?

Fluchthelfer: Es ist gut gelaufen, bis eben am fraglichen Abend – in der fraglichen Nacht – als Flüchtlinge getarnt zwei Männer erschienen, die vorgaben, noch einen anderen Mann holen zu wollen oder holen zu müssen. Wir waren aber nicht sicher, ob es nun Flüchtlinge waren oder keine Flüchtlinge. Wir hatten eben das Ultimatum gestellt, innerhalb von fünf Minuten zurückzukommen mit diesen neuen Flüchtlingen. Nach fünf Minuten kamen diese Männer mit dem dritten angekündigten Mann zurück. Diese drei Leute traten dann in den Hof und forderten uns mit entsicherter Maschinenpistole auf mitzukommen. In der darauf folgenden Schrecksekunde blieben wir natürlich starr stehen, dann rannten wir über den Hof. Die Vopos eröffneten sofort – ohne jede Warnung – und ohne jeglichen Aufruf das Feuer. Ich schätze, dass etwa 100, 150 oder – ich weiß nicht, wie viel – Schüsse auf uns abgegeben worden sind in einem Hof, der nicht größer ist als vielleicht sechs Meter auf drei Meter.

RIAS: Das war aber auch der Schlussstrich unter die ganze Aktion. Wahrscheinlich hätten Sie noch weitermachen können, nicht?

Fluchthelfer: Wir hätten noch weitermachen können, wir hätten es zumindest versucht, aber das war, wie gesagt, der Schlussstrich, und wir mussten daraufhin natürlich sofort die ganze Aktion abblasen.

(Quelle: www.chronik-der-mauer.de)

MYTHOS UND WAHRHEIT

›Der Unteroffizier war von Zobels Kugel im Oberkörper getroffen und an der Lunge verletzt worden. Tödlich aber waren die Kugeln von Volker M., die den verwundeten Egon Schultz trafen, als er sich gerade wieder aufrichtete.‹

(DIE WELT, 30. 11. 2011)

›Am 5. Oktober 1964, gegen 0.15 Uhr, wurde Unteroffizier Egon Schultz bei der Ausübung seines Dienstes an der Staatsgrenze der Deutschen Demokratischen Republik zum NATO-Stützpunkt Westberlin von Westberliner Agenten durch gezielte Schüsse meuchlings ermordet. Die Mörder drangen durch einen von Westberlin vorgetriebenen Agententunnel, der mit Billigung und aktiver Unterstützung der Westberliner Polizei angelegt wurde, im Abschnitt Strelitzer Straße in das Gebiet der Deutschen Demokratischen Republik ein, um im Auftrag Westberliner Spionageorganisationen Personen illegal, unter Verletzung der Staatsgrenze zu schleusen.‹

(Neues Deutschland, 6. 10. 1964)

POST MORTEM (I)

IN DIESEM HAUSFLUR
WURDE AM 5. OKTOBER 1963
UNTEROFFIZIER
EGON SCHULTZ
GEBOREN AM 4. JANUAR 1943
BEI DER AUSÜBUNG
SEINES DIENSTES ZUM SCHUTZ
DER STAATSGRENZE DER
DEUTSCHEN DEMOKRATISCHEN
REPUBLIK
DURCH WESTBERLINER AGENTEN
MEUCHLINGS ERMORDET

*

Im Hof dieses Hauses endete ein von
West-Berlin aus gegrabener 145 Meter langer Tunnel,
durch den 57 Männern, Frauen und Kindern
in den Nächten des 3. und 4. Oktober 1964
die Flucht in den Westen gelang. Nach Verrat
der Fluchtaktion an das Ministerium für
Staatssicherheit der DDR kam es auf dem Hof
zu einem Schusswechsel zwischen Grenzsoldaten und
Fluchthelfern. Dabei kam der
Unteroffizier der Grenztruppen der
Nationalen Volksarmee

Egon Schultz

*4. Januar 1943 in Groß-Jestin (Kreis Kolberg) am 5. Oktober ums Leben. Egon Schultz wurde in der DDR als Held idealisiert, die Fluchthelfer galten als Agenten und Mörder. Erst nach dem Fall der Mauer stellte sich heraus, dass die tödlichen Schüsse aus der Waffe eines Kameraden abgegeben wurden. Dieser Sachverhalt war den DDR-Verantwortlichen von Anfang an bekannt.

(Gedenktafeln am Haus Strelitzer Straße 55 in Berlin-Mitte)

Wer erschoss Egon Schultz?

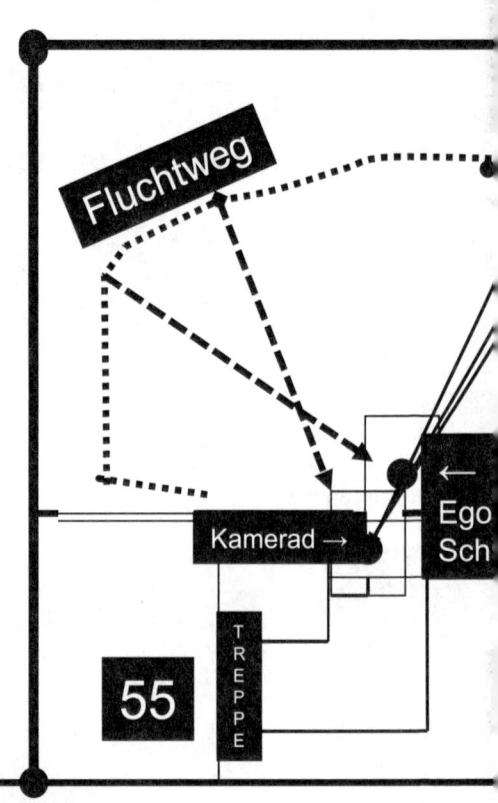

Fluchtweg

Kamerad →

← Ego
Sch

55

T R E P P E

Strelitzer Straße

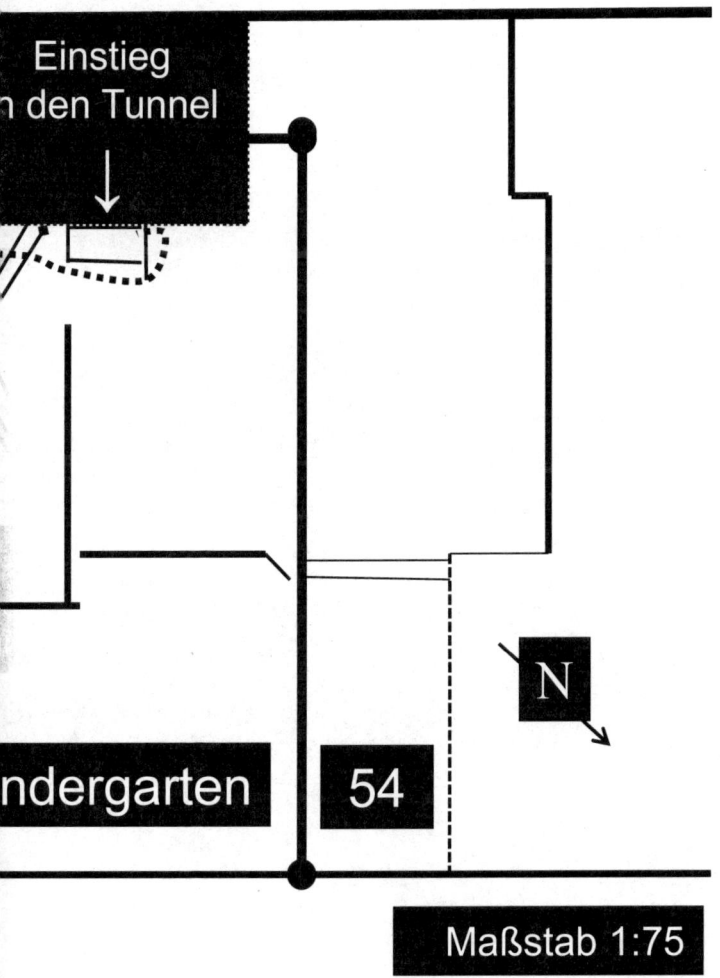

nach Wedding →

Einstieg
n den Tunnel
↓

N

ndergarten

54

Maßstab 1:75

ERSTES KAPITEL

(Berlin, Freitag, 9. Oktober 1964)

3

»Der Obduktionsbefund?«, entrüstete sich die Endvierzigerin, bebrillt, kurz angebunden und mit einer Turmfrisur, bei der jedes Haar an der richtigen Stelle saß. »Da muss ich aber erst den Herrn Professor fragen!«

Ihr Gesprächspartner reagierte mit einem müden Lächeln. »Bei aller Freundschaft –«, antwortete er in dem für ihn typischen, teils spöttischen, zuweilen aber auch harschen Ton, wobei er das letzte der drei Wörter besonders betonte, »das wird, denke ich, nicht nötig sein.«

Die Sekretärin, die dem Klischee der altjüngferlichen Vorzimmerdame perfekt entsprach, gab sich unbeeindruckt. »Was hier nötig ist und was nicht, junger Mann, entscheide immer noch ich.«

»Besten Dank für den jungen Mann«, antwortete der unverhoffte Besucher, zog ein silbernes Etui aus der Innentasche seines Sakkos, an dessen Revers das Parteiabzeichen der SED steckte, und fand offenbar nichts dabei, eine Zigarette Marke Herzegowina Flor anzuzünden. »Damit Sie Bescheid wissen: Ein Anruf von mir, und Sie kriegen den Wind von vorn. Wenn ich Sie wäre, würde ich mich entscheiden, was mir weniger behagt: Ärger mit meinem Chef oder …«

»Oder?«, trotzte die Sekretärin, die außer dem Institutsleiter keine anderen Götter neben sich duldete. »Wollen Sie mir etwa drohen?«

Czerny antwortete mit einem gequälten Schnauben. »Ich fürchte, Sie verkennen die Situation, junge Dame«, antwortete der 43-jährige Major, sog an seinem Glimmstängel und blies seinem Gegenüber, das ihn mit verkniffener Miene beäugte, den Rauch ins Gesicht. »Wenn hier jemand am längeren Hebel sitzt, dann bin ich es. So viel Erfahrung, will heißen: Kenntnis der Gepflogenheiten in unserem Arbeiter- und Bauernstaat, müssten Sie eigentlich haben. Ergo: Sie werden mir jetzt den Befund in Sachen Egon Schultz, Unteroffizier der Grenztruppen der Nationalen Volksarmee, aushändigen. Und zwar umgehend. Ich hoffe, das war deutlich genug.« Die Zigarette in der Linken, griff Gerd Czerny, von Geburt Deutscher, dank eines russischen Stiefvaters jedoch auch Sowjetbürger, nach seinem Dienstausweis, der die Aufschrift ›Ministerrat der Deutschen Demokratischen Republik – Ministerium für Staatssicherheit‹ trug. »Noch Fragen?«

»So einfach, wie Sie sich das vorstellen, ist die Sache nicht.«

»Doch, ist sie.« Ohne sich um seine Gesprächspartnerin zu kümmern, durchmaß der hoch gewachsene MfS-Major das Büro, nahm einen Aschenbecher aus dem Regal und drückte die Zigarette aus. Danach wandte er sich wieder der Sektionssekretärin zu. »Hier, junge Dame – das Aktenzeichen. Damit es schneller geht.«

Aus dem Konzept gebracht, wanderte der Blick der Endvierzigerin zwischen ihrem Besucher und dem Zettel, den er auf den Schreibtisch fallen ließ, hin und her.

Natürlich wusste sie, wie der Hase lief, aber das war es nicht, was sie irritierte. Es war etwas anderes, hatte mit dem Mann zu tun, der vor fünf Minuten ohne Voranmeldung aufgetaucht war.

Anneliese Petzold, rechte Hand ihres Chefs und heimliche Herrscherin im Institut für Rechtsmedizin, warf dem Offizier, der vor ihrem Schreibtisch Position bezogen hatte, einen prüfenden Seitenblick zu. Wie erwartet hatte sich der ungebetene Gast zwar ausweisen, sie trotz Imponiergehabe jedoch nicht an der Nase herumführen können. Dazu war Anneliese Petzold, geborene Matuschek, selbst viel zu lange im Polizeipräsidium in der Keibelstraße beschäftigt gewesen. Wie manch anderes hatte sie als Schreibkraft bei der Kripo nämlich eins gelernt: die wirklichen von den vermeintlichen Schurken zu unterscheiden. Was das betraf, machte ihr niemand etwas vor. Und da dem so war, beschlich sie das Gefühl, dass mit dem schlanken, gut gekleideten und zu allem Überfluss auch noch gut aussehenden Stasi-Offizier etwas nicht stimmte. Randlose Brille, hohe Stirn, dunkle Augen, weiches Kinn, volles, grau meliertes und in langen Strähnen nach hinten gekämmtes Haar, gepflegte Erscheinung, dunkler Teint – sie konnte sich nicht helfen, aber irgendetwas stimmte mit dem Besucher aus der Normannenstraße nicht.

Irgendetwas war an der Sache faul, und sie hätte zu gerne gewusst, was.

Dies herauszufinden war jedoch nicht ihr Problem. Damit sollten sich die hohen Herrn herumschlagen, allen voran ihr Chef, die in Ost und West gleichermaßen anerkannte Koryphäe. »Sie werden es nicht glauben, junger Mann – ich habe sie im Kopf.«

»Und ich, falls Sie mir die Bemerkung gestatten, habe Sie durchschaut!«, antwortete der MfS-Offizier, der dem Bild, das man sich von einem Angestellten der Firma machte, in keiner Weise entsprach. Mit einem Wort: Er war anders, laut Fazit von Anneliese Petzold, die sich dazu durchrang, einen Schlüssel aus der Schreibtischschublade hervorzuholen, mit Sicherheit ein hohes Tier. Mit dem Bild, dem man sich von einem Stasi-Agenten machte, stimmte er jedenfalls nicht überein, auch wenn er alles daransetzte, so zu erscheinen. »Soll ich mich umdrehen?«

»Ich bitte, darum, Herr …«

»Sie verlangen doch wohl nicht, dass ich meinen Namen nenne?«

»Nein, nicht wirklich«, gab die Sekretärin zurück, klug genug, sich nicht mehr Ärger als nötig einzuhandeln. Vor der Stasi, hinter vorgehaltener Hand VEB Horch, Guck und Greif, hatte selbst sie großen Bammel, und das wollte in der Tat etwas heißen. »Trotzdem bitte ich Sie, draußen zu warten.«

»Machen Sie es uns beiden doch nicht so schwer, Frau Petzold«, erwiderte Czerny und weidete sich am Erstaunen, welches sich auf dem Gesicht der Vorzimmerdame abzeichnete. »Vorschlag zur Güte: Ich drehe mich jetzt um, vertreibe mir die Zeit, indem ich das Porträt des Genossen Ulbricht an der gegenüberliegenden Wand betrachte und übe mich in Geduld. Das heißt, zumindest bis Sie den Safe hinter Ihrem Schreibtisch geöffnet, den Obduktionsbefund zutage gefördert und ihn mir übergeben haben, damit ich ihn mitnehmen und an seinen Bestimmungsort bringen kann.«

»›Mitnehmen‹? Das ist doch nicht Ihr …«

»Und ob es mein Ernst ist, Frau Petzold.« Urplötzlich, von einem Moment auf den anderen, war Anneliese Petzold mit einem anderen Mann konfrontiert. Jetzt kehrte ihr Gegenüber den Stasi-Mann heraus, schlug einen ungehaltenen, um nicht zu sagen barschen Tonfall an. »Meinetwegen machen Sie eine Notiz im Sektionsbuch. Wie Sie wissen, wurde dort am 5. Oktober, also vor vier Tagen, schon einmal ein Vermerk in oben genannter Angelegenheit hinterlassen. Er besagt, dass zwei – in Worten: zwei! – Protokolle bei Ihrem Chef verblieben und per Kurier jeweils ein Exemplar an den Generalstaatsanwalt der Deutschen Demokratischen Republik und an das Ministerium des Inneren übersandt worden sind. So, und jetzt wäre ich Ihnen dankbar, wenn Sie mir die Unterlagen aushändigen würden.«

»Und was haben Sie damit vor?«

»Das, liebe Verwaltungssekretärin zur Anstellung, lassen Sie lieber meine Sorge sein. Offen gesagt: Meine Geduld ist allmählich erschöpft. Wenn Sie schlau sind, tun Sie bitte genau, was ich sage. Oder ich sehe mich gezwungen, andere Mittel der Überredungskunst anwenden. Soweit alles klar, Frau Petzold?«

Ja, damit war alles gesagt.

Ohne den Major anzuschauen, stand Anneliese Petzold auf, straffte ihr malvenfarbenes Kostüm, öffnete den Safe, der sich an der Rückwand des Büros befand, und holte eine dort neben einer Reihe anderer Dokumente verwahrte Kladde hervor.

»Nicht nur eine, Gnädigste, sondern beide.«

Die Sektionssekretärin gehorchte, legte die Kladden auf den Schreibtisch und schloss den Safe wieder ab. Dann, für ihre Verhältnisse recht spät, ging jedoch ein Ruck durch ihren Körper und sie drehte sich auf dem Absatz um. »Jetzt fällt's mir wieder ein!«, stieß sie in der Aufregung, die sie plötzlich gepackt hatte, hervor. »Sie waren dabei, stimmt's? Sie waren dabei, als der Professor und Doktor Meyer den Genossen obduziert haben, der am Montag ermordet worden ist. Ich hab Sie zwar nur im Vorbeigehen gesehen, aber ... aber ich bin mir ziemlich sicher, dass Sie und ein Kollege von der ...«

Auch ohne den Blick, welchen ihr der Unbekannte zuwarf, wurde der Sekretärin im selben Moment klar, dass sie einen Fehler begangen hatte. Und dass es ratsam war, den Mund zu halten.

Endgültig.

»›Ermordet ist gut‹!«, sagte Czerny nach einer längeren Pause, so als habe er sich die Ereignisse, über die er sich vor Ort ein Bild gemacht hatte, nochmals ins Gedächtnis rufen müssen. »Fragt sich nur, von wem!«

Dann ließ er sich die Kladden aushändigen, machte kehrt und verließ wortlos das Büro.

4

Genau hier, an dieser Stelle, war es passiert. Hier hatte seine Mutter die eigene Tochter, Sydows Schwester Agnes, erschossen. Vor seinen Augen. Mit seiner Dienstwaffe. Ohne zu zögern.

Und er? Was war mit ihm?

Er, Tom Sydow, zum Tatzeitpunkt 49 und Kriminal-hauptkommissar a. D., hatte zugesehen.

Falsch. Er hatte zusehen müssen. Tatenlos, schreckens-starr, vor Entsetzen, das ihn in eine Art Schockstarre ver-setzte, wie gelähmt.

Oder war es am Ende seine Schuld gewesen? War es nicht fahrlässig, um nicht zu sagen verantwortungslos, die Waffe in seinem unverschlossenen Schreibtisch aufzu-bewahren? Und es seiner Mutter, die bei ihm zu Besuch war, zu erzählen?

Und vor allem: War es richtig gewesen, die Mörde-rin zu decken?

Richtig oder nicht – außer Lea, seiner Frau, hatte kein Mensch davon erfahren. Mutter, gebürtige Britin, war am darauf folgenden Tag, einem Freitag, in aller Herrgotts-früh von Tempelhof nach Frankfurt und von dort aus nach London-Heathrow geflogen. Aber auch sonst war der 1. Juni 1962 ein denkwürdiger Tag gewesen. Kurz nach Mitternacht war im israelischen Ramla ein gewisser

Adolf Eichmann aufgeknüpft worden, SS-Obersturmführer, Organisator der sogenannten ›Endlösung‹, verantwortlich für den Tod von sechs Millionen Juden – und, für Sydow das Schlimmste, Ex-Geliebter seiner Schwester. Um das Maß vollzumachen, war drei Tage später ein weiblicher Leichnam an das Ufer des Großen Wannsees gespült worden. Sydow, der den Artikel nicht zu Ende gelesen hatte, war sofort im Bilde gewesen. Und hatte geschwiegen, aus Angst, der Beihilfe zum Mord bezichtigt zu werden.

All das war mittlerweile zwei Jahre, fünf Monate und neun Tage her. Anders als erhofft hatte die Zeit seine Wunden jedoch nicht geheilt, sondern sie mit jedem Tag, der verstrich, noch vertieft. Rein äußerlich hatte sich Sydow nichts anmerken lassen, aber wie es in seinem Inneren aussah, darüber wusste nur seine Frau Lea Bescheid. Hätte sie ihn nicht getröstet, wäre er die glatte Wand hochgegangen, und sein Leben, um das ihn manch einer beneidete, nicht mehr zu ertragen gewesen.

Schwierig, oder besser gesagt ungewohnt, war es allemal. Dank einer Erbschaft, einem unerwarteten Lichtblick, war er zwar aus dem Gröbsten raus, aber das bedeutete nicht, dass sein Dasein in geordneten Bahnen verlief. Damit er auf andere Gedanken kam, waren Lea und Sydow vor Kurzem umgezogen, ein erster Schritt, aber auch nicht mehr. Wie oft er in Gedanken in das Haus am Wannsee zurückgekehrt war, konnte Sydow nicht sagen, er wusste nur, dass ihn die Ereignisse immer noch verfolgten, dass er, Tom Sydow, längst noch nicht der Alte war.

Aber immerhin, redete er sich ein, war er auf dem besten Weg dazu. Der Umzug nach Schöneberg war jedenfalls leichter vonstattengegangen als gedacht, unter anderem, weil Lea dort Verwandte und er mehrere Bekannte aus der Zeit vor seiner Flucht nach England hatte. Damals, anno 1942, war er der Gestapo nur um Haaresbreite entwischt, hatte er mehr Glück als Verstand gehabt. Es war ihm treu geblieben, auch nach dem Krieg, als er wieder zur Kripo gegangen war. Mehr als einmal war sein Schicksal auf Messers Schneide gestanden, und er konnte von Glück sagen, dass er noch lebte. Ein Privileg, das seiner Schwester, die den Preis für ihre Liaison mit einem Verbrecher gezahlt hatte, nicht zuteil geworden war.

Wie so oft, wenn ihn die Vergangenheit eingeholt hatte, riss sich Sydow nur mit Mühe von ihr los, stieß einen gedämpften Seufzer aus und hängte das Bild, auf dem der Bootssteg und sein Anwesen am Wannsee zu sehen war, wieder an die Wand neben der Tür. Dann nahm er die Zeitung, die er aus dem Briefkasten geholt hatte, und trottete in die Küche, um das Frühstück zuzubereiten. Ohne Kaffee, am besten schwarz, war er nicht zu gebrauchen, und wäre Lea nicht gewesen, der er zu stark war, hätte er die Dosierung längst erhöht.

Die ›Berliner Morgenpost‹ unter dem Arm, drehte sich Sydow vor der Küchentür um. Eigentlich war alles so, wie er es sich gewünscht hatte, auch und vor allem sein neues Domizil. Da er sich nicht vorstellen konnte, in einem der Betonbunker zu wohnen, die wie Pilze aus dem Boden schossen, hatte er sich für das vierstöckige Haus in der Grunewaldstraße entschieden. Es stammte noch aus der Kaiserzeit, das heißt, es war ein Wunder, dass es überhaupt noch stand. In den Bombennächten, die er zum Glück nicht miterlebt hatte, war fast ganz Berlin in Schutt und Asche versunken und es grenzte an Hexerei, dass es Häuser gab, die den Krieg überdauert hatten.

Er hatte es sich so gewünscht, so und nicht anders. Und er war froh, dass es Häuser wie dieses überhaupt noch gab. Wohnungen, in denen die Dielenbretter knarrten, die holzgetäfelte Wände, Decken aus Stuck, dazu reichlich Platz und einen Balkon samt Ausblick auf einen Berliner Hinterhof hatten. In Gegenwart von Lea, die lieber gebaut hätte, durfte er das zwar nicht so laut sagen, aber da es von hier aus nicht weit bis zum RIAS war, wo sie als Redakteurin arbeitete, hatte sie sich damit abgefunden.

Das hieß aber nicht, dass alles in Butter war. Einen abermaligen Seufzer auf den Lippen, betrat Sydow die Küche und begann, den Tisch zu decken. Es gab Zeiten, wo ihm die Decke auf den Kopf zu fallen drohte, und das nicht erst seit heute. Lea, die in ihrem Beruf aufging, hatte es wesentlich besser als er. Sie hatte alle Hände voll zu tun, während er nicht wusste, was er den lieben langen Tag anfangen sollte. Seit er bei der Kripo den Bettel hingeschmissen hatte, war er nicht mehr in die Gänge gekommen, für ihn, Prototyp eines Preußen, nur schwer zu ertragen. Er war ein Mensch der Tat, zum Herumsitzen, und sei es mit einem Buch in der Hand, nicht geschaffen. Na ja, zumindest nicht unbedingt. Er musste unter die Leute, musste sich mit anderen messen, etwas tun, das ihn voll und ganz in Anspruch nahm. Gewiss, da gab es natürlich die Geschichte derer von Sydow, die er erforscht, Bücher, die er gewälzt, Urkunden, die er reihenweise studiert hatte. Zufriedener war er dadurch nicht geworden, sondern das ziemliche Gegenteil. Kurzum: Aus Tom Sydow, Polizist mit Leib und Seele, war ein

Stubenhocker geworden, und er musste zusehen, dass er bald die Kurve kriegte.

Die Frage war nur, wie.

Und auf welche Weise.

Nicht geschaffen, um über Gott und die Welt nachzugrübeln, nahm der 51-jährige, hochgewachsene und zum Leidwesen seiner Frau zumeist nachlässig gekleidete Ex-Kriminalhauptkommissar die Kaffeedose aus dem Schrank, öffnete sie und schüttete fünf gehäufte Löffel in den Filter. Das Minimum, um auf Touren zu kommen, das Maximum, um wegen der drei Tassen, die er kochte, mit Lea nicht aneinanderzugeraten. Er war von Natur aus konfliktscheu, wenngleich dies nur auf Lea und weniger auf die Ganoven zutraf, mit denen er im Dienst von Vater Staat zu tun gehabt hatte.

Die dampfende Henkeltasse in der Hand, ließ sich Sydow am Tisch nieder und blätterte die Morgenpost durch. Im Gegensatz zum Wochenbeginn, wo Berlin wieder einmal Schlagzeilen gemacht hatte, gab es wenig Neues, und so knöpfte er sich die vorangegangen Ausgaben vor. Das Thema Nummer eins, und zwar nicht nur im Westen, waren wieder einmal die Fluchthelfer gewesen, die ihre Stollen unter der Mauer hindurch Richtung Westen getrieben hatten. Was das anging, wich Sydows Meinung von derjenigen der übrigen Berliner nicht ab, die besagte, dass jedes Mittel recht war, um Ost-Berlinern die Flucht zu ermöglichen. Leider ging dies nicht immer reibungslos vonstatten, und während Sydows Blick auf die Schlagzeilen vom vergangenen Dienstag fiel, legten sich Sorgenfalten über sein Gesicht. ›Wilde Schießerei nach Massenflucht durch einen Tunnel‹ war in der Morgenpost zu lesen, wobei nicht klar war, wer zuerst und auf wen geschossen hatte. Eines stand jedoch fest, nämlich dass ein Grepo dabei ums Leben gekommen war. Die Zeitungen in der Ostzone, wie Sydow die DDR immer noch nannte, hatten Gift und Galle gespuckt, allen voran das Neue Deutschland, das ein Riesentamtam veranstaltet und die Gelegenheit beim Schopf gepackt hatte, um das Regime als Opfer westlicher Attacken zu präsentieren. Dass es das nicht war, wusste jeder Idiot, gäbe es die Mauer nicht, hätte der Spitzbart, wie Ulbricht nicht nur im Westen genannt wurde, schon lange einpacken können.

Um nicht in Rage zu geraten, faltete Sydow die Morgenpost zusammen, trank einen Schluck Kaffee und schmierte sich eine Butterstulle. Auf andere Gedanken kam er trotzdem nicht. Wie die meisten Berliner hatte er für Ulbricht & Co. nichts übrig, und das war, wie er offen zugab, noch harmlos formuliert. An den 17. August vor zwei Jahren, wo ein 18-Jähriger im Todesstreifen verblutet war, konnte er sich noch gut erinnern, ebenso wie an die Proteste, die auf den Tod des Maurergesellen Peter Fechter gefolgt waren. Bis zum Abtransport des Sterbenden hatte es knapp 50 Minuten gedauert, ein Umstand, der nicht nur Sydow in Wut versetzt hatte. Das Bild, auf dem ein Vopo mit dem schmächtigen Mann aus Weißensee auf dem Arm abgelichtet war, hatte für weltweite Schlagzeilen gesorgt, und wieder einmal war Berlin in den Brennpunkt des Interesses geraten. An der Situation der Insulaner, als die sich seine Mitbürger gern bezeichneten, hatte sich jedoch wenig geändert, trotz Hupkonzerten am 13. August, Demonstrationen, Sprengstoffanschlägen auf die Mauer und dem Bau von Fluchttunneln, der vor vier Tagen ein weiteres Opfer gefordert hatte. Sydow war sich sicher, dass es nicht das letzte war, und er fragte sich, wie lange der Belagerungszustand noch andauern würde.

Woanders leben wollte er trotzdem nicht, anders als all jene, die in den Westen abgewandert waren. »Na, mein Schatz – so früh schon wach?«

›Was heißt hier früh!‹, wollte Sydow grummeln, doch wie so häufig, wenn seine Laune nicht die beste war, möbelte ihn ein Kuss seiner Frau Lea wieder auf. »Klar doch!«, beeilte er sich folglich zu erwidern und schenkte seiner Jugendliebe, die er mit 40 geheiratet hatte, eine Tasse Kaffee ein. »Oder denkst du, ich lasse dich allein frühstücken? Kommt gar nicht in die Tüte, schöne Frau!«

»Du bist ein Schatz, Brummbär, weißt du das?«

Sydow wurde regelrecht warm ums Herz, aber da er sich mit Emotionsbekundungen schwertat, flüchtete er sich in Humor. »Brummbär und Schatz – wie passt das denn zusammen?«

»Sehr gut«, antwortete Lea, schälte ihr Frühstücksei und lächelte Sydow an, als sei dies ihr erstes gemeinsames Rendezvous. Sydow geriet ins Träumen. Blondes, auf die schmalen Schultern herabfallendes Haar, azurblau schimmernde Augen, helles Kleid, Sommersprossen und die Figur eines Teenagers. So hatte sie ausgesehen, als sie zum ersten Mal miteinander Tanzen gegangen waren. Und so sah sie, 49 Lebensjahren zum Hohn, immer noch aus. Obendrein hatte Lea das Glück, stets jünger geschätzt zu werden, ein Vorzug, der Sydow nicht zuteilwurde. Er war zwar über 1,90 Meter groß; bis auf das volle rotblonde Haar war das aber auch schon alles, was imposant an ihm war.

Er war kein einfacher Typ, und das sah man Thomas Randolph von Sydow, Sohn eines Spitzenbeamten und einer Engländerin, auch an. Die Nase, scharf geschnitten und ein Erbteil seiner Mutter, war eine Idee zu spitz, und das Gleiche galt für die hohen Wangenknochen, denjenigen seines Vaters zum Verwechseln ähnlich. Aber auch so hatte Sydow viel von ihm geerbt, wenngleich er in die Luft ging, wenn er mit dem Ministerialdirigenten im Reichsaußenministerium verglichen wurde. Sydow war reserviert, reizbar und zuweilen barsch, und das, im Verein mit der unterkühlten Art, war sein alter Herr auch gewesen. Darüber hinaus besaß er einen ausgesprochenen Hang zur Ironie, womit er sich bei der Kripo nicht nur Freunde gemacht hatte. Bei so viel Ähnlichkeit fielen die blauen Augen, die zumeist rissigen Lippen und der ebenfalls rotblonde Oberlippenbart nicht mehr groß auf. Der Apfel fiel nicht weit vom Stamm, wie Lea zu betonen nicht müde wurde, und das traf, seinem Unwillen von Trotz, auch auf die eine oder andere von Sydows Charaktereigenschaften zu. »Wie heißt es doch so schön: raue Schale, weicher Kern.«

»Was anderes: Wie lange musst du heute arbeiten?«

»Gute Frage. Wieso fragst du?«

»Nur so.«

Ohne aufzublicken, fuhr Lea von Sydow mit dem Schälen des Eis fort, schnitt es in Scheiben und verteilte sie auf ihrem Brot. »Glaub nur nicht, dass mir das Spaß macht, Tom!«, antwortete sie geraume Zeit später, als Sydow, der an seiner Stulle herumkaute, schon nicht mehr mit einer Antwort rechnete. »Momentan habe ich wirklich nichts zu lachen.«

»Kein Wunder – bei dem Ehemann.«

»Du sollst nicht immer alles ins Lächerliche ziehen, Tom. Ich meinte meinen Beruf.«

Nicht gerade erpicht auf einen Disput, riss sich der Kriminalhauptkommissar außer Dienst am Riemen. »Wieso – wo brennt's denn?«

»Live-Interview mit einem Fluchthelfer. Punkt zehn. Thema: ›Tod eines DDR-Grenzpolizisten.‹ Noch Fragen?«

»Das heißt nicht DDR, das heißt …«

»Ostsektor von Berlin, ich weiß!«, fiel Lea Sydow ihrem Mann ins Wort. »Wie auch immer – keine Ahnung, wie ich damit umgehen soll.«

»Na, wie denn wohl! Indem du ihn fragst, wie sich alles abgespielt hat.«

»Genau das ist der Punkt, Tom.« Die Ellbogen auf der Tischkante, verschränkte Sydows Frau die Hände und ließ das Kinn auf den Daumenkuppen ruhen. »Ich weiß nicht, wie ich es ausdrücken soll, aber … aber irgendwie behagt mir die Angelegenheit nicht. Versteh mich nicht falsch: An sich finde ich es in Ordnung, dass man Leuten, die es drüben nicht mehr aushalten, unter die Arme greifen muss. Wenn ich mir vorstelle, ich müsste mein Leben hinter Mauer und Stacheldraht … Nein, Tom, was das betrifft, versagt meine Fantasie. Ich glaube, ich würde die glatte Wand hochgehen.«

»Ich auch, das kannst du mir glauben.« Nicht sicher, worauf Lea hinauswollte, schob Sydow den Teller beiseite, täuschte Gelassenheit vor und fragte: »Und wo liegt dann das Problem?«

»Das Problem, mein lieber Tom, liegt darin, dass bei der Schießerei ein Mensch ums Leben gekommen ist. So etwas darf nicht passieren. Mord bleibt nun einmal Mord, egal, ob es einen Grepo oder einen deiner Kollegen trifft.«

»Ex-Kollegen.«

»Na schön, dann eben Ex-Kollegen.« Sydows Frau stieß einen gequälten Seufzer aus. »Du verstehst, was ich damit sagen will?«

Sydow deutete ein Nicken an. »Das heißt aber nicht, dass ich einer Meinung mit dir bin.«

»Hätte mich auch gewundert. Und wieso nicht?«

»Die Jungs haben ihr Leben riskiert, Lea. Sie haben sich abgerackert, um anderen zu helfen. Ich war zwar nicht dabei, aber wer sagt dir, dass der Betreffende nicht in Notwehr gehandelt hat?« Die Hände verschränkt, lehnte sich Sydow zurück. »Siehst du, jetzt kommst du ins Grübeln.«

»Mord bleibt Mord, Tom. Davon lasse ich mich nicht abbringen.«

»Falls es dich beruhigt: Ich auch nicht. Aber es ist nun einmal so, dass der Bau eines Fluchttunnels kein Zuckerschlecken ist. Wer mitmacht, weiß, dass er ein großes Risiko eingeht. Und wer, frage ich dich, hat denn schon Lust, den Rest des Lebens im Gelben Elend zu verbringen? Wer immer den Grepo auf dem Gewissen hat: Versetz dich doch mal in seine Lage. Da schuftest du wie ein Sklave, ackerst wie verrückt und verlangst keine müde Mark dafür. Und riskierst, dass dich die Stasi hopsnimmt und nach allen Regeln der Kunst durch die Mangel dreht. Würde dir das gefallen? Nein? Ob du es nun hören willst oder nicht, Lea: Bei einem Unternehmen wie dem Tunnel 57 musst du mit allem rechnen. Vor allen Dingen, dass dir jemand in die Quere kommt. Da kann verdammt noch mal eine Menge schiefgehen. Versteh mich nicht falsch, Lea: Mir tut der Grepo, der dran glauben musste, genauso leid wie dir. Aber was nicht zu ändern ist, ist nun mal nicht zu ändern. Und noch was: Der Fluchthelfer, der auf den NVAler geschossen hat, hat es nicht aus Jux und Dollerei getan. Das kann ich mir nicht vorstellen. Wer sagt dir, dass es einer von den Fluchthelfern war? Schon mal was von Querschlägern gehört? Oder von dem, was die Amis ›friendly fire‹ nennen?«

»Du glaubst doch nicht allen Ernstes, dass …«

»Ich glaube überhaupt nichts, Lea. Außerdem war ich nicht dabei.«

»Aber?«

»Aber ich weiß, wozu die da drüben fähig sind. Denen traue ich alles zu. Allen voran der Stasi. «

»Weißt du eigentlich, wie du dich gerade anhörst? Wie der fleischgewordene kalte Krieger. Hier die Guten, dort drüben die Schlechten. Um ihnen eins auszuwischen, ist jedes Mittel recht.« Bevor sie fortfuhr, holte Sydows Frau tief Luft. »Was macht es schon, wenn einer von denen draufgeht. Kommt in den besten Familien vor, oder? Wo gehobelt wird, fallen nun mal Späne. Hauptsache, der Coup gelingt. Und was den Getöteten betrifft: War doch eh nur einer von der NVA, oder?«

»Das habe ich nicht gesagt.«

»Aber gedacht.«

»Wenn du meinst – du musst es ja wissen.«

»Du bist doch nicht etwa eingeschnappt, oder?«

»Eingeschnappt – ich? Wo denkst du hin!« Natürlich war er eingeschnappt. Und wie. Aber das würde er nicht zugeben. »Lass sehen – was haben wir denn da! Es geht doch nichts über Ingwerkuchen made by Lea, findest du nicht auch?«

»Lenk nicht ab, Tom.« Da auch sie einem Krach aus dem Weg gehen wollte, trank Lea Sydow noch einen Schluck Kaffee, erhob sich und umrundete den Tisch. Dann fuhr sie ihrem Mann durchs Haar. »Und sitz nicht den ganzen Tag hier rum. Bis ich wieder hier bin, kann es dauern.«

»Wie lange denn?«

»Keine Ahnung.« Sydows Frau nahm seinen Kopf zwischen die Hände und drückte ihm einen Kuss auf die Stirn. »Wie wär's, wenn du mal einen Dauerlauf machst? Das bringt dich auf andere Gedanken.«

Dauerlauf. Das fehlte noch. Wenn Churchill in einem Punkt recht gehabt hatte, dann darin, dass Sport dem Wohlbefinden eines Gentleman abträglich war. Zwar rauchte er äußerst selten und genehmigte sich nur hin und wieder ein Bier, aber diesbezüglich war er mit seinem Landsmann einer Meinung.

Dauerlauf? Nicht mit ihm.

Dann schon lieber eine FdH-Kur.

»Was guckst du denn so? Hab ich etwas Falsches gesagt?«

»I wo. Wo denkst du hin.«

»Sei doch nicht immer gleich be…«

»Ich bin nicht beleidigt, Lea. Ich weiß selbst, dass ich zu viel Speck auf den Rippen habe.«

»Speck oder nicht – ich muss jetzt los!«, erwiderte Lea Sydow, strich ihrem Mann über die Wange und hastete von dannen. »Mach's gut, Brummbär – bis heute Nachmittag!«

Du hast gut reden!, dachte Sydow bei sich, verzehrte die Reste seiner Stulle und konnte der Versuchung, ihr eine Portion Rührei folgen zu lassen, nicht widerstehen. Ein opulentes Frühstück war nicht zu verachten, besonders wenn man Kap Hoorn nur knapp umschifft hatte.

Dachte er wenigstens.

Und ahnte nicht, was ihm noch bevorstehen würde.

Doch dann, kaum dass seine Frau zum Aufbruch gerüstet hatte, geschah es. Telefon, zu allem Unglück Dauerläuten. Das bedeutete nichts Gutes.

Sydow angelte sich einen Speckstreifen, erhob sich, eilte mit vollem Mund an den Apparat und nahm ab.

Kurz darauf, nach Beendigung des Gespräches, ließ er den Hörer auf die Gabel sinken.

Freitag, der 9. Oktober 1964, versprach ein besonderer Tag zu werden.

Ein Tag, an den er noch lange denken würde.

5

Ost-Berlin (Stadtbezirk Lichtenberg), Haus 1 des Ministeriums für Staatsicherheit in der Ruschestraße 103
| 08:40 h

Er war der Mann, mit dem es sich nicht einmal Ulbricht verderben wollte, und es gab nicht wenige, die ihn als heimlichen Herrscher der DDR bezeichneten. Er selbst, Tschekist aus Überzeugung, hörte es mit Vergnügen, reagierte jedoch ungehalten, wenn er darauf angesprochen wurde. Dass dies der Wahrheit entsprach, wusste er jedoch nur zu gut, doch war er klug genug, sich in Zurückhaltung zu üben. Dies galt vor allem für sein Auftreten gegenüber Spitzenkadern, wo er darauf bedacht war, den aufopferungsvollen Parteisoldaten zu mimen.

Insgeheim jedoch, vor allem im Umgang mit Untergebenen, legte der Minister für Staatssicherheit ein ausgesprochen rüdes, um nicht zu sagen vulgäres Benehmen an den Tag. Erich Mielke, 56 Jahre und zweites von vier Kindern eines KPD-Aktivisten aus dem Wedding, betrachtete dies jedoch nicht als Makel. Um die Körpergröße von 1,63 Metern zu überspielen, hatte er früh gelernt, auf sich aufmerksam zu machen. Eine Angewohnheit, die er auch dann beibehielt, als er die Leitung des MfS übernahm. Umgangsformen, gepaart mit Zurückhaltung, waren seine Sache nicht, die Wutausbrüche, auch solche im kleinen Kreis, allseits gefürchtet. Mielke, seit 1957 Stasi-Chef, war kein Freund langatmiger Diskussionen. Durchgreifen, handeln, nicht lange fackeln – das, verbunden mit einem klaren Feindbild, war seine Devise. Der Arbeitersohn, den die Aura eines Bullterriers umgab, war nicht nur impulsiv, sondern auch verschlagen, trotz wachen Verstandes nicht übermäßig gebildet und jederzeit bereit, seine Gegner, auch solche in den eigenen Reihen, aus dem Weg zu räumen. An ihnen herrschte gewiss kein Mangel, doch wagte niemand, sich mit ihm anzulegen. Erich Mielke war und blieb der meist gefürchtete Mann der DDR, und nichts deutete darauf hin, dass sich dies ändern würde.

»Eins weiß ich genau: Wenn wir die Ratten, die den Tunnel gebuddelt haben, in die Finger kriegen, werde ich sie eigenhändig liquidieren.« Mielke redete nicht bloß daher, er meinte es auch so. Für ihn, Absolvent der Moskauer Lenin-Schule und Stalinist, gab es nur zwei Sorten von Menschen: überzeugte Kommunisten und solche, die man zu ihrem Glück zwingen musste. Was Letztere betraf, war jedes Mittel recht, um sie mundtot zu machen, wenn es sein musste, auch unter Anwendung von Gewalt. Wer nicht für ihn war, wurde liquidiert, nur eine der Lehren, die er aus seinem Aufenthalt in der Sowjetunion gezogen hatte. »Als Tschekist bin ich das unserem Arbeiter-und-Bauern-Staat schuldig.«

Mielke, der hochrangigste der drei Männer im abgedunkelten Dienstzimmer der Ost-Berliner Geheimdienstzentrale, erntete keinen Widerspruch. Dazu war das Thema, um das es sich bei der Diavorführung drehte, viel zu ernst. »Kann mir mal einer sagen, warum kein Schwein etwas davon mitgekriegt hat?«

»Bei allem gebotenen Respekt, Genosse Minister –«, tönte es aus dem hinteren Teil des Raumes, der zum

Geheimsten zählte, was die DDR zu bieten hatte, »das frage ich mich auch.« Geheim vor allem deshalb, weil sich unmittelbar hinter Mielkes Schreibtisch der Panzerschrank des VEB-Stahlschrankwerkes ›Feuerfest‹ befand, in dem Mielke Unterlagen aufbewahrte, die nicht in fremde Hände gelangen durften. In diese Rubrik fiel natürlich nicht nur der Klassenfeind und mit ihm ein ganzes Heer von ›Fronstadt-Agenten‹, Diversanten und Saboteuren, sondern in erster Linie auch die eigenen Genossen, an ihrer Spitze Ulbricht und Honecker. Es gab niemanden, dem der Herr der Spitzel vertraute, und schon gar niemand, der von sich behaupten konnte ihn zu kennen. Mielke hütete seine Geheimnisse wie einen Schatz, um sie bei passender Gelegenheit aus dem Ärmel zu ziehen. Darin, im Abpassen des richtigen Moments, lag seine Stärke, und man konnte nie sicher sein, wen er als Nächstes ins Visier nehmen würde.

»Wie dem auch sei, Kamerowski«, erwiderte der Stasi-Chef, den Ellbogen auf der Lehne seines Sessels, und trommelte mit der Linken auf dem blankpolierten Schreibtisch aus volkseigener Produktion herum. »Noch so eine Panne, und ich kann meinen Hut nehmen.«

»Panne?«, echote Mielkes Sekretariatsleiter, vom Schreibtisch aus kaum zu erkennen. »Dagegen sind wir doch wohl …«

»Machtlos?«, vollendete der Stasi-Chef, kurz davor, aus der Haut zu fahren. »Das ist doch wohl nicht Ihr Ernst, Kamerowski!«

Um nicht anzuecken, verkniff sich der 53-jährige Generalmajor eine Erwiderung und wechselte rasch das Thema. »Bitte um Erlaubnis, meinen Vortrag fortsetzen zu können, Genosse Minister!«, schnarrte er, nach eigenem Empfinden reichlich übertrieben. Bei Mielke, dem Lektor für militärpolitische Fragen an der Moskauer Lenin-Schule und Veteran des Spanischen Bürgerkrieges, kam so etwas jedoch gut an. Umso mehr, weil er Widerspruch auf den Tod nicht ausstehen konnte. »Sie gestatten?«

Mielke machte sich nicht einmal die Mühe zu nicken, sondern stieß einen unwirschen Grunzlaut hervor.

»Wo waren wir stehen geblieben – genau!« Kamerowski betätigte die Fernbedienung, um das nächste Schwarz-Weiß-Dia zu erläutern. Es zeigte ein Treppenhaus, von dessen Wänden der Putz abblätterte, das Geländer und eine Flügeltür. »Der Hinterausgang«, erläuterte der Sekretariatsleiter und betätigte den Schalter in der rechten Hand erneut. »Dort hat es den armen Teufel erwischt.«

Mielke reagierte nicht darauf.

Kamerowski nahm dies als Aufforderung zur Eile, womit er zweifelsohne richtig lag. »Und hier die gleiche Stelle von außen, also vom Hof«, tat er mit Blick auf die Backsteinfassade und die offen stehende Flügeltür kund. »Dort hat …«

»Dort hat es den armen Teufel erwischt, ich weiß.«

Dies war zwar nicht das, was Kamerowski hatte sagen wollen, aber es genügte, um ihn aus dem Konzept zu bringen. »Und … und hier, Genosse Minister –«, unternahm der 53-Jährige einen weiteren Versuch, seinen Herrn gnädig zu stimmen, indem er einen Zeigestock zur Hand nahm und auf die betreffende Stelle deutete, »kam es zu der folgenschweren Schießerei.«

»Schießerei?«

»Wie Sie wissen, hat das Gutachten unserer Ballistik-Abteilung ergeben, dass die Waffe von Unteroffizier

Schultz nicht zum Einsatz gekommen ist.« Kamerowski gab ein Verlegenheitsräuspern von sich. »Er hat keinen Schuss abgegeben. Keinen einzigen.«

»Und die Frontstadt-Saboteure?«

»Mindestens ein halbes Dutzend.«

»Wie? Nicht mehr?«

»Soweit ich informiert bin, hat die Spurensicherung insgesamt sieben Patronenhülsen gefunden, die aus der Waffe des Fluchthelfers ...«

»Das heißt nicht ›Fluchthelfer‹, Kamerowski, sondern ›faschistischer Provokateur‹!«, brüllte Mielke und hieb mit der flachen Hand auf den Tisch. »Und das von einem meiner engsten Mitarbeiter – nicht zu fassen! Ich will Ihnen mal was sagen, Genosse: Mir ist scheißegal, wer hier auf wen geballert oder welcher Trottel aus den eigenen Reihen diesen Schultz auf dem Gewissen hat. Sei's drum – ändern lässt sich daran sowieso nichts mehr. Wichtig ist, dass wir den größtmöglichen Nutzen aus dem Schlamassel ziehen. Und dass sich so eine Pleite nicht wiederholt. Alles, was recht ist, Kamerowski: Langsam frage ich mich, weshalb wir jedes Jahr eine halbe Milliarde zum Fenster rauswerfen und über 30.000 Kostgänger durchfüttern, wenn sie zu dämlich sind, dem Abschaum aus dem Westen das Handwerk zu legen. Knapp 10 Prozent des Polizei- und Armeeetats – und wofür? Für nichts, Herr Generalmajor, für nichts und wieder nichts! Ich will Erfolge sehen, Kamerowski – kapiert? Dafür werden Sie und die übrigen Genossen bezahlt.« Der Stasi-Chef holte tief Luft. »Ein Tunnel nach dem andern, so viele, dass man mit dem Zählen nicht mehr hinterherkommt – Sie werden zugeben, dass es so nicht weitergehen kann.«

Krebsrot im Gesicht, lockerte Mielke seine Krawatte. »145 Meter lang, und keiner will etwas bemerkt haben. Wissen Sie was, Genosse: Das können diese Jammerlappen von Grenzern ihrer Großmutter erzählen. Aber nicht mit mir, Freunde, nicht mit mir! Wenn dieser Unglücksrabe unter der Erde ist, könnt ihr euch auf was gefasst machen! Da werden Köpfe rollen, glauben Sie mir.«

»Erlauben Sie mir eine Bemerkung, Genosse Minister?«

»Aber nur eine. Je mehr gequatscht wird, desto weniger kommt dabei raus.«

Kamerowski schluckte. »Ich bin überzeugt, die zuständigen Stellen werden alles tun, um die Umstände, die zum Tod von Unteroffizier Schultz geführt haben, restlos aufzuklären.«

»Zu Ihrer Information, Kamerowski: Laut Gutachten sind insgesamt zehn Schüsse auf ihn abgefeuert worden, davon zwei aus der Waffe eines faschistischen Banditen.«

»Höchste Zeit, dass diesen Flucht… dass den faschistischen Provokateuren das Handwerk gelegt wird«, erwiderte der Sekretariatsleiter und schaute derart arglos drein, dass Mielke beschloss, den Versprecher zu ignorieren. »Sonst machen wir uns zum Gespött.«

Der MfS-Chef ging jedoch nicht darauf ein. »Und sein Kamerad, dieser …«

»Maier. Soldat Volker Maier. Was ist mit ihm?«

»Haben Sie dafür gesorgt, dass er zum Schweigen verdonnert wird?« Die Stirn in Falten, ließ sich Mielke in seinen Sessel sinken. »Nicht auszudenken, wenn etwas durchsickern würde – am Ende vielleicht noch nach drüben! Wenn das passiert, Genosse, können wir einpacken.« Der Mann, um den selbst Spitzenkader einen Bogen machten, schürzte die farblosen Lippen. »Dann möchte ich nicht in Ihrer Haut stecken, Kamerowski!«

Der Angesprochene tat so, als habe er den drohenden Unterton nicht bemerkt. »Die Tür zum Hof«, fuhr er stattdessen mit Blick auf das nächste Dia fort, den Zeigestock, den er wie ein Gewehr präsentierte, in der rechten Hand. »Der linke Flügel offen, der rechte zum Tatzeitpunkt geschlossen. Man beachte die Blutflecken, in erster Linie auf dem Treppenabsatz.«

»Ich habe Augen im Kopf, Genosse. Weiter.«

Klick. Ein Geräusch, das sich wie Entsichern einer Waffe anhörte. Fotos von Einschusslöchern in der Backsteinwand, von Blutflecken auf dem Hofpflaster, herumliegenden Patronenhülsen, Mülltonnen und drei Stufen, die zum nur wenige Schritte von der Hintertür entfernt gelegenen Toilettenhäuschen führen.

Klick.

Das Innere des Toilettenhäuschens. Knopfdruck. Der Einstieg in den Tunnel 57. Ein Klicken. Abermals der Einstieg, diesmal aus der Vertikalen. Ein Knacken, untermalt vom Rauschen des Projektors. Und dann, um die Niederlage perfekt zu machen, die Skizze eines Schachtes, der in schnurgerader Linie Richtung West-Berlin führt.

Nach Wedding, wo Mielke aufgewachsen war.

»Wenn ich könnte, würde ich die Bastarde der Reihe nach liquidieren. Persönlich.«

»Ich finde, das ist der falsche Weg.«

Es gab nur wenige, die den Mut besaßen, Mielke zu widersprechen, unter ihnen der Agent, der den Decknamen ›Radek‹ trug. Außer dem Minister, der die Wahrung seiner Identität zur Chefsache erklärt hatte, war sein Name niemandem bekannt. Gemunkelt wurde natürlich viel, auch darüber, dass es eine Sondereinheit gab, an deren Spitze besagter Radek stand. Da Geheimhaltung jedoch oberstes Prinzip war, wagte niemand, den kursierenden Gerüchten auf den Grund zu gehen.

»Es sei denn, so etwas kommt noch öfter vor.« Dem Mann, der mit verschränkten Armen am Türbalken lehnte, war es recht so. Anders als bei Kamerowski, der Mielke verblüffend ähnlich sah, handelte es sich bei ihm um einen gänzlich anderen Typ. Kamerowski war untersetzt, stiernackig und der geborene Speichellecker, Radek das genaue Gegenteil. Vom Aussehen her viel älter, in Wahrheit jedoch knapp zehn Jahre jünger als der Büroleiter, wies er keinerlei besondere Merkmale auf, weder was sein Allerweltsgesicht, das stets angefeuchtete Haar, die Geheimratsecken und schiefergrauen Augen noch was den Rollkragenpullover, die dunklen Hosen und das cremefarbene Jackett betraf. Radek war es recht so, denn er wollte – und durfte – auf keinen Preis auffallen. Als Leiter der ›Sektion Omega‹, deren Aufgabe darin bestand, Maulwürfe, Überläufer und Verräter aufzuspüren, war dies oberstes Gebot. Und die halbe Miete, um zu überleben. »Dann, wie ich wohl nicht eigens betonen muss, müssen wir natürlich einschreiten.«

»Soll das heißen, Sie sind dafür, die Angelegenheit auf sich beruhen zu …«

»Damit wir uns nicht falsch verstehen, Genosse Kamerowski: Wenn der Genosse Minister den Befehl erteilt, die Schuldigen zu liquidieren, wird er selbstverständlich ausgeführt. Was mich betrifft, bin ich der Meinung, dass es derzeit Wichtigeres zu tun gibt, als einen Rachefeldzug gegen westliche Saboteure zu führen.«

»So? Und was denn?«, erwiderte der Sekretariatsleiter, zog die Vorhänge zurück und schaltete den Projektor wieder aus. »Ich dachte, es sei alles gesagt.«

»Wenn Sie sich da mal nicht irren, Genosse Generalmajor«, gab Radek zurück, die Augenlider, die von eisgrauen Brauen überwölbt wurden, fast vollständig geschlossen. »Ich habe lediglich gesagt, dass es ratsam wäre, wenn wir uns auf andere Dinge ...«

»Und auf welche?«, blaffte Mielke, dem die Art, wie Radek um den heißen Brei herumredete, an den Nerven zehrte. Ein Blick auf seinen Vertrauten, und der Grund hierfür wurde ihm jedoch auf Anhieb klar. »Soll das heißen, es gibt schlechte Nachrichten? Und was Sie betrifft, Kamerowski – tun Sie mir den Gefallen und lassen uns allein. Ich möchte mit Radek unter vier Augen reden.«

»Wie Sie wünschen, Genosse Minister.«

»So, Radek, den wären wir los!«, richtete Mielke das Wort an den 43-jährigen Dresdener, nachdem dieser unaufgefordert Platz genommen und es sich auf dem Sessel vor Mielkes Schreibtisch bequem gemacht hatte. »Und jetzt raus mit der Sprache – was ist passiert?«

Die Rechte über den Augen, mit der er sie gegen das hereinflutende Tageslicht abschirmte, ließ sich Radek mit seiner Antwort Zeit. »Etwas, woran wir möglicherweise zu kauen haben werden«, begann er nach reiflicher Überlegung, der Blick auf den Fingerkuppen und dem darüber streichenden Daumen. »Aber noch ist bekanntlich nicht aller Tage Abend.«

Das Läuten des Telefons, Teil einer links von Mielke

befindlichen Apparatur, durch die er führende Funktionäre per Direktleitung erreichen konnte, sorgte dafür, dass Radek seine Ausführungen unterbrach.

»In Ordnung – stellen Sie durch.« Mielkes Miene sprach Bände, und man musste nicht Radek heißen, um zu erkennen, dass ihm der Schreck in sämtliche Glieder gefahren war. »›Verdächtig‹?«, rief er stirnrunzelnd aus, den Hörer am rechten Ohr. »Inwiefern, Herr Professor? Ach was, wer kommt denn auf so eine Idee! Wie? Unsinn! Major Czerny genießt mein vollstes Vertrauen. Er hat auf meinen ausdrücklichen Befehl gehandelt. Wieso? Das lassen Sie mal lieber meine Sorge sein. Ich bin Ihnen keine Rechenschaft schuldig. Wenn Sie wollen, wenden Sie sich an den Generalstaatsanwalt. Oder an das Ministerium des Inneren. Auf Anfrage wird es sicherlich bereit sein, Ihnen eine Kopie … ›Ohne mich zu informieren‹ – was, bitte schön, soll das heißen? Damit Sie Bescheid wissen, Herr Professor Prokop: Um das Obduktionsprotokoll ausgehändigt zu bekommen, muss ich niemanden um Erlaubnis fragen. Am allerwenigsten Sie. ›Ein ungeheurer Vorgang‹? Überlegen Sie sich genau, was Sie sagen. Sie haben es hier nicht mit einem Ihrer Assistenzärzte zu tun. Aber natürlich können Sie Beschwerde einlegen. Ich frage mich nur, bei wem. Unter uns, Herr Professor: Wenn ich Sie wäre, würde ich die Angelegenheit auf sich beruhen lassen. Es sei denn, Sie ziehen es vor, Scherereien zu bekommen. Kein Bedarf? Na also, warum nicht gleich! Was Sie jetzt tun sollen, fragen Sie? Na, was wohl – den Mund halten! Zu niemandem ein Wort, kapiert? Nichts für ungut – und danke für den Anruf. Wiederhören!«

»Schwierigkeiten?«

»Nicht, dass ich wüsste!«, erwiderte Mielke und warf Radek, der ihn mit hochgezogenen Brauen musterte, einen unwirschen Seitenblick zu. Dann erhob er sich, durchquerte den Raum und riss die Tür zum Vorzimmer auf, wo er auf einen erstaunt dreinblickenden Kamerowski traf. »Czerny soll kommen!«, bellte er, eine Vorahnung, die sich alsbald bestätigte, im angespannt wirkenden Gesicht. »Aber dalli!«

Kamerowski, nicht minder ahnungsvoll, senkte den Blick. »Bedaure, das wird nicht gehen.«

»Und wieso nicht?«

»Hier, Genosse Minister«, antwortete der Generalmajor, einen Umschlag, der an Mielke adressiert war, in der ausgestreckten Hand. »Er hat Ihnen eine Nachricht …«

Mielke wartete die Antwort nicht ab, gebot Kamerowski zu schweigen und öffnete das Couvert. Dann überflog er den darin befindlichen Brief.

Ein Brief, der es wahrhaftig in sich hatte.

Wie lange er dagesessen, vor sich hin gestarrt und sämtliche Racheszenarien, die ihm in den Sinn kamen, durchgespielt hatte, war dem Stasi-Chef hinterher nicht bewusst. »Schlechte Nachrichten?«, fragte der Leiter der Sektion Omega, ein rätselhaftes Lächeln im Gesicht. Und ergänzte: »Czerny, hab ich recht?«

Mielke nickte, in Gedanken immer noch bei dem Mann, dem er wie keinem Zweiten vertraut hatte. Dann, nach einem Kopfschütteln, das seine ganze Ratlosigkeit ausdrückte, reichte er den Brief über die rechte Schulter.

Die Reaktion fiel jedoch anders aus als erwartet. »Kopf hoch, Genosse Minister«, tönte es hinter seinem Rücken, optimistischer als erwartet. »Ich weiß, wo der Verräter steckt!«

6

»Kann es sein, dass du ein bisschen zugelegt hast, Tom?«,
fragte Sydows Schwiegersohn in spe und biss in die Käsestulle, die der Stiefvater seiner Angebeteten geschmiert
hatte. »Tut mir leid – war nicht so gemeint!«

Sydow nahm es mit Humor. Auf ein paar Kilo mehr
oder weniger kam es schließlich nicht an, Hauptsache,
man fühlte sich wohl.

Und das war bei ihm ja wohl der Fall, oder?

»Freut mich, wenn es dir schmeckt, Hajo«, warf der
Hausherr ein und beschloss, dem Frühstück mit Lea ein
zweites in Form einer Käsestulle mit Zwiebeln, seinem
erklärten Leibgericht, folgen zu lassen. Auf einem Bein
konnte man nicht stehen, und anderen beim Essen zuzu-
sehen war nun wirklich nicht das Wahre. »Greif zu!«

»Wenn ich ehrlich bin, ist mir der Appetit vergangen«,
bekannte Hans-Joachim Marquard, 23, Student an der
Kirchlichen Hochschule in Zehlendorf und Verlobter
von Leas Tochter aus erster Ehe, und legte die angebis-
sene Stulle auf den Teller. »Warum, kannst du dir wahrscheinlich denken.«

Sydow verneinte. »Probleme an der Uni?«

»I wo! Alles bestens.«

»Na dann!« Um nicht unhöflich zu erscheinen, unterbrach Sydow sein zweites Frühstück, verschränkte die

Hände und sah den Freund seiner Stieftochter Veronika, auch sie Studentin, mit erwartungsvoller Miene an. »Irgendwas nicht in Ordnung?«

»Das kannst du aber laut sagen.«

Sydow stutzte. Ein Blick auf den blonden, ein wenig blass und anders als sonst auch ein wenig fahrig wirkenden Studenten der Theologie aus Lichterfelde, und der Gedanke an einen geruhsamen Vormittag begann sich in Luft aufzulösen. »Rück raus damit, Hajo – was ist los?«

»Es ist wegen Vroni, Tom. Wir haben uns in die Wolle gekriegt.«

»In die Wolle gekriegt?« Das hatte ihm gerade noch gefehlt. Erst der Disput mit Lea, und jetzt, im denkbar ungünstigsten Moment, sein zukünftiger Schwiegersohn, der wie ein Häuflein Elend am Küchentisch saß und seinem Ersatz-Vater das Herz ausschütten wollte. »Weshalb denn? Ich dachte, mit euch beiden ist alles in …«

»Das war es auch, Tom. Bis vor vier Tagen.«

Böses ahnend schob Sydow seinen Teller auf die Seite, legte die Ellbogen auf die Tischplatte und hoffte, dass sich die Vermutung, die in ihm aufkeimte, nicht bewahrheiten würde. Hajo, seit dem Krieg Halbwaise und infolge des Krebstodes seiner Mutter auf sich allein gestellt, war nicht nur ein zukünftiger Verwandter, sondern mittlerweile fast so etwas wie ein Sohn für ihn geworden. Die Sympathie, die er für ihn hegte, beruhte auf Gegenseitigkeit, und es gab nichts, was ihm der schlaksige und so gut wie nie ohne Schlips und weißes Hemd in Erscheinung tretende junge Mann mit dem Kurzhaarschnitt nicht anvertraut hätte. Lea, verwundert über so viel Vertrautheit, zog ihn zwar wegen seines Beschützerinstinktes auf, aber das war, wie so vieles, nicht wirklich ernst gemeint. »Kopf hoch, Hajo, das kommt in den besten Familien vor.«

»Ich weiß. Aber zugesetzt hat es mir trotzdem.« Marquard stierte bedrückt vor sich hin. »Mal ehrlich, Tom: Würdest du dich freuen, wenn Lea dich als Kriminellen bezeichnet hätte?«

Obwohl ihm nicht danach war, konnte sich Sydow ein Lächeln nicht verkneifen. »Hast du eine Ahnung, was Lea mir schon alles an den Kopf geworfen hat!«, übte er sich in Humor, was, wie er sehr wohl wusste, der Situation nicht angemessen war. Und ruderte prompt zurück: »Ich weiß, so was ist nicht zum Lachen. Tut mir leid, Hajo. Zumal ich mir sicher bin, dass du ein grundanständiger Zeitgenosse bist.«

»Freut mich zu hören, Tom«, entgegnete Marquard, die Andeutung eines Lächelns im glatt rasierten Gesicht. »Die Genossen und etliche meiner Kommilitonen sehen das leider anders.«

»Die Genossen?«, rief Sydow aus, bestürzt, dass sich seine Vorahnung zu bewahrheiten schien. »Sag, dass du nichts damit zu tun hast!«

»Falls du den Hickhack wegen der Tunnelbuddelei meinst – doch.«

Sydow stieg die Zornesröte ins Gesicht. »Damit wir uns richtig verstehen, Hajo – «, rang er nach Worten, obwohl ihm klar war, worauf der sichtlich geknickte Theologiestudent hinauswollte, »du behauptest, beim Bau des Tunnels, der von Wedding aus in die Ost…«

»Ich behaupte es nicht nur, Tom – ich war dabei.« Hans-Joachim Marquard lächelte gequält. »Hättest du mir nicht zugetraut, was?«

Sichtlich geschockt, war Sydow die Lust am Witzereißen vergangen. »Heißt das, du warst mit von der Partie, als der DDR-Grenzer erschossen worden bist?«

»Das heißt nicht ›DDR‹, sondern ›Ostzone‹. Originalton Sydow.«

»Lenk nicht ab, Hajo. Du weißt genau, wie ernst die Sache ist.«

»War, Tom, war.« Marquard hob den Kopf und sagte: »Wie dem auch sei – sie hat sich gelohnt.«

»So, meinst du.« Obwohl er seit einem halben Jahr nicht mehr rauchte, begann sich in Sydow das dringende Bedürfnis nach einem Glimmstängel zu regen. Eine Verlockung, der er nur mit Mühe widerstand. »Und was genau hast du zum Gelingen beigetragen?«

»Ich bin Schmiere gestanden.« Marquard, der die Rolle des bußfertigen Pennälers perfekt beherrschte, kratzte sich hinterm Ohr. »Auf der Weddinger Seite.«

»Ausguck auf dem Dachboden, hab ich recht?«

»Ich sehe, du kennst dich aus.« Heilfroh, das Schlimmste überstanden zu haben, trank Marquard einen Schluck Kaffee. »Wie du dir vorstellen kannst, ist es kein Pappenstiel, so ein Ding über die Bühne zu bringen«, fuhr er fort, längst nicht mehr so zurückhaltend wie zuvor. »Hat schließlich gedauert, bis wir fertig waren.«

»Wir?«

»Du verlangst doch nicht, dass ich dir eine Antwort gebe, oder?«

»Nicht wirklich.« Sydow ließ die angestaute Atemluft entweichen. »Dann stimmt es also, was die Genossen behaupten. So kann man sich irren!«

Marquards Miene verfinsterte sich. »Das glaubst du doch selbst nicht, oder?«

Sydows Antwort ließ auf sich warten. Der Polizist in ihm war nicht totzukriegen, und er genoss es, den künftigen Schwiegersohn an der Nase herumzuführen. »Wenn ich ehrlich bin, Hajo«, tat er mit erheblicher Verzögerung kund, »wenn ich ehrlich bin, weiß ich nicht, wem ich glauben soll.«

»Mir, wem denn sonst!«

»Du hast gut reden, Hajo«, sprach Sydow mit Bedacht, erhob sich und trat ans Fenster, von wo aus man einen Blick auf den Hof und das angrenzende Hinterhaus werfen konnte. Im Gegensatz zur Vorwoche ließ das Wetter zu wünschen übrig, und am Himmel, wovon nur ein winziger Ausschnitt zu sehen war, zogen Regenwolken auf. »Im Ernst: Woher soll ausgerechnet ich wissen, wer lügt und wer die Wahrheit sagt? Du warst dabei – ich nicht.«

»Na schön: Er hat auf den Grepo geschossen.«

»Wer hat auf ihn geschossen?«

»Christian.«

»Hat dieser Christian auch einen Namen?«

»Er heißt Zobel, Christian Zobel!«

»Warum denn so missmutig? Mehr wollte ich gar nicht wissen.« Sydow legte eine Kunstpause ein. Dann fragte er: »Und woher stammt die Waffe?«

»Ob du's glaubst oder nicht, Herr Kriminalhauptkommissar: aus Polizeibeständen.«

Sydow gab ein nachdenkliches Nicken von sich. Um nachzuvollziehen, wie der Tunnelbau überhaupt möglich war, musste man nicht viel Fantasie besitzen. Ohne die – gelinde gesagt – stillschweigende Duldung seiner

Ex-Kollegen wäre ein Unternehmen wie das vom vergangenen Wochenende nicht möglich gewesen. Außerdem kostete so was eine Stange Geld, von Schaufeln, Spitzhacken und technischem Zubehör einmal abgesehen. Woher dieses Geld kam, war ein offenes Geheimnis, gab es doch einen Haufen Leute, die mit den Genossen eine Rechnung offen hatten. »Da erzählst du mir nichts Neues, Hajo.«

»Na also. Und wo liegt dann das Problem?«

»Das Problem, junger Mann, besteht darin, dass ein Mensch zu Tode gekommen ist.«

»Schon mal was von Peter Fechter gehört, Tom?«

»Du brauchst jetzt nicht ironisch zu werden, Hajo. Ich weiß, dass die da drüben Befehl haben, auf Flüchtende zu schießen. Und ich weiß auch, wie viele Tote es seit dem Mauerbau gegeben hat. Aber ich bin dagegen, dass den Grepos mit gleicher Münze heimgezahlt wird, frei nach dem Motto: Wenn zwei das Gleiche tun, ist es noch lange nicht dasselbe. Versteh mich nicht falsch, Hajo: Ich hab die Klugscheißer von der SED gefressen, und wenn ich könnte, würde ich den ganzen Laden hochgehen lassen. ›Deutsche Demokratische Republik‹ – wenn man da nicht das Kotzen kriegt, weiß ich auch nicht mehr! Aber all das, die Mauer, das Propagandagetue, die Stasi und der Maulkorb, den sie den armen Teufeln verpasst haben, rechtfertigt nicht, dass …«

»Der Tod eines Menschen als etwas Nebensächliches hingestellt wird, ich weiß.« Marquard schüttelte missbilligend den Kopf. »Falls du es vergessen hast, Tom: Ich studiere Theologie.«

»Weißt du was, Hajo: Ich finde, es bringt nichts, wenn wir anfangen rumzudiskutieren. Erzähl mir lieber, wie es dir ergangen ist.« Die Arme vor der Brust verschränkt, drehte sich Sydow um. »Oder darf ich das nicht wissen?«

»Doch.«

»Na also – dann schieß los.«

Der Theologiestudent, nach dem sich so manche Schwiegermutter die Finger geleckt hätte, seufzte aus tiefster Seele. »Die hätten den Laden dicht machen sollen«, flüsterte er, in Gedanken bei den Ereignissen, die er vom Dachboden des Hauses in der Bernauer Straße beobachtet hatte. »Aber nein, Reino und Zobel konnten den Hals nicht voll kriegen!«

Einmal in Fahrt, war Marquard nicht zu bremsen, und da er froh war, dass er ihn so weit hatte, nahm Sydow kommentarlos Platz.

»Aber so ist es nun mal: Wenn du nicht aufpasst, kann es sein, dass du auf die Schnauze fällst. So wie Christian. Ich versteh das nicht, Tom – ehrlich. Die hätten doch merken müssen, mit wem sie es zu tun haben. Noch einem Kumpel Bescheid sagen, der rübermachen will! Eine dümmere Ausrede hab ich in meinem Leben noch nicht gehört. Zu dumm, dass ausgerechnet wir drauf reingefallen sind.« Sichtlich aufgebracht, hielt es Marquard nicht mehr auf seinem Stuhl, und er begann ruhelos hin- und herzulaufen. »57 Ost-Berliner, Männer, Frauen, Kinder – und dann so etwas! Das hältst du ja im Kopf nicht aus. Aber lassen wir das. Wo waren wir gerade stehen … genau! Ziemlich genau um halb eins kam dann Leben in die Bude. Da sind nämlich die zwei Wartburgs und eine Kradstreife aufgetaucht. Weshalb, war mir auf Anhieb klar. Dank der Gaskandelaber konnte man nämlich genug sehen. Meinen Augen getraut hab ich trotzdem nicht. Da hast du wochenlang geschuftet, tonnenweise Sand durch die Gegend gekarrt, jede freie Minute unter Tage verbracht – und dann, wenn du denkst, das Ding ist gelaufen, tauchen auf einmal die Grepos auf. Ich also nichts wie ans Funkgerät, um die Jungs am Tunnelende im Westen zu warnen. ›Erbse an Kochtopf – Gefahr im Verzug!‹

Keine Ahnung, wie wir auf derart bescheuerte Codewörter gekommen sind. Egal: Die Jungs in der stillgelegten Backstube haben die Warnung umgehend weitergegeben. Wir hatten nämlich zwei Grubentelefone, musst du wissen. Genützt hatte es leider wenig. Als die Warnung eintraf, war das Geballere bereits in vollem Gang.«

»Geballere?«

»Was hast du denn gedacht, Tom! Die waren bewaffnet, mit Kalaschnikows. Das hat gekracht, dass man geglaubt hat, wir sind im Krieg.« Marquard gab ein nachdenkliches Schnauben von sich. »Mich wundert, dass alle wieder heil rübergekommen sind. Falls nicht, hätte ich nicht in ihrer Haut stecken wollen. Die wären ihres Lebens nicht mehr froh geworden, jede Wette. Bei so was versteht die Stasi keinen Spaß.«

»Das kannst du aber laut sagen.« Sydow legte die Stirn in Falten, und die Miene, mit der er Marquard musterte, sprach Bände. »Wenn ich dir einen Rat geben darf, Hajo: Zu niemandem ein Wort. Wärst nicht der Erste, der von der Stasi entführt worden ist. Um sich zu rächen, ist denen jedes Mittel recht.«

»Du glaubst doch wohl nicht im Ernst, dass …«

»Denk bloß nicht, die können dir nichts anhaben. Das wäre der größte Fehler, den du machen kannst. Der Stasi-Konzern ist schwer am Expandieren. Der hat überall seine Filialen – auch hier, im vermeintlich freien West-Berlin.«

»Da sagst du mir nichts Neues, Tom«, erwiderte Marquard resigniert. »Keine Angst, ich bin auf der Hut.«

»Wenn du alles so genau weißt – weshalb bist du dann hier?«

»Gute Frage!«, stieß Marquard hervor und blieb mit dem Rücken zu Sydow stehen. »Gründe dafür gibt es viele.«

»Und die wären?«

»Zunächst mal wollte ich mir alles von der Seele reden. Glaub mir, Tom: Die letzten paar Tage waren kein Zuckerschlecken für mich. Und schon gar nicht für meine Kameraden. Speziell Christian macht zur Zeit viel durch. Kannst dir vorstellen, dass ihm der Tod von diesem Grepo auf den Magen geschlagen hat. Der weiß nicht mehr, wo ihm der Kopf steht – ehrlich. Wie dem auch sei, er behauptet steif und fest, dass es Notwehr war. Ihm sei keine andere Wahl geblieben, meint er.« Marquard gab ein bitteres Lachen von sich. »Den will ich sehen, der in dieser Situation anders gehandelt hätte. Hinterher ist man sowieso schlauer, vor allem die Klugscheißer, die momentan über uns herziehen. Weißt du was, Tom, die können mich alle mal!«

»Du bist doch nicht gekommen, um mir das zu sagen, oder?«

»Nein, ganz bestimmt nicht.«

»Hör zu, Hajo, falls du Ärger mit Vroni hast, ist es vielleicht besser, du redest mit Lea.«

»Ich will aber nicht mit Lea darüber reden, sondern mit dir.«

»Auf gut deutsch: Ich soll retten, was noch zu retten ist.«

»So könnte man es bezeichnen.« Sonst nie um eine Antwort verlegen, rang Hans-Joachim Marquard nach Worten. »Sie ... sie nimmt es mir übel, dass ich ihr die Sache mit dem Tunnel verheimlicht habe.«

»Auf die Gefahr, es mir bei dir zu verscherzen: Ein ganz klein wenig kann ich sie verstehen.«

»Ich mittlerweile auch. Ehrlich währt eben immer noch am längsten.«

»Na also, dann wäre ja alles klar.«

»Nichts ist klar, Tom. Das ist überhaupt nicht der Punkt.«

»Sondern?«

»Sie wirft mir vor, mit Mördern gemeinsame Sache gemacht zu haben.«

»Wie bitte? Das ist doch wohl nicht dein Ernst!«

»Und sie sagt, sie wolle nichts mehr mit mir zu tun haben. ›Wer sich auf so etwas einlässt, darf sich nicht wundern, wenn er vor der Öffentlichkeit als Krimineller dasteht!‹ Originalton Veronika von Oertzen. Da bleibt einem die Spucke weg, was, Tom?«

»Mein Gott, was ist denn in die gefahren!«, ächzte Sydow und trottete zum Küchenschrank, um sich einen Cognac einzugießen. »Nichts für ungut, Hajo – auf den Schreck muss ich mir einen genehmigen. Auch ein Glas?«

Marquard nickte und drehte sich im Zeitlupentempo um. »Ich fürchte, das war noch nicht alles, Tom!«, räumte er kleinlaut ein, den Blick an die gegenüberliegende Wand gerichtet, wo ein Bild von Lea, Sydow und Vroni hing. »Das Schlimmste steht dir noch bevor.«

»Noch nicht alles?«, echote Sydow und drückte Hajo ein Cognacglas in die Hand. »Was hat das Ganze denn mit mir …« Das Glas in der Rechten und die linke Hand auf der Tischkante, wo er instinktiv Halt suchte, versagte Thomas Randolph von Sydow, vermeintlich Letzter der Neuruppiner Filiale seines Hauses, die Sprache. Wer ihn kannte, wusste, dass dies nur in Ausnamefällen geschah, glaubte er doch, ihn könne nichts mehr erschüttern. »Was kann denn so schlimm sein, dass … Sag, dass das nicht wahr ist, Hajo!«

Das Glas in Brusthöhe, nahm Marquard instinktiv Haltung an. »Doch, Tom – ist es!«, bekräftigte er und nahm all seinen Mut zusammen. »Vroni ist im dritten Monat. Eigentlich wollte ich es dir schon viel früher sagen, aber … aber ich wusste nicht, wie ich es dir beibringen sollte!«

Tom Sydow, Kriminalhauptkommissar a. D., gab keine Antwort, sondern trank das Glas, das er in der Hand hielt, auf einen Zug leer.

Dann nahm er Platz und goss sich nach.

7

Vertrauen war gut, Vorsicht besser. Ohne sie, Kardinaltugend jedes Agenten, wäre er längst aufgeschmissen gewesen, sowohl damals, während seiner Moskauer Zeit, als auch heute, wo der Stasi-Konzern allgegenwärtig zu sein schien. Darüber hinaus benötigte man jedoch auch Instinkt, je mehr, desto größer die Gewähr, nicht in Schwierigkeiten zu geraten. Das war unter Stalin so gewesen und das war auch heute so. Ein unbedachtes Wort, missliebige Freunde oder Kritik am Kurs der Partei, und das Mindeste, was einem passieren konnte, waren zehn Jahre Gulag gewesen.

Oder mehr, wie im Fall seiner Mutter.

Kein Zweifel: Vertrauen war gut, Vorsicht indes unerlässlich.

Seit damals, den späten Dreißigern, hatte diese Maxime sein Handeln bestimmt. Das war so weit gegangen, dass er es sich zur Gewohnheit gemacht hatte, Gesichter zu studieren, je gründlicher, desto besser auch hier. Als Sohn einer Berliner Kommunistin, die vor den Schergen Hitlers nach Moskau geflüchtet war, hatte er das auch bitter nötig gehabt, denn man konnte nie sicher sein, ob nicht eines Tages doch der NKWD vor der Tür stehen würde. Der Terror Stalins hatte vor niemandem Halt gemacht, am allerwenigsten vor einem 15-Jährigen, der Mühe hatte, in der neuen Heimat Fuß zu fassen. Dass seine Mutter an der Lenin-Schule unterrichtet hatte, änderte nicht das Geringste daran, zumal jeder, vom deutschen Exilanten bis zum Sowjetmarschall, jeden Tag aufs Neue um sein Leben fürchten musste.

Je besser man es also verstand, in den Gesichtern seiner Mitmenschen zu lesen, desto geringer die Gefahr, auf der Anklagebank bei einem der zahlreichen Schauprozesse zu landen. Gerd Czerny, 43-jähriger Major des DDR-Staatssicherheitsdienstes, ließ den Blick durch den voll besetzten Waggon der U-Bahn-Linie 4 schweifen. Das musste genügen, um festzustellen, ob ihm Gefahr drohte, ein zweiter, um die Umstehenden zu taxieren. Schüler, Studenten, Berufstätige, unter anderem mehrere Arbeiterinnen, zwei, drei Rentner und als Krönung ein amerikanischer Tourist. Fazit: Alles bestens, kein Grund zur Sorge.

Czerny atmete kaum hörbar auf und vertiefte sich in seine Zeitungslektüre. Kein Zweifel, verglichen mit damals, als auch er um sein Leben hatte bangen müssen, sahen die Leute in West-Berlin ganz anders aus, bewegten sich anders, verhielten sich anders, redeten, wie ihnen der Schnabel gewachsen war. Kam man miteinander ins Gespräch, blieb der sattsam bekannte Blick über die Schulter aus, und niemand wäre auf die Idee verfallen, im Flüsterton zu sprechen. Dort, wo er gerade herkam, war dies natürlich anders, ein Grund unter vielen, warum ihm der Entschluss, einen Schlussstrich zu ziehen, relativ leicht gefallen war.

Ganz so leicht, wie er es sich anfangs vorgestellt hatte, war die Sache dann aber doch nicht gewesen. Für viele, mit denen er zusammengearbeitet hatte, war er ab jetzt ein Verräter, und wenn er ehrlich war, konnte man den Vorwurf nicht von der Hand weisen. Schließlich hatte er im Osten Karriere gemacht, hatte er es bis zum persönlichen Referenten von Mielke gebracht. Er konnte sich Klamotten aus dem Westen leisten, mit dem Geld, das er verdiente, einen Lada kaufen und sich eine Wohnung gönnen, von der andere, allen voran Werktätige, nur träumen konnten. Er zählte zu den Privilegierten, und das, wie er sehr wohl wusste, nicht nur im materiellen Sinn.

All das zählte jedoch nicht mehr, hatte noch nie irgendeine Bedeutung für ihn besessen. Von Anbeginn, seit seiner Rückkehr aus dem Exil, war er nämlich nur von einem Gedanken beseelt gewesen: Er, Sohn einer linientreuen KPDlerin, würde es denen, die seine Mutter auf dem Gewissen hatten, zeigen. Dass dies Jahre in Anspruch nehmen und ihn zu einem Versteckspiel zwingen würde, das ihn an den Rand des Wahnsinns brachte, hatte er 1945 noch nicht ahnen, geschweige denn voraussehen können. Damals, gerade einmal 24, hatte der Kampf ums Überleben im Vordergrund gestanden, das Bemühen, sich in dem Trümmerfeld, das der Krieg hinterlassen hatte, eine Existenz aufzubauen. Dank seiner Adoptiveltern, die beste Verbindungen zur Parteispitze besaßen, war ihm dies auch recht bald gelungen, doch der Preis, den er hatte zahlen müssen, war hoch gewesen. Er hatte Parolen nachbeten müssen, an die er nicht mehr glaubte, Dinge tun müssen, die er verabscheute, Ideale hochhalten müssen, an denen selbst führende Genossen Zweifel hegten. Vor allem aber hatte er mitgeholfen, ein System aufzubauen, das vor nichts, nicht einmal vor dem Bau einer Mauer mitten durch Berlin, zurückzuschrecken schien.

All das, insbesondere so tun zu müssen, als stehe er voll und ganz hinter dahinter, hätte ihn um ein Haar den Verstand gekostet. Wäre ihm der Zufall in Gestalt eines Sonderauftrages, mit dem Mielke ihn vor vier Tagen betraut hatte, nicht zu Hilfe gekommen, wer weiß, wie lange er hätte durchhalten können.

»Viktoria-Luise-Platz.« Um einen Rückzieher zu machen, war es jedoch zu spät. Jetzt und in den kommenden Minuten war Kaltblütigkeit gefragt. Kaltblütigkeit, Umsicht und Professionalität – Eigenschaften, die ihn seit jeher ausgezeichnet und dafür gesorgt hatten, dass er es bis zum Vertrauten von Mielke gebracht hatte. Czerny lächelte in sich hinein. Mit Betonung auf ›hatte‹. Nach dem, was er vorhatte, durfte er sich in der Normannenstraße nicht mehr blicken lassen, und er konnte von Glück sagen, wenn er keine Kugel verpasst bekam.

Czerny ließ den Blick zur Tür wandern. Etwa ein halbes Dutzend U-Bahn-Passagiere stieg aus, ganze drei, darunter sein Kontaktmann, stiegen in den letzten Waggon der Linie 4 ein. Wie verabredet trug dieser einen gestreiften Schal, dazu passend einen Pullover aus Kaschmirwolle und obendrein eine dunkelblaue Schirmmütze, die den Umstand, dass er kaum noch Haare auf dem Kopf hatte, nicht verbergen konnte. Czerny dagegen hatte sich einen Spaß daraus gemacht, so auszusehen, wie man sich einen Geheimagenten vorstellte. Grauer Trenchcoat, feiner Zwirn und den breitkrempigen Hut tief im Gesicht: Manchmal bestand die beste Tarnung eben darin, wenn man sich ein wenig aufmöbelte. Eine, wenn nicht gar die wichtigste Voraussetzung, um den Erfolg – sprich: die Durchführung – seiner Pläne zu gewährleisten.

Damit allein war es freilich nicht getan, und so leicht wie in den Agentenfilmen, bei denen er sich vor Lachen gekugelt hatte, würde die Sache bestimmt nicht über die Bühne gehen. Czerny runzelte die Stirn, im Zweifel, ob er wirklich alles durchdacht hatte. An seinem Entschluss, das größte Staatsgeheimnis der DDR preiszugeben, änderte dies jedoch nichts. Das Einzige, was jetzt zählte, war, an den Richtigen zu geraten, ob der Mann, den er noch nie zu Gesicht bekommen hatte, genug Sachverstand besaß.

Und genug Geld, dass er sich eine neue Existenz aufbauen konnte.

»Bayerischer Platz.« Zeit, sich auf die Socken zu machen. Vorbei an einer Blondine, die ihn mit Wohlgefallen musterte, schlängelte sich Czerny zwischen den dicht an dicht gedrängten Passagieren hindurch. Auf den Mann, der sich umgehend an seine Fersen heftete, verschwendete er jedoch keinen Blick. Wer wie er so lange beim Geheimdienst war, spürte, wenn ihm jemand folgte, ob Freund oder Feind, spielte keine Rolle. Dass es sich um Ersteren handelte, stand für Czerny fest, und so unterließ er es, die Lage zu sondieren.

Dass er observiert wurde, hätte er nicht im Traum vermutet, schon gar nicht, dass sein Leben keinen Schuss Pulver mehr wert zu sein schien. Dementsprechend gelassen, ja geradezu heiter war seine Miene, und wie um der Gefahr, in der er schwebte, zu spotten, summte er ein Lied vor sich hin.

»Rathaus Schöneberg.« Alles, so schien es, lief nach Wunsch. Die Becher-Hymne im Sinn, die weiß Gott nicht zu den Gassenhauern zählte, stieg Czerny aus, wandte sich nach links und strebte der Treppe zu, die hinauf ins Freie führte. Er wirkte wie befreit, heiter, beinahe schon ausgelassen. Der Tag der Vergeltung war gekommen, der Tag, an dem Gerd Czerny, Stasi-Major a. D., den Genossen einen Schlag versetzen würde, von dem sie sich so schnell nicht erholen würden.

Von dem sie sich, wenn alles gut ging, nie mehr erholen würden.

Nie mehr.

Ohne auf die Schritte, die sich von hinten näherten, zu reagieren, umklammerte Czerny seinen Schirm, drehte den Kopf, um einen Blick auf das Schöneberger Rathaus zu erhaschen, und überquerte die Zuckmayer-Brücke, an deren Ende sich eine ausladende Freitreppe befand. Dort angekommen, blieb der Stasi-Major stehen. Zu Lebzeiten seiner Großmutter, die nicht weit von hier gewohnt hatte, hatte er an diesem Ort viel Zeit verbracht, im Park, wo die Freitreppe endete, Cowboy und Indianer gespielt. Das war zwar lange her, hatte sich ihm jedoch unauslöschlich eingeprägt. Nicht zuletzt deshalb war seine Wahl auf diesen Ort gefallen, wobei die Tatsache, dass er sich hier auskannte, den Ausschlag gegeben hatte.

Immer noch guter Dinge, warf Czerny einen Blick zum Himmel. Bleigrau, dazu Nieselregen und Windböen, wie man sie sonst nur von der Nordsee kannte: Das Wetter war zwar nicht das Beste, aber für das, was ihm vorschwebte, geradezu ideal. Dementsprechend gering fiel die Zahl der Spaziergänger aus, und Czerny musste nicht lange warten, bis auch der Letzte, ein älterer Herr mit Hund, plötzlich umgekehrt und in Richtung U-Bahnhof entschwunden war.

Der Körper des Stasi-Majors straffte sich, und während er die Lage sondierte, trat ein Ausdruck von Entschlossenheit in sein Gesicht. Kein Zweifel, heute, am 9. Oktober, war ein ganz besonderer Tag. Vor genau 28 Jahren war seine Mutter verhaftet worden, und von da an war nichts mehr so gewesen wie es war. Czerny atmete geräuschvoll aus. Nichts ahnend hatte er mit ihr noch am Vortag einen Spaziergang durch den Gorki-Park gemacht und wie so viele, die in die Fänge des NKWD gerieten, nicht geahnt, was auf ihn zukommen würde. Genau wie heute war es kein schöner Tag gewesen, nasskalt, wolkenverhangen und selbst für Moskauer Verhältnisse zu kühl. Dennoch oder gerade deswegen hatten sie die Zeit für einen kleinen Ausflug genutzt, unter anderem, weil Mutters Worten zufolge »die Wände bedauerlicherweise Ohren« hatten. Was genau sie damit meinte, war ihrem 15-jährigen Sohn zunächst nicht ganz klar geworden. Doch schon am nächsten Tag, am 9. Oktober 1936, waren sämtliche Unklarheiten beseitigt gewesen. Mitten in der Nacht hatte es plötzlich an der Tür geklopft, so laut, dass er schlaftrunken in die Höhe fuhr. Kurz darauf waren auf dem Korridor Stimmen zu hören gewesen, darunter diejenige seiner Mutter, die in ein Wortgefecht mit einem Unbekannten verwickelt war. Anfänglich beherrscht, war ihre Stimme immer lauter geworden, wovon sich der Unbekannte, der sich in Begleitung eines weiteren Mannes befand, nicht beeindrucken ließ. Czerny war wie gelähmt gewesen, unfähig, die Schockstarre, in die er verfiel, wieder abzuschütteln. Kurz darauf war dann seine Mutter erschienen, mit Mantel, Hut und einem Koffer in der Hand, der stets reisefertig in der Diele stand.

Czernys Miene verhärtete sich. Auch jetzt, nach all den Jahren, war sein Groll immer noch nicht gewichen, klangen ihm die Abschiedsworte seiner Mutter immer noch im Ohr. Sie müsse »auf eine Kommandierung«, hatte sie gesagt, der damals übliche Begriff für die Verschleppung in ein Straflager, von denen es in der Sowjetunion Hunderte gab. Czerny, zu jener Zeit noch Gerd Mendelssohn, hatte daraufhin sämtliche Hebel in Bewegung gesetzt, um Näheres über ihre Verhaftung zu erfahren, war von Pontius zu Pilatus gelaufen, beim Direktor der Lenin-Schule und sogar beim nächstgelegenen Revier der Miliz vorstellig geworden. Vergebens. Mutter war wie vom Erdboden verschluckt gewesen, und das Letzte, was er von ihr gesehen hatte, war der Schatten, der ihm von der Türschwelle aus zuwinkte, umrahmt vom Licht, das von der Diele in das spärlich möblierte Kinderzimmer drang. Danach hatte er nichts mehr von ihr gehört, und wären seine Pflegeeltern, KPD-Exilanten aus der Tschechoslowakei, nicht gewesen, hätte sein Weg ins Waisenhaus oder in eines der überall im Land verstreuten Kinderlager geführt.

»Irre ich mich, oder sind wir zwei verabredet?«

»Letzteres!«, erwiderte Czerny, der es nicht eilig hatte, sich zu dem Mann, auf den er wartete, umzudrehen. »Paul Gierke, nehme ich an?«

»Sie sagen es.«

»Freut mich, Sie kennenzulernen«, erwiderte Czerny und drehte sich so langsam um die eigene Achse, dass man es als Desinteresse auffassen konnte. »Und – sind Sie zu einem Entschluss gelangt?«

»In der Tat, das bin ich«, erwiderte der Mann aus der

U-Bahn, während der Wind, der von Westen her durch den Park fegte, an Stärke zuzunehmen schien. »Zuerst möchte ich jedoch wissen, mit wem ich es zu tun habe.«

»Nennen Sie mich Gerd, alles andere tut nichts zur Sache.«

»Der große Unbekannte – verstehe.«

»Ich fürchte, Sie verstehen überhaupt nichts!«, gab Czerny zurück und ließ die Umgebung, über der eine Regenbö nach der anderen niederging, keinen Moment aus den Augen. »Wenn Sie interessiert sind, sagen Sie es, wenn nicht, ist unser Gespräch beendet.«

»Aber, aber – wer wird denn gleich in die Luft gehen.« Paul Gierke, Reporter eines Boulevardblattes, das angeblich niemand las, fuhr mit der Hand über die Oberlippe und sagte: »Damit wir uns richtig verstehen, Herr …«

»Mendelssohn, Gerd Abraham Felix Mendelssohn.«

»Ver… Freut mich, Sie kennenzulernen.«

»Sie lernen schnell, junger Freund.«

»Jung – haben Sie eine Ahnung!«

»Jahrgang 43, geboren in Kreuzberg, von Beruf Schriftsetzer, hab ich recht?«

»Woher wissen Sie, wann ich …«

»Neugierde, junger Freund – aber lassen wir das.«

»Soll das heißen, Sie schnüffeln hinter mir her? Falls ja, können Sie das Ganze …«

»Vergessen, meinen Sie? Wenn ich Sie wäre, Gierke, würde ich mir überlegen, was ich sage.« Mit der Geduld am Ende, vollführte Czerny eine Drehung, ließ den Boulevardreporter stehen und erweckte den Anschein, als sei das Gespräch für ihn beendet. »Die Konkurrenz schläft nicht, junger Freund.«

»Eins muss Ihnen der Neid lassen, Mendelssohn –«, rief Gierke hinter ihm her, was Czerny veranlasste, auf der Stelle zu verharren. »Sie sind gut informiert.«

»Das bringt mein Beruf mit sich, junger Freund.«

»Stasi?«

»Ich muss zugeben, ich habe Sie unterschätzt.« Ein Lächeln auf den Lippen, spazierte Czerny auf Gierke zu, versenkte den Blick in denjenigen des Reporters und flüsterte: »Junger Freund – Sie haben doch nichts dagegen, wenn ich Sie so nenne, oder?«

Gierke schüttelte den Kopf.

»Freut mich.« Trotz allem Herr der Lage, legte Czerny eine Kunstpause ein. Dann dämpfte er den Ton und sagte: »Soll ich Ihnen sagen, warum Sie meine Honorarforderungen erfüllen werden?«

»Da wissen Sie mehr als ich, Men…«

»Sie werden sie erfüllen, weil sich Ihnen die Chance bietet, auf einen Schlag berühmt zu werden.«

»Wer will das nicht!«

»Und Sie werden diese Chance nutzen, weil Sie – vorausgesetzt, ich liege mit einer Einschätzung nicht falsch – einen guten Riecher haben.«

»Ach, ja? Und wenn nicht?«

Czerny lachte in sich hinein. »Wenn nicht, verpassen Sie die Chance, Ulbricht, Honecker und speziell Mielke vor aller Welt bloßzustellen. Eine Gelegenheit, die man beim Schopf packen sollte, finden Sie nicht auch?«

8

Er war die Sache zu schnell angegangen. Und jetzt hatte er den Salat.

Völlig außer Atem, legte Sydow die Hand auf den Oberschenkel, beugte sich nach vorn und rang nach Luft. Selten zuvor war er so ausgepumpt gewesen wie jetzt, und selten zuvor war er dermaßen ins Schwitzen geraten. Er musste lange zurückdenken, um einen angemessenen Vergleich zu finden, bis hin zu der Zeit, als er auf der Polizeischule gewesen war. Damals, zu Beginn der Dreißiger, war er ordentlich getriezt worden, mehr, als ihm und den Kameraden recht gewesen war. Wie allgemein bekannt, war es jedoch nicht bei körperlichen Torturen geblieben. Mit 23 hatte er miterleben müssen, wie ein ehemaliger Hühnerzüchter namens Himmler Chef der Deutschen Polizei geworden war, und spätestens ab da, im Jahr 1936, hatte sich sein Traumberuf in einen Albtraum verwandelt. Dass dieser Albtraum sechs Jahre später vorüber war, war für ihn nur ein schwacher Trost gewesen, wie für so viele, die aus der Ferne mitverfolgten, wie Berlin in die Steinzeit zurückgebombt wurde.

»Ist Ihnen nicht gut, junger Mann?«

Sydow blickte überrascht auf, die Trainingsjacke mit dem Stadtwappen und der Aufschrift ›Polizei‹ triefend vor Schweiß. »Alles in Ordnung!«, keuchte er, während sein Blick auf denjenigen einer Rentnerin vom Typ Rotkäppchens Großmutter traf, die ihn mit einer Mischung aus Anteilnahme und Besorgnis musterte. »Und danke für den ›jungen Mann‹!«

Wieder einigermaßen bei Puste, richtete sich Sydow auf. Wie ausgerechnet er auf die Idee mit einem Dauerlauf durch Schöneberg kommen konnte war ihm ein Rätsel. Im Grunewald, weitaus geeigneter für solche Eskapaden, wären seine Anwandlungen wenigstens unentdeckt geblieben. Wahrscheinlich hatte er ganz einfach Dampf ablassen wollen, und das, nicht weiter verwunderlich, möglichst schnell.

Er und Großvater – so was musste man erst mal verkraften. Nicht genug, dass er sich momentan selbst im Weg stand, war zu allem Übel noch Hajo aufgekreuzt und hatte ihn mit einer Neuigkeit konfrontiert, an der er geraume Zeit zu kauen haben würde. Die Frage war, wie Lea, vom Aussehen her nun wahrlich nicht im entsprechenden Alter, die Sache aufnehmen würde. Nur ein, aber nicht das einzige Problem, das er heute noch in Angriff nehmen musste. Weitaus schwieriger und alles andere als vergnüglich stellte er sich das Gespräch mit Veronika vor, die er sich heute Mittag, nach überstandener Tortur, zur Brust nehmen würde. Wie man sich wegen einer Angelegenheit wie dem Tunnel 57 in die Haare kriegen konnte, war ihm ein Rätsel, aber das, wie manch anderes, mussten die beiden unter sich ausmachen. Er hatte Hajo versprochen, als Parlamentär zu fungieren – nicht weniger, aber auch nicht mehr.

Dauerlauf. Und dann auch noch bei Regen. Warum bloß tat er sich das an?

Vorbei am Schöneberger Rathaus, mit dem ihn unauslöschliche Erinnerungen verbanden, steuerte Sydow auf die Zuckmayer-Brücke zu. Vor gut einem Jahr, genauer gesagt Ende Juni, hatte Kennedy hier seinen großen Auftritt gehabt. Wie die meisten Berliner war Sydow mit von der Partie gewesen, einer von Hunderttausenden, die den Platz vor dem Rathaus bevölkert hatten. Die Rede des Präsidenten war in die Geschichte eingegangen, nicht zuletzt aufgrund des Satzes, der seitdem in aller Munde war: »Ich bin ein Berliner!« Nun gut, als Spross einer märkischen Adelssippe und gebürtiger Neuruppiner konnte er das zwar nicht behaupten, aber das änderte nichts daran, dass er sich ein Leben fernab der Insel namens Berlin nicht vorstellen konnte. Hier hatte er einen Großteil seiner Jugend verbracht, hier hatte er seine Frau kennengelernt, hier hatte er bis vor zwei Jahren seinen Beruf ausgeübt, an diesem Ort hatte er die schönsten und zugleich schwärzesten Momente seines Lebens erlebt. Einer davon war gewiss die Nachricht vom Tod John F. Kennedys gewesen, bei deren Eintreffen er zu Leas Überraschung mit den Tränen gekämpft hatte.

Dauerlauf. Oder anders ausgedrückt: Wenn schon nass, denn richtig! Trotz Regen, der glücklicherweise am Abklingen war, und trotz Windböen auf der Brücke biss Sydow die Zähne zusammen und kämpfte mit Todesverachtung gegen den Schweinehund in seinem Inneren an. Er war es, der dafür gesorgt hatte, dass er ganz schön zugenommen hatte, und er war es auch, der dafür verantwortlich war, dass er vorhin drei Cognacs gekippt hatte. Am frühen Morgen war das bestimmt nicht ratsam, und

Sydow nahm sich vor, den gleichen Fehler nicht noch einmal zu begehen.

Vom Ehrgeiz gepackt, legte Sydow noch einen Zahn zu und beschloss, der Freitreppe zu folgen, die hinunter in den Park führte. Viel nasser konnte er nicht mehr werden, und da er heute Morgen nichts vorhatte, konnte er genauso gut noch ein paar Runden drehen. Zum Hirschbrunnen, über dem das Wappentier von Schöneberg thronte, war es nicht mehr weit, bis dorthin würde er es gerade noch schaffen.

Bis dorthin also, und nicht weiter.

Hier drunten, inmitten von Trauerweiden, einem Teich, Liegewiesen und Balustraden aus Sandstein, auf die sich das Herbstlaub der umliegenden Bäume herabsenkte, würde er niemandem über den Weg laufen, den er kannte. Folglich würde er sich auch nicht lächerlich machen, zumal er aus seiner Meinung, dass Sport Mord sei, nie einen Hehl gemacht hatte. Kurzum: Hier drunten würde er wenigstens seine Ruhe haben.

Ein Wunsch, der leider unerfüllt bleiben würde.

*

»Und wo haben Sie das her?« Paul Gierke, Journalist aus Berufung und Sensationsreporter aus Notwendigkeit, bekam vor Überraschung den Mund nicht mehr zu. »Donnerwetter! Das … das zieht einem wirklich die Schuhe aus.«

»Wusste ich's doch, dass Sie mein Präsent zu schätzen wissen würden!«, antwortete Czerny prompt und warf dem Reporter, der neben ihm auf dem Rand des Fontänebeckens saß, einen amüsierten Seitenblick zu. »Wenn Sie es geschickt anstellen, können Ulbricht & Co. einpacken. Das garantiere ich Ihnen, junger Freund.«

»Na, so jung nun auch wieder nicht. Und außerdem: Wer garantiert mir, dass ich mit heiler Haut davonkomme?«

»Keiner. Und mir auch nicht.«

»Gut zu wissen. Aber das hilft mir nicht weiter.«

»Wer nicht wagt, der nicht gewinnt, junger Freund. In Ihrem Metier ist das eben so.«

»Und in Ihrem?«

»Da frisst man, um nicht gefressen zu werden.«

»Warum tun Sie das? Ich meine, wenn man Sie so reden hört, merkt man, dass Sie irgendein hohes Tier sein müssen. Die haben es drüben doch ganz gut.«

»Gut? Haben Sie eine Ahnung!«

Bevor er weitersprach, legte Gierke eine kurze Pause ein, und ihm war anzusehen, dass er die Worte sorgsam wählte. »Dann eben nicht. Ich wüsste halt nur zu gerne, mit wem ich es zu tun habe. Und vor allem, warum Sie das tun.«

»Um Ulbricht eins auszuwischen, das habe ich doch schon gesagt.«

»Und warum noch?« Czerny gab ein nachdenkliches Schnauben von sich, sah zum Himmel hinauf und klappte den Schirm, der auf seiner Schulter geruht hatte, zusammen.

Und gab dem Heckenschützen, der ihn mithilfe eines Zielfernrohrs anpeilte, dadurch freie Bahn.

Aber davon ahnte Gerd Abraham Felix Mendelssohn alias Gerd Czerny nichts.

»Ist es des Geldes wegen? Oder haben Sie noch eine Rechnung zu begleichen?«

»Letzteres, junger Freund, Letzteres.« Um ein Haar hätte Czerny dem Drängen seines Gesprächspartners nachgegeben. Gierke erschien ihm vertrauenswürdig, zumal er dem Klischee des über Leichen gehenden Sensationsreporters nicht entsprach. Er war zwar jung, sehr jung sogar, aber der Blick, mit dem er ihn fixierte, ließ darauf schließen, dass seine Fragen auf persönlichem Interesse beruhten. »Wenn Sie nichts dagegen haben, würde ich es vorziehen, über das Geschäftliche zu reden.«

»50.000 jetzt, der Rest bei Erhalt der Negative!«, antwortete Gierke, der sich vom Anblick der Schwarz-Weiß-Fotos, die Czerny ihm in die Hand gedrückt hatte, offenbar nicht losreißen konnte. »Halten Sie mich bitte nicht für naiv, aber … aber mir fehlen einfach die Worte. Auf die Idee, dass uns die da drüben einen Wauwau vormachen, wäre ich nicht gekommen. Wäre ja nicht der erste Grenzer, der bei einer Schießerei draufgegangen ist. Denken Sie doch nur an … Verflixt, wie hieß der gute Mann doch gleich?«

»Göring. Peter Göring.«

»Genau. Mein lieber Schwan, haben die vor zwei Jahren ein Theater gemacht! Einen Toten nachträglich zum Unteroffizier befördern – wenn das nicht bekloppt ist, will ich Ulbricht heißen.« Gierke tippte mit dem Zeigefinger gegen die Stirn. »Selbst schuld, kann ich da nur sagen. Das hat man eben davon, wenn man auf einen 15-Jährigen schießt, der sich nicht wehren kann. Da musst du dich nicht wundern, wenn zurückgeschossen wird und du dir einen Querschläger einhandelst. Sage und schreibe

121 Schüsse, abgegeben von acht Grenzern – noch dazu auf ein wehrloses Kind. Darauf könnt ihr wirklich …«

»Falls Sie es noch nicht begriffen haben – ich kann mich im Osten nicht mehr blicken lassen.«

»Schon gut, hab's kapiert.« Um seine Verlegenheit zu überspielen, wandte sich Gierke wieder den Schwarz-Weiß-Fotos zu. »Eins muss man diesen Propaganda-Fritzen lassen: Von ihrem Handwerk haben die jede Menge Ahnung. Gehört schließlich was dazu, das ganze Land hinters Licht zu führen. Und ich Trottel hab euch die Sache ab…«

»Mielke, nicht euch. Das sind zwei ganz verschiedene Stiefel.«

»Kann es sein, dass Sie jedes Wort auf die Goldwaage legen?«

»Gehört zu meinem Beruf.« Czerny schmunzelte. »Sei's drum – Mielke ist dafür bekannt, dass er nichts dem Zufall überlässt. Das heißt, die Obduktion, deren Protokoll Sie soeben studiert haben, fand in Gegenwart von zwei Stasi-Offizieren statt.«

»Mir scheint, Sie sind bestens informiert.«

»Einer davon war ich.«

»Überrascht mich nicht. Und der andere?«

»Das tut nichts zur Sache, junger Freund.« Czerny schluckte. Schon der Gedanke an den Mann, mit dem er einen Großteil seiner Jugend verbracht hatte, ließ ihm die Zornesröte ins Gesicht schießen. »Ich hoffe, dass er mir nie mehr über den Weg laufen wird. Falls doch, muss er sich auf was gefasst machen.«

»Sonderlich gut scheint das Betriebsklima bei der Stasi ja nicht zu sein. Egal: Sie sind mir keine Rechenschaft schuldig.« Gierke konzentrierte sich wieder auf die Fotos. »Wenn das rauskommt, können die ihren Laden dichtmachen.«

»Ich darf doch mal, oder?« Ohne ihn dabei anzuschauen, nahm Czerny seinem Nebenmann das Foto aus der Hand, welches er gerade betrachtete. »Ich zitiere: ›Unmittelbare Todesursache: Verbluten in das Körperinnere infolge Zerstörung eines größeren Brustabschnittes der Körperschlagader. Mittelbare Todesursache sind die Schussverletzungen außerhalb des Nahschussbereiches.‹«

»Das soll mal einer verstehen.«

»Ich fürchte, da gibt es nichts zu verstehen, junger … Sie haben doch nichts dagegen, wenn ich Sie Paul nenne, oder?«

»Nö, warum sollte ich.«

Czerny reagierte mit einem Lächeln. »Wie dem auch sei: Der Nahschussbereich erstreckt sich auf ganze 25 Zentimeter.«

»Na, dann passt ja alles zusammen.«

»Inwiefern?«

»Sagen wir's einmal so: Ich hab überall meine Quellen.«

»Auch unter den Fluchthelfern?«

»Gerade bei denen, alter Freund – gerade bei denen.«

»Und? Was ist deren Version?«

»Sie waren bewaffnet. Insofern haben die SED-Bonzen nicht die Unwahrheit gesagt.«

»Aber?«

»Der Mann, der auf Schultz geschossen hat, beteuert, nicht mehr als drei Schüsse abgegeben zu haben.«

»Na, dann passt ja alles zusammen.« Czerny warf seinem Nachbarn einen amüsierten Seitenblick zu. »Ich darf nochmals zitieren: ›Die Mehrzahl der Schüsse sind auf die liegende Person abgegeben worden, zeigen Verlauf in Körperlängsrichtung oder tangential.‹ Na, was sagt uns das, Herr Reporter?«

»Dass ihn die eigenen Genossen auf dem Gewissen haben, was sonst! Denken Sie, ich bin …«

»Ich denke, Ihr Gewährsmann sagt die Wahrheit. Er hat auf Schultz gefeuert, keine Frage. Aber eben nur zwei, im äußersten Fall drei Mal. Nämlich da, als Schultz, seine Kameraden und meine … meine Ex-Kollegen ihm in die Quere gekommen sind. Dann hat er zugesehen, dass er die Fliege macht. Das Gleiche gilt im Übrigen für seinen Kameraden. Letzterer hat anscheinend die Hosen gestrichen voll gehabt. Sonst hätte er seine Waffe nicht weggeworfen und wäre getürmt. Hals über Kopf. Fazit: Wie den Seiten 14 bis 16 zu entnehmen ist, sind auf Unteroffizier Schultz insgesamt zehn Schüsse abgegeben worden, zuerst in den Rücken, dann in die Hüfte und im Anschluss daran in den Wadenbereich. Vermutlicher Tathergang: Der Fluchthelfer feuert die ersten Schüsse ab, darunter ein Lungensteckschuss. Diese sind jedoch nicht tödlich, weshalb Schultz zwar zusammenbricht, sich danach aber verzweifelt aufzurichten versucht. Im allgemeinen Durcheinander und aufgrund der spärlichen Beleuchtung auf dem Hinterhof hat sein Kamerad jedoch nichts mitbekommen und stellt seine Kalaschnikow auf Dauerfeuer. Ich denke, wir beide wissen, was das heißt. Anders ausgedrückt, jetzt ging das Chaos erst richtig los. Gut möglich, dass Maier die Mündung zu Beginn nach unten gezogen hat. Will heißen: Sein Vorgesetzter hatte nicht die geringste Chance. Kurz darauf, als das Missgeschick bemerkt wurde, war es denn auch schon zu spät.« Czerny seufzte. »Schultz hatte nicht die geringste Chance.«

»Ich muss schon sagen, der Herr Professor ist anscheinend ein ganz Gründlicher.«

Czerny gab das Foto zurück und sah Gierke, der eine weitere Fotografie studierte, mit hochgezogenen Brauen an. »Wieso?«

»Hier steht, dass der Lungensteckschuss nicht tödlich war. Datum: 9. Ok… Jetzt haut's mich aber um, das ist ja heute!«

»Da sehen Sie mal, was für ein gründlicher Mensch ich bin. Spaß beiseite: Prokop hat natürlich gemerkt, was gespielt wird. Schließlich handelt es sich bei ihm um eine anerkannte Kapazität. Damit also alles Hand und Fuß hat, ringt er sich dazu durch, eine Art Postskriptum zu verfassen. ›Pistolenprojektile, welche nicht die Lunge durchdringen, führen zu einer relativ geringen Blutung.‹ Bedeutet: Sie führen nicht zum Tod.« Czerny atmete geräuschvoll durch. »Den muss, wie mittlerweile bekannt, nämlich jemand anderes auf sein Gewissen nehmen. Und überhaupt – was heißt hier ›Gewissen‹! Es war ein Versehen, eine Verkettung unglücklicher Umstände.«

»Umso schlimmer, was sich die Herren Spitzenfunktionäre geleistet haben.«

»Tut mir leid, Sie korrigieren zu müssen: Ulbricht und Honecker sind nicht mal annähernd im Bilde.« Czernys Mundwinkel kräuselte sich. »Die haben keine Ahnung, was gespielt wird, weder der eine noch der andere. Warum das so ist, kann man sich denken: Mielke ist die Sache peinlich. Käme heraus, wie es wirklich war, könnte er seinen Hut nehmen. Dann wäre es aus mit dem Staat im Staat. Der Mielke-Konzern ohne Firmenchef – unvorstellbar! Um zu verhindern, dass es so weit kommt, muss die Angelegenheit vertuscht werden. Parole: strikteste Geheimhaltung. Darin ist Mielke ganz groß. Deshalb wissen nur wenige davon – im Ganzen drei Leute.«

»Mielke, Sie und …«

»Auf die Gefahr, mich zu wiederholen: Sein Name tut nichts zur Sache.«

»Na schön, wie Sie wollen.« Das war deutlich gewesen, mehr als deutlich. Um die Chance, die sich ihm bot, nicht zu verspielen, hakte Gierke nicht weiter nach und ließ die Schwarz-Weiß-Aufnahmen in einem Umschlag und Letzteren in seiner Lederjacke verschwinden. Im Gegenzug holte er einen weiteren Umschlag hervor, betrachtete ihn und reichte ihn nach anfänglichem Zögern weiter. »Hier – als Entschädigung. Wie gesagt: 50.000 jetzt und der Rest nach Erhalt der …«

»… Negative, ich weiß!«, fuhr Czerny dazwischen, nahm den Umschlag in Empfang, begutachtete den darin befindlichen Scheck, lächelte – und zerriss ihn in vier Teile. »So, sind Sie jetzt zufrieden?«

Komplett sprachlos, starrte Gierke seinen Nebenmann an. »Sind Sie noch ganz bei Trost?«, entrüstete er sich und starrte die Papierschnipsel, die der Wind auseinanderwehte, mit dem Ausdruck ungläubigen Staunens an. »Das … das war ein Scheck über 50.000 Mark!«

»Ich weiß.«

Gierke konnte es nicht fassen. »Scheint Sie aber nicht sonderlich zu interessieren!«

»Wenn ich ehrlich bin – nein.«

»Heißt das, Sie sind bereit, mir die Fotos …«

»Sie haben es erfasst. Ich habe mich entschlossen, Ihnen die Fotos zum Nulltarif zu überlassen.« Czerny wollte gerade fortfahren, als er hinter sich ein Geräusch vernahm. Anders als sonst schöpfte er jedoch keinen Verdacht und betonte: »Behalten Sie Ihr Geld, ich brauche es nicht.«

»Das meinen Sie doch nicht ernst, oder?«

»Doch.«

Gierke schüttelte den Kopf. »Ich hab ja schon allerhand erlebt, aber so was … so was ist mir noch nicht untergekommen.«

»Es gibt eben immer ein erstes Mal.«

»Finden Sie nicht, es wäre angebracht, mir den Grund zu nennen?«

»Gründe, junger Freund, gibt es genug.«

»So habe ich das nicht gemeint.« Die Ellbogen auf den Knien, ließ Gierke das Kinn auf den aneinandergelegten Fingerkuppen ruhen. »Was ich damit sagen will, ist: Wenn man auf so viel Kies verzichtet, tut man es nicht leichten Herzens, oder?«

»Ich will, dass Mielke bloßgestellt wird. Das habe ich Ihnen doch gesagt.«

»Ich schlage vor, wir hören auf, um den heißen Brei herumzureden.« Die Stirn in Falten, ließ sich Gierke nicht beirren. »Ich verspreche Ihnen, die Sache bleibt unter uns.«

Nachdenklich geworden, hob Czerny einen Kieselstein auf und wog ihn in der Fläche der linken Hand. »Wissen Sie, was es heißt, in einer Diktatur zu leben?«, begann er und kannte sich auf einmal selbst nicht mehr. Noch nie, auch nicht nach dessen Tod, hatte er über die Zeit unter Stalin gesprochen, und er fragte sich, warum er ausgerechnet jetzt so redselig war. »Was das betrifft, habe ich nämlich so meine Erfahrungen gemacht.«

»Ich, Gott sei Dank, nicht.«

»Da können Sie sich glücklich schätzen, Paul.«

»Weiß ich. Vom Dritten Reich habe ich zwar nicht mehr viel mitgekriegt, aber ich kann Ihnen trotzdem nachfühlen.«

Czernys Miene verhärtete sich, und er schlug einen barschen Tonfall an. »Gar nichts können Sie. Um zu ermessen, was ich meine, muss man die Zeit miterlebt haben.«

»An Ihrer Stelle wäre ich froh, sie überstanden zu haben. Andere hatten nicht so viel Glück. Die sind auf Nimmerwiedersehen im KZ verschwunden.«

»Erstens: Ich bin zwar Berliner, habe aber einen Großteil meiner Jugend in der Sowjetunion verbracht.«

»Und zweitens?«

»Zum Zweiten muss ich sagen, dass Stalin kein bisschen besser als Hitler war.« Ohne ihn anzuschauen, bat Czerny den Reporter um eine Zigarette, ließ sich Feuer geben und nahm mehrere kräftige Züge. »Das ist nicht einfach so dahergesagt, Paul. Ich weiß, wovon ich rede.«

»Vom Regen in die Traufe gekommen, was?«

»So könnte man es umschreiben.« Czerny inhalierte tief. Dann gab er seine Zurückhaltung auf. »Als ich zur Welt kam, hatte sich Mutter bereits von Vater getrennt. Geboren bin ich in Reinickendorf, habe jedoch keine Erinnerungen mehr daran. Kurz darauf ist Mutter nämlich in die Künstlerkolonie am Breitenbachplatz gezogen. Turbulenter Lebenswandel, finden Sie nicht auch?«

»Aber immerhin besser als Langeweile.«

»Komm drauf an, wie man es betrachtet«, antwortete Czerny, die Andeutung eines Lächelns im Gesicht. »Wie dem auch sei: Als ich zehn war, bin ich aufs Karl-Marx-Gymnasium in Neukölln gegangen, aber ein Gefreiter namens Hitler hatte etwas dagegen, dass ich Abitur mache. Als Jungpionier und Sohn einer Freundin von Rosa Luxemburg hatte ich eben schlechte Karten. Das Ende vom Lied war, dass ich und Mutter im Herbst '33 die Fliege gemacht haben. Nach Schweden. Dort bleiben durften wir allerdings nicht. Also nichts wie weiter Richtung Sowjetunion. Ich weiß, was Sie jetzt sagen wollen, Paul: Wie kann man denn auf so eine Idee kommen! Ganz einfach. Wir haben nach jedem Strohhalm gegriffen, und da mein alter Herr, den ich im Übrigen nie zu Gesicht bekam, die sowjetische Staatsbürgerschaft besaß, hat das die Sache wesentlich erleichtert. Zugegeben, anfangs war es gar nicht mal nicht so schlecht. Mutter bekam eine Stelle an der Lenin-Schule, und mich hat es an die Karl-Liebknecht-Schule in der Kropotkinstraße verschlagen. Viele Schüler sprachen Deutsch, zumeist Kinder deutscher und österreichischer Kommunisten. Gewohnt haben wir in der Gorkistraße 26. Na gut, ›gewohnt‹ ist leicht übertrieben, gehaust wäre passender, da wir nur über zwei Zimmer verfügten, die ein Bekannter meiner Mutter vermietet hatte.« Die Gesichtszüge des MfS-Majors entspannten sich. »Sie werden lachen: Im Nachhinein möchte ich die ersten beiden Jahre nicht missen. Wenn da nur nicht mein Heimweh gewesen wäre, das

Heimweh nach Berlin. Aber immerhin war Mutter in der Nähe. Das hat mich vor dem Schlimmsten bewahrt.«

»Ihre Mutter allerdings nicht.«

»Sie sagen es.« Obwohl er sie nicht zu Ende geraucht hatte, nahm Czerny die HB aus dem Mund, ließ sie fallen und trat die Kippe mit der Fußspitze aus. »Eines Tages stand der NKWD vor der Tür und hat sie ohne Angabe von Gründen abgeholt. Einfach so, als sei es die normalste Sache der Welt. Das war heute vor 28 Jahren. Danach habe ich sie nie wieder gesehen. Verstehen Sie jetzt, was ich meine? Um zu ermessen, in welcher Lage die Leute waren, muss man den Terror hautnah miterlebt haben.«

Gierke deutete ein Kopfnicken an. »Und was war mit Ihnen?«

»Mich haben sie übersehen.« Czerny stieß ein bitteres Lachen aus. »Natürlich wusste ich zunächst nicht wohin. Man stelle sich das einmal vor: Gerade einmal 15, der Landessprache kaum mächtig und von einem auf den anderen Tag auf sich allein gestellt. Das muss man erst mal verkraften.«

»Allerdings.«

»Wie es mir ergangen ist, wollen Sie wissen? Es klingt zwar paradox, aber nachdem meine Mutter verhaftet worden war, ging es mir vergleichsweise gut. Will heißen, Parteigenossen haben dafür gesorgt, dass ich in ein Kinderheim kam. Nicht gerade das Gelbe vom Ei, aber besser als befürchtet.«

»Und besser als ein Lager hinter dem Ural.«

»Sie sagen es. Glück im Unglück, dass im Kinderheim Nr. 6 Deutsch gesprochen wurde. Weshalb, ist leicht zu erklären. Nach dem Februaraufstand des Jahres 1934 wurde dafür gesorgt, dass die Kinder der getöteten Parteigenossen aus Österreich nach Moskau in Sicherheit gebracht wurden.« Czerny legte eine kurze Pause ein. »Auf die Art habe ich meine Muttersprache wenigstens nicht verlernt.«

»Humor ist, wenn man trotzdem lacht.«

»Bedauerlicherweise sollte mir das Lachen bald vergehen. Wären meine Pflegeeltern nicht gewesen, hätte ich einpacken können.« Czerny griff in die Brusttasche, holte seine Brille hervor und setzte sie auf. »Ist mir wohler damit!«, fügte er hinzu, um den Gesprächsfaden unmittelbar danach wieder aufzunehmen: »Milan stammte aus Prag, Karolina, eine Jugendfreundin von Mutter, aus Pankow. Sie haben sich um mich gekümmert. Und mich später sogar adoptiert.«

Gierke nickte, mit den Gedanken offenbar woanders.

»Was das mit Mielke zu tun hat, wollen Sie wissen?« Gerade eben noch sanft, wurde Czernys Tonfall wieder ernst. »Ganz einfach: Als ich 21 wurde, haben mir die beiden reinen Wein eingeschenkt. Ich versichere Ihnen, es war der schlimmste Tag in meinem Leben. Zwei Hiobsbotschaften, eine schlimmer als die andere!«

»Ihre Mutter?«

Czerny nickte. »Sechs Jahre nach ihrem Verschwinden wurde mir mitgeteilt, dass sie im Zwangsarbeitslager Workuta verstorben sei. An Typhus.« Der MfS-Major deutete auf die linke Brusthälfte. »Die Mitteilung habe ich aufgehoben. Hier drin, in meiner Brieftasche.«

»Und wieso …«, begann Gierke, wobei ihm die Worte, die er gewählt hatte, nur schwer über die Lippen kamen.

»Wieso wurde sie eigentlich verhaftet? Ich meine, es muss doch einen Grund gegeben haben.«

»Den gab es, junger Freund.«

»Mielke?«

»Sehen Sie, jetzt kommen wir der Sache schon näher.« Steif wie ein Zinnsoldat, starrte Czerny stur geradeaus. »Um es kurz zu machen: Er war es, der Mutter beim NKWD denunziert hat. Und er hatte sogar ein Motiv.«

»Wollen Sie etwa andeuten, er …«

»Das heißt, er hatte ein Auge auf sie geworfen. Sehen Sie, junger Freund, so etwas hat sich damals schnell rumgesprochen. Moskau war zwar groß, die Schar der Exilanten – Stalin sei Dank! – jedoch vergleichsweise klein. Kurzum, als Freunde der Familie haben Milan und Karolina natürlich etwas mitbekommen. Ernst genommen hat es dagegen niemand, am allerwenigsten Mutter, die ihren Verehrer, der zu allem Unglück auch noch ihr Kollege war, eiskalt abblitzen ließ.«

»Eine Abfuhr mit Folgen.«

Czerny bejahte. »Später, nachdem Mutter abgeholt worden war, hat er sogar damit geprahlt. Im Suff. Sein Pech, dass es sich bis zu meinen Pflegeeltern rumgesprochen hat. Die es, wie ich hinzufügen muss, bis zu meinem 21. Geburtstag für sich behalten haben.«

»Fragt sich, ob Sie Ihnen damit einen Dienst erwiesen haben.«

»Aber natürlich. Und zwar einen sehr guten. Ab da habe ich wenigstens Bescheid gewusst. Ich wusste, wer meine Freunde und wer genau meine Feinde waren. Und vor allem, wer für den Tod meiner Mutter verantwortlich war. Deswegen, und nur deswegen, bin ich nach dem

Krieg wieder nach Berlin gekommen, nicht, um beim Aufbau des Sozialismus mitzuwirken. Nicht, um die stalinistischen Parolen nachzubeten. Nicht, um dem Westen die Stirn zu bieten. Nein, junger Freund – was mich betraf, gab es nur das eine: Ich wollte es dem Mann, der meine Mutter auf dem Gewissen hat, heimzahlen.«

»Und warum haben Sie ihn dann nicht umgebracht?«

»Es gibt ein arabisches Sprichwort, Paul. ›Rache ist eine Speise, die man am besten kalt genießt.‹ Umbringen? Auf keinen Fall. Für meine Begriffe wäre das viel zu schnell gegangen.« Czerny lachte verächtlich auf. »Wissen Sie was, junger Mann? Nachdem meine Adoptiveltern bei Ulbricht vorstellig geworden waren, konnte es der alte Dummschwätzer gar nicht abwarten, mich unter seine Fittiche zu nehmen. Tja, auf die Art bin ich dann bei der Stasi gelandet, der Rest der Geschichte ist bekannt.«

»Starker Tobak, muss ich schon sagen.«

»Und Stoff für eine gute Story, oder?« Zum ersten Mal während des Gesprächs wandte sich Czerny nach links, legte die Hand auf Gierkes Schulter und schlug einen geradezu beschwörenden Tonfall an. »Nehmen Sie das Zeug und veröffentlichen Sie es, Paul. Veröffentlichen Sie es so schnell es irgend geht. Mehr kann ich dazu nicht sagen. Und mehr verlange ich auch nicht. Ich will, dass diese Heuchler der Lüge überführt werden, allen voran Erich Mielke.«

Überrascht über so viel Offenheit, ließ Gierke den Blick auf seinem Nachbarn ruhen. »Und was ist mit Ihnen?«, fragte er, wandte sich wieder ab und betastete seine Jackentasche, in der sich der Umschlag mit den Schwarz-Weiß-Fotos befand. Fotos, die, wie er sehr wohl wusste, für reichlich Schlagzeilen sorgen würden. »Schon irgendwelche Pläne?«

»Klar. Aber darüber möchte ich nun wirklich nicht reden.« Einen Ausdruck der Erleichterung im Gesicht, schlug Czerny mit der Handfläche auf die Oberschenkel, tippte an den Rand seines Hutes und stand auf. »Einstweilen jedenfalls vielen Dank, junger Freund, war nett, Sie kennengelernt zu haben. Was mich betrifft, machen Sie sich keine Gedanken.«

»Und Ihre ehemaligen Kollegen? Sie glauben doch nicht, dass die sich das bieten lassen werden!«

»Die Stasi?«, höhnte Czerny, der Tonfall siegesgewisser denn je. »Das ist doch wohl nicht Ihr Ernst! Bis die mitkriegen, was gespielt wird, bin ich längst über alle …«

Rückblickend, mit dem Abstand mehrerer Stunden, wusste Gierke nicht, was in diesem Augenblick furchteinflößender gewesen war: die Schüsse, welche die Stille wie eine Seifenblase zerplatzen ließen oder der Ausdruck des Schreckens in Czernys Gesicht.

Darüber zu entscheiden war jedoch müßig. Jetzt ging es nur noch darum, den Kugeln, die ihm um die Ohren pfiffen, zu entgehen. Rette sich, wer kann. So lautete die Devise. Helfen konnte er dem Mann, der neben ihm zusammenbrach, ohnehin nicht mehr.

Dafür, so schien es, war es zu spät.

*

Das hatte er jetzt davon. Fertig mit der Welt, klitschnass und abgekämpft bis zum Gehtnichtmehr.

Und dann noch Zeuge bei einer Schießerei.

Wenn das nicht nach Reinfall roch, wollte er nicht Tom Sydow heißen.

Klar doch. Er hätte kehrtmachen und verduften können. Dann wäre er aus dem Schneider gewesen. So weit hätte seine Kraft gereicht.

Gerade noch.

Aber er tat das Gegenteil. Er dachte nicht einmal nach, verschärfte das Tempo, bis er Seitenstechen bekam und schlug die Richtung ein, aus der die Schüsse gekommen waren. Inzwischen hatte es aufgehört zu regnen, und während er auf den Hirschbrunnen zupreschte, der hinter der nächsten Wegbiegung lag, brach auf einmal die Sonne hervor. Herbststimmung, weinrotes Laub, Trauerweiden, mit Torf bedeckte Blumenbeete und Dunstschwaden, die wie Flaum über dem Schilfgürtel des nahen Teiches hingen. Abgesehen von seiner Selbstkasteiung hätte dies ein friedlicher Morgen werden können. Wäre da nur der Polizist in ihm nicht gewesen. Ein Teil von ihm, der anscheinend nicht totzukriegen war.

Dieser Teil beziehungsweise der damit verbundene Instinkt sagte ihm, dass er im Begriff war, sich jede Menge Ärger aufzuhalsen. Ärger, auf den er gewiss verzichten konnte. Seine Karriere, die er aus freien Stücken beendet hatte, war voll davon gewesen, und es gab Zeiten, in denen er nicht gewusst hatte, wo oben beziehungsweise unten war. Ob Gestapo, NKWD, CIA oder Stasi – kein Syndikat, mit dem er nicht aneinandergeraten, kein Verbrechen, das er nicht hätte aufklären müssen.

Mist, verdammter! Wieso, zum Teufel, machte er nicht kehrt, warum musste er wieder einmal den Helden spielen, blindlings um die Ecke biegen und sich mit Dingen beschäftigen, die ihn nichts angingen?

Ganz einfach. Weil er nicht aus seiner Haut konnte. Weil nicht nur der Polizist, sondern auch der Preuße in ihm nicht totzukriegen war.

»Mensch, passen Sie doch auf, Sie Idiot!« Er hatte den Mann, der ihn beinahe über den Haufen rannte, nicht kommen sehen. Anfang 20, Schirmmütze, Lederjacke und die Hosen gestrichen voll. Besondere Kennzeichen: keine. Anscheinend funktionierte sein Wahrnehmungsvermögen, will sagen Polypenhirn, noch recht gut. »Wohl verrückt geworden, wie?«

Von der Fähigkeit, die richtigen Schlüsse zu ziehen, einmal abgesehen. Aber das wurde ihm erst später klar.

Einstweilen hatte er jedoch mit sich selbst genug zu tun. Kurz vor dem Zusammenbruch, entschied Sydow, den Flüchtenden sich selbst zu überlassen, hechelte wie ein altersschwacher Hund und setzte den Weg, den er eingeschlagen hatte, fort. Zum Herumballern gehörten bekanntlich zwei, es sei denn, einer der Duellanten war bereits tot.

Eine Mutmaßung, die sich wenige Sekunden später zu bestätigen schien.

Anfang bis Mitte vierzig, gepflegtes Äußeres, teure Klamotten, Heinz-Drache-Verschnitt. Und im Gegensatz zu ihm nicht übergewichtig.

Und allem Anschein nach bereits tot.

Nur Sekundenbruchteile, und Sydows Entschluss stand fest. Um den Jungspund, der wie von Furien gepeinigt Richtung Brücke rannte, noch einholen zu können, würde er das Letzte aus sich herausholen müssen. Die Hände zu Fäusten geballt, schleppte sich Sydow voran, hechelte, keuchte, blieb stehen, hetzte weiter, schrie, der Mann solle stehenbleiben. Vergebens. Noch ehe er die Freitreppe erreicht hatte, von der aus man zur U-Bahn-Station gelangte, war der Mann mit der Lederjacke verschwunden.

Und blieb es auch.

Aber das war jetzt sein geringstes Problem. Viel wichtiger war, nach dem Toten zu sehen, die Kollegen zu verständigen, nach Zeugen zu suchen, die den Vorgang beobachtet hatten. Schließlich konnte er den armen Teufel, auf dessen Leichnam er fünf Minuten zuvor gestoßen war, nicht einfach liegen lassen.

Wiederum fünf Minuten später, einem Kollaps bedrohlich nah, stand Tom Sydow, Kriminalhauptkommissar a. D., immer noch vor dem Bassin aus Muschelkalk, dessen Mitte eine zehn Meter hohe Säule markierte. Auf ihrer Spitze, im Sonnenlicht funkelnd, erhob sich ein vergoldeter Hirsch, und aus den Springfontänen, welche die Säule umgaben, sprudelte das glasklare Wasser hervor.

Dafür hatte Sydow, der nicht wusste, wo ihm der Kopf stand, jedoch keinen Blick. Gedankenfetzen jagten ihm durch den Kopf, Bilder, Details, die es sich einzuprägen galt. Mit der Kraft am Ende, stieß er eine Serie von Flüchen aus. Alles, was recht war: So etwas hatte er während eines Vierteljahrhunderts in Diensten von Vater Staat nicht erlebt. Falsch! So etwas hatte er, der geglaubt hatte, ihn könne nichts überraschen, noch nie erlebt.

Aber alles Fluchen, Lamentieren oder Kopfschütteln half nicht.

Der Leichnam, nach dem er suchte, blieb verschwunden.

POST MORTEM (II)

Aus der Trauerrede von Erich Honecker:

»Tief erschüttert stehen wir an der Bahre unseres Freundes und Genossen Egon Schultz. Am 5. Oktober 1964 wurde er auf dem Gebiet der Deutschen Demokratischen Republik von Banditen, die aus Westberlin kamen, heimtückisch ermordet.«

(NEUES DEUTSCHLAND, 10. Oktober 1964)

ZWEITES KAPITEL

9

»Kein Grund zur Besorgnis, Genosse Minister. Wenn alles nach Plan läuft, wird uns Czerny nicht entkommen.«

Na, du hast vielleicht gut reden!, fuhr es Mielke durch den Sinn, und er wäre nicht der gewesen, für den man ihn hielt, wenn er seine Gedanken für sich behalten hätte. Im selben Moment begann jedoch die Trauerfeier, weshalb er die Bemerkung, die Radek ihm ins Ohr geflüstert hatte, ohne erkennbare Regung quittierte.

Es wäre unpassend gewesen, ohne Not auf sich aufmerksam zu machen, zumal es Genossen gab, die viel lieber im Rampenlicht standen als er. Anwesend war beinahe alles, was Rang und Namen hatte, außer Ulbricht, der es vorzog, der Trauerfeier fernzubleiben. Mielke schnitt eine angewiderte Grimasse. Damit ihm nicht zu wohl wurde, war Genosse Honecker aufgekreuzt, und mit ihm seine Frau, unter deren Fuchtel er sich befand. Aber auch sonst war allerlei Prominenz erschienen, allen voran solche aus dem Politbüro, darauf hoffend, dass ihr die gebührende Aufmerksamkeit zuteilwurde.

Ob sie nun Honecker, Matern oder Norden hießen, seinetwegen konnten sie ihm allesamt gestohlen bleiben. Eines Tages, womöglich bereits in naher Zukunft, würde auch er im Politbüro sitzen, und es kümmerte ihn wenig, wie lange es noch dauern würde. Wenn der Tag X gekommen war, würde er vorbereitet sein, stand doch fest, dass jeder der hohen Herren ein paar Leichen im Keller hatte. Sie aufzuspüren war keine Kunst, sondern die Fähigkeit, den Moment abzupassen, um die Katze aus dem Sack zu lassen. Das, neben weiteren Dingen, war eine der Lehren seiner Moskauer Zeit gewesen. Wenn alles lief, wie er es sich wünschte, würden die Genossen unbehelligt bleiben, wenn nicht, würde er gezwungen sein, andere Saiten aufzuziehen.

Nur zu gern hätte er das auch mit Czerny getan, und das war noch harmlos ausgedrückt. Typen wie ihn musste man umgehend liquidieren, und sei es nur, um ein Exempel zu statuieren. Mielkes Groll stieg ins Unermessliche. Im Fall seines Adlatus, auf den er blind vertraut hatte, war dies freilich nicht genug. Er musste um jeden Preis ausgeschaltet werden, je früher, desto besser. Wenn er erst ausgepackt hatte, war es zu spät, und er konnte sich vorstellen, was passierte, wenn die Wahrheit über die Schießerei ans Licht kommen würde.

Einmal angenommen, der Fall der Fälle trat ein. Dann wären seine Tage in der Normannenstraße gezählt. Dann konnte er froh sein, wenn er nicht öffentlich demontiert wurde. Kaum fähig, seine Wut zu bändigen, rief sich Mielke den Inhalt von Czernys Nachricht ins Gedächtnis zurück. Unfassbar, was für eine Blamage! Noch nie, weder in Moskau noch im Spanischen Bürgerkrieg, war er derart vorgeführt worden, und das ausgerechnet von einem Mann, den er als verlässlich eingestuft hatte. Was Czerny, den Verräter, nicht daran gehindert hatte, zum Klassenfeind überzulaufen. Einfach so. Das Wissen um das derzeit größte Staatsgeheimnis im Gepäck. ›Verehrter Genosse Minister! Wie befohlen habe ich mir den Obduktionsbefund in Sachen Schultz von der zuständigen Stelle an der Charité aushändigen lassen und an den Genossen Kamerowski übergeben. Bitte haben Sie Verständnis, dass ich ihn zu gegebener Zeit gegen Sie verwenden werde. Das war ich meiner Mutter, die Ihnen ein Begriff sein dürfte, schuldig. Mit sozialistischem Gruß – Ihr Gerd Czerny alias Mendelssohn.‹

Jetzt hatte er also den Salat. Dass ihm ein Licht aufgegangen war, als er den Namen las, war nur ein schwacher Trost gewesen. Mendelssohn. Darauf hätte er von selbst kommen können, von selbst kommen müssen. Und er hätte nachhaken müssen, als er ihm von Ulbricht aufs Auge gedrückt worden war. Dann hätte er sich die Kacke, in der er steckte, ersparen können. So aber war ihm verborgen geblieben, wen er vor sich hatte, nicht zuletzt, weil er den Namen seiner Adoptiveltern trug.

Fazit: Czerny musste unschädlich gemacht werden. Koste es, was es wolle.

Aber zuerst musste er das hier überstehen. Um sich abzulenken, warf Mielke einen Blick in die Runde. Honecker. Ausgerechnet Honecker. Immer wieder musste sich dieser Gernegroß in den Vordergrund spielen. Klar, dass er sich die Chance nicht entgehen ließ. Reden war zwar nicht seine Stärke, aber wie er es schaffte, die anderen in den Hintergrund zu drängen, verdiente Respekt. Ein Mann, mit dem zu rechnen war. Wenngleich einer, mit dem er nicht gut konnte.

Aber was nicht war, konnte ja noch werden.

Bringen wir's also hinter uns!, dachte Mielke, während der Trauermarsch ›Unsterbliche Opfer‹ intoniert wurde.

Kaum war er verklungen, trat Erich Honecker, verantwortlich für den Mauerbau und nach Ulbricht mächtigster Mann im Staat, nach vorn, verneigte sich vor dem Sarg und begab sich hinter das Rednerpult. Links von ihm, eingehüllt in die Staatsflagge, befand sich der Sarg, an dem vier Unteroffiziere Ehrenwache hielten. Dahinter, um ein Vielfaches vergrößert, das Porträt des getöteten Unteroffiziers Schultz. Das Samtkissen mit den posthum verliehenen Auszeichnungen, darunter die Medaille für vorbildlichen Grenzdienst, durfte natürlich nicht fehlen. Mielke, Pathos gegenüber nicht abgeneigt, verzog das Gesicht. Vorbildlich – nun ja. Der arme Teufel war eben zur falschen Zeit am falschen Ort gewesen. Er musste ausbaden, was die Idioten, die sich MfS-Offiziere schimpften, angerichtet hatten.

Allen voran dieser Tollpatsch, der zu dumm gewesen war, mit einer Kalaschnikow umzugehen.

»Liebe Eltern, lieber Bruder Armin, verehrte Trauergäste, verehrte Genossinnen und Genossen!« In Gedanken bei den Vorgängen, von denen außer ihm und Radek niemand wusste, hörte Mielke nur mit halbem Ohr zu. Was Honecker da abzog, war zwar nachvollziehbar, aber dummerweise auch riskant. Käme heraus, was nicht herauskommen durfte, würde der Schuss nach hinten losgehen, und sie alle, Honecker mit eingeschlossen, wären die Gelackmeierten. Ein Glück, dass er nicht nur von Tuten und Blasen, sondern auch von den tatsächlichen Vorgängen keine Ahnung hatte. Sonst wäre ihm die Lust am Redenschwingen vergangen.

»Mitten in die friedliche Atmosphäre der Vorbereitung des 15. Jahrestages der Deutschen Demokratischen Republik peitschten die Schüsse, die Deinem jungen Leben ein

Ende setzten.« Nun gut. So konnte man es natürlich auch sagen. Besser der Poet ging mit Honecker durch, als dass man die Wahrheit über die Vorgänge vom Montag erfahren würde. Wenn er sonst nie recht hatte, dann wenigstens in einem Punkt: Schüsse waren genug abgefeuert worden, die meisten von den eigenen Leuten. Mielke konnte sich einen Stoßseufzer nicht verkneifen. Am besten, Honecker käme bald zum Ende, das Gequatsche ging ihm auf die Nerven. Außerdem hatte er momentan Wichtigeres zu tun, Wichtigeres als hier rumzusitzen und sein dämliches Geschwätz anzuhören.

Kurz darauf, gekrönt durch das Versprechen, die Mörder ihrer gerechten Strafe zuzuführen, war die Trauerrede vorüber. Es folgte Bachs 3. Suite und die bei vergleichbaren Anlässen übliche Prozedur. Selbst ein Mielke kam nicht darum herum, den Hinterbliebenen das Beileid auszusprechen, wobei er so schlau war, der Parteiprominenz den Vortritt zu lassen.

Dennoch: Die Zeit, in der Erich Mielke den Ton angab, würde kommen.

So sicher wie die Kampflieder am 1. Mai.

Erstaunt, dass ihm der Humor nicht gänzlich abhandengekommen war, reihte sich der Minister für Staatssicherheit in die Reihen derjenigen ein, die dem Sarg, der von acht Kameraden geschultert wurde, auf seinem Weg vom Trauersaal ins Freie folgten. Dort würde er auf die Ladefläche eines Militärtransporters gehievt, an Tausenden von Schaulustigen vorbei durch Ost-Berlin chauffiert und von Schildow aus nach Rostock transportiert werden, wo der Getötete einen Großteil seiner Jugend verbracht hatte. Der letzte Weg des Egon Schultz hatte begonnen, und Mielke wurde das Gefühl nicht los, dass ihn sein Tod noch lange in Atem halten würde.

Die Befürchtung sollte sich bewahrheiten. Kaum war der Konvoi seinen Blicken entschwunden, trat Radek auch schon neben ihn. »Ich verstehe nicht, wie das passieren konnte!«, murmelte der Minister für Staatssicherheit, teils an die eigene, zum Teil aber auch an die Adresse des Leiters des Sektion Omega gerichtet, der abwartete, bis die Trauergäste außer Hörweite waren. Die meisten hatten es eilig, nicht zuletzt eine Folge des Nieselregens, der vom bleigrauen Ost-Berliner Himmel fiel. »Mir scheint, da haben ein paar Leute gepennt.«

Über Radeks Gesicht, trotz Schmuddelwetter hinter einer getönten Brille, huschte ein chamäleonartiges Lächeln. Das Lächeln eines Mannes, der es verstand, aus jeder Regung Mielkes seine Schlüsse zu ziehen. Darin war er zweifelsohne Meister, nur eins der vielen Talente, die der Mann ohne Gesicht besaß. Ein weiteres bestand darin, die Gedanken des Geheimdienstchefs zu erahnen, momentan gewiss keine allzu große Kunst. Auf der Suche nach Schuldigen, an denen er seinen Unmut abreagieren konnte, sah Mielke wie eine angriffslustige Dogge aus, und die Frage, ob er ein geeignetes Opfer finden würde, beantwortete sich fast von selbst. »Mit einer Ausnahme – nämlich mir.«

»Sie verlangen doch nicht, dass ich Ihnen das abkaufe, oder?« Der Stasi-Chef funkelte Radek wütend an. »Wenn Sie so schlau sind, wie Sie tun, warum wurde er dann nicht verhaftet?«

»Gute Frage.« Die Stirn in Falten, ließ Radek den Zeigefinger über den rechten Nasenflügel gleiten. »Ich hätte schwören können, dass etwas im Busch ist, Genosse Minister. Dazu kenne ich ihn einfach zu lange.«

»Ich weiß, dass Sie zusammen an der Lomonossow-Universität waren. Gemeinsame Jahre im Exil – so was verbindet.« Mielke lachte kaum hörbar auf. »Gerade deshalb aber frage ich mich, wie es ihm gelungen ist, Sie zu täuschen. Geben Sie's zu, Radek: Er hat nicht nur uns alle, sondern auch Sie an der Nase herumgeführt. Ausgerechnet Sie, meinen besten Mann. Tja, Genosse: So kann man sich täuschen!«

»Bei allem Respekt, Genosse Mielke: Wenn sich jemand getäuscht hat, dann ganz bestimmt nicht ich.« Radek holte laut und vernehmlich Luft. »Man kann ihm nicht über den Weg trauen, das war von vornherein klar. Aber es war genauso klar, dass ich Beweise brauchte, um ihn zu überführen. Glauben Sie mir, Genosse: So einen abgebrühten Kerl gibt's nicht noch mal auf der Welt. Hat keine Miene verzogen, als wir uns bei der Obduktion begegnet sind.«

»Wer weiß, vielleicht hat er Sie nicht gleich erkannt.«

»Bedaure, Ihnen erneut widersprechen zu müssen. Er würde mich auch nach 100 Jahren noch erkennen.«

»Apropos: Wie lange haben Sie ihn eigentlich nicht mehr gesehen?«

»Bevor wir die Obduktion überwacht haben, meinen Sie?« Radek musste nicht lange überlegen. »Beinahe 19 Jahre.«

»Und wie sind Sie ihm auf die Spur gekommen?«

»Indem ich mir erlaubt habe, ihn observieren zu lassen.« Radek verzog keine Miene. »Und indem ich mir die Freiheit nahm, Erkundigungen beim KGB einzuziehen.«

»Erkundigungen?« Auf einen Schlag kreidebleich, versagten Mielke die Worte, und er wandte den Blick, den er seinem Nebenmann zugeworfen hatte, wieder ab. »Beim KGB? Darf man fragen, was Sie sich dabei gedacht haben?«

Der Angesprochene reagierte mit einem süffisanten Lächeln. »Finden Sie nicht, es wäre besser, nach vorn zu schauen?«

Oh ja, das war es. Besser, die Vergangenheit ruhen zu lassen, als ständig Leichen auszugraben. Er hatte genug im Keller, mehr als genug. Angefangen bei den beiden Polizisten, die er 1931 erschossen hatte, bis hin zu den Landsleuten, auf die er vom NKWD angesetzt worden war. Sich selbst als Spitzel zu bezeichnen wäre ihm allerdings nicht in den Sinn gekommen. Überall, selbst in der Sowjetunion, hatte es von Saboteuren, Konterrevolutionären und Spionen aus dem kapitalistischen Ausland nur so gewimmelt. Um zu verhindern, dass sie dem Mutterland der Werktätigen schadeten, war Wachsamkeit mehr denn je vonnöten gewesen. Daran gab es für ihn nichts zu rütteln. Nun gut, was Ruth anging, waren die Dinge anders gelegen. Das war etwas Persönliches, aus seiner Sicht überaus Schmachvolles gewesen.

Etwas, an das er jetzt, da er von ihrem Sohn düpiert worden war, nicht erinnert werden wollte.

Mielke ballte die Rechte zur Faust. Warum, fragte er sich, hatte er nicht nachgehakt, als Ulbricht ihm Czernys Kaderakte in die Hand gedrückt und ihn beauftragt hatte, den jungen Mann, Pflegekind zweier Genossen aus der Tschechoslowakei, unter seine Fittiche zu nehmen? Warum hatte er nicht nachgeforscht, auch dann nicht, als Czerny ihm hatte weismachen wollen, seine leibliche Mutter, Exilantin wie er, sei bei einem Unfall ums Leben gekommen? Wieso hatte er sich einen Bären nach dem andern aufbinden lassen?

Warum, verdammt noch mal, warum?

»Da muss ich Ihnen ausnahmsweise recht geben, Radek.« Mit diesem Lump, der sich Tschekist schimpfte, würde er abrechnen, aber erst, wenn die Zeit reif dafür war. Einstweilen war er auf ihn angewiesen, aber nur so lange, bis Czerny sein Fett abbekommen hatte. Wie das vonstattengehen würde, war ihm allerdings schleierhaft, denn er schien wie vom Erdboden verschluckt zu sein.

Und mit ihm das Staatsgeheimnis Nummer eins.

»Eins interessiert mich wirklich brennend, Radek. Wie konnte so etwas passieren?«

»Was das betrifft, sehen wir mittlerweile klarer.« Die Hände in den Taschen seines Lodenmantels, der bis zum Kragen zugeknöpft war, rührte sich Radek nicht von der Stelle. »Laut Aussage der Sekretärin hat er das Institut kurz nach halb acht verlassen. Danach ist er in seine Wohnung in der Zetkin-Straße gefahren.«

»Wer sagt das?«

»Ich.« Als betrachte er sein Konterfei im Spiegel, ließ Radek den Zeigefinger über die Barthaare gleiten. Dann ließ er sich zu einer Erklärung herab: »Ein Fotolabor mit allen Schikanen, und das in einer Zwei-Zimmer-Wohnung. Made in West Germany, nach hiesigen Maßstäben ein Vermögen wert. Kurzum: alles nur vom Feinsten. Wundert mich, dass kein Mensch etwas mitgekriegt hat.«

»Mich auch, Genosse Major.«

Taub gegenüber dem Sarkasmus seines Vorgesetzten,

ließ sich Radek nicht aus der Ruhe bringen. »Hätte ich ihn nicht beschatten lassen, wäre er uns entwischt.«

»Kompliment, Radek. Sie sind wirklich ein ganz Schlauer.«

»So aber hat der Kollege, der vor seinem Haus Position bezog, die Verfolgung aufnehmen können. Zunächst Richtung Normannenstraße, wo er laut Auskunft von Kamerowski kurz nach acht eingetroffen ist, ihm den Obduktionsbefund ausgehändigt und darum gebeten hat, Ihnen eine Nachricht zu überreichen. Welchen Inhalts, ist mittlerweile bekannt.«

Nicht in der Stimmung, den Reinfall zu kommentieren, hüllte sich Mielke in Schweigen.

Radek dagegen nicht. »Im Anschluss ist er in seinen Lada gestiegen und vom Ministerium aus in seine Wohnung gefahren, um die entwickelten Bilder mitzunehmen. Circa eineinhalb Stunden nach seinem Eintreffen im Institut für Rechtsmedizin, also kurz vor neun, hat er das Territorium der Deutschen Demokratischen Republik via Grenzübergang Invalidenstraße verlassen. Wohin, werden wir demnächst erfahren.«

»Verraten Sie mir eins, Radek: Warum haben Ihre Leute ihn nicht hopsgenommen? Dann hätten wir ein paar Probleme weniger.«

»Hopsnehmen? Bei allem Respekt, Genosse – aber das ist doch wohl nicht Ihr Ernst!« Radek verzog das Gesicht. »Ohne ausdrücklichen Befehl lässt man hohe Offiziere gewähren. Noch dazu, wenn es sich um den persönlichen Referenten des Ministers handelt.«

»Zu Ihrer Information, Radek: Ich kann es nicht ausstehen, wenn man in der dritten Person über mich redet.«

Auf einmal wie ausgewechselt, winkte Mielke einem vorübereilenden Politbüromitglied zu, um anschließend wieder eine grimmige Miene aufzusetzen. »Wenn er so ausgebufft ist, wie es scheint, warum hat er den Befund nicht gleich mitgenommen?«

»Gegenfrage: Wozu umständlich, wenn's auch einfacher geht? Ein paar Fotos lassen sich ja wohl leichter verstecken. Wissen Sie, was ich glaube?«

»Nein, aber Sie werden es mir gleich sagen.«

»Er wollte Sie demütigen. Und hat sich ausgemalt, wie es sich anfühlt, wenn man auf einem nutzlosen Packen Altpapier sitzen bleibt. Fazit: der perfekte Plan. Wären Sie heute Morgen nicht zum Dienst erschienen, womit er offenbar gerechnet hat, wäre er über alle Berge gewesen. So aber besteht die Chance, dass wir ihn noch schnappen können.«

»Bevor er Kapital aus seinem Verrat schlagen kann, meinen Sie?«

»Genau. Sieht so aus, als sei genau das seine Intention.«

»Woher wollen Sie das wissen?«

»Kaum im Westen, hat er auch schon telefoniert. Mit wem, bekam der Genosse, der sich an seine Fersen geheftet hat, zwar nicht mit, aber immerhin hatte er noch Zeit, Alarm zu schlagen. Dank der Tatsache, dass Czerny am Lehrter Bahnhof eine Frühstückspause eingelegt hat, waren die Kollegen rechtzeitig zur Stelle.« Radeks Blick hellte sich merklich auf. »Tja, so ist das nun mal: Selbst ein Meisterspion sollte sich nie sicher fühlen.«

»Das heißt, unsere Agenten sind ihm auf den Fersen?«

»Davon, denke ich, können wir getrost ausgehen. Das Letzte, was ich von ihm gehört habe, war, dass er mit der

U-Bahn-Linie vier Richtung Innsbrucker … Was soll das Genosse, haben Sie kein Benimm im Leib?«

Der auf Radek zustürmende MfS-Leutnant nahm instinktiv Haltung an, salutierte vor Mielke und wandte sich wieder seinem Vorgesetzten zu, dem er den Text eines dechiffrierten Funkspruchs in die Hand drückte.

Zunächst voller Vorfreude, die sich jedoch rasch verflüchtigte, überflog Radek die kurze Nachricht.

Und traute seinen Augen nicht.

Dann begann er von Neuem, murmelte etwas, das Mielke nicht verstand, setzte seine Brille ab, kniff die schiefergrauen Augen zusammen, blickte kopfschüttelnd auf – und ließ die Hand, in der er das Blatt hielt, mit konsternierter Miene sinken.

»Was ist los, Radek – irgendetwas nicht in Ordnung?«

Aschfahl im Gesicht, gab der Angesprochene seinem Untergebenen einen Wink, worauf dieser sich nach abermaligem Salutieren außer Hörweite begab. Dann erst, die Brille in der Linken, reichte er den Funkspruch an Mielke weiter.

»Tja, Wegener!«, ließ sich dieser die Gelegenheit, den Vorgesetzten herauszukehren, nach vollendeter Lektüre nicht entgehen, winkte seinen Fahrer herbei und gab den Funkspruch an den sichtlich konsternierten Stasi-Major zurück. »Sieht so aus, als hätten Sie ein Problem.«

»Mag sein, aber …«

»Lassen Sie mich gefälligst ausreden, Sie Versager.« Bebend vor Zorn, baute sich Mielke vor Radek auf. »Ich gebe Ihnen genau einen Tag, um die Panne zu beheben. Und trauen Sie sich bloß nicht, mit leeren Händen zurückzukommen!«

10

»Kann es sein, dass du ein bisschen zugelegt hast, Tom?«
Jetzt fing Krokowski, sein ehemaliger Assistent, auch noch
damit an. Ausgerechnet Kroko, der damals, als Sydow
noch im aktiven Dienst gewesen war, kein Wort über seine
Figur verloren hatte. »Oder kommt mir das nur so vor?«

»Du wirst lachen, Kroko: Das höre ich nicht zum ersten
Mal!«, fuhr Sydow den mittlerweile 36 Jahre alten Wahl-
Berliner mit dem Faible für karierte Sakkos, Fliegen in
schrillen Farben und tadellos gebügelte Hemden an, was
ihn zur Zielscheibe wohlwollender Scherze im Präsidium
machte. Bisweilen reserviert, zumeist aber umgänglich
und nicht ohne Sinn für Humor, sah der geborene Lübecker wie eine gelungene Kopie von Theo Lingen aus, aber
das war auch schon das Einzige, was ihn mit dem Komi-
ker verband. Eduard Krokowski, Kriminalkommissar mit
Hang zur Pedanterie, war nämlich alles andere als eine
Witzfigur, wenngleich er dank Hornbrille und Mittel-
scheitel so wirkte. Er war einer der besten Kriminalbeam-
ten, mit denen Sydow je zu tun gehabt hatte, und es war
ein Fehler, ihn für dumm zu verkaufen. »Lieber ein paar
Kilo zu viel als ein wandelndes Gerippe.«

Nahezu immun, was Sydows rustikalen Humor betraf,
tat Krokowski so, als habe er den Seitenhieb nicht bemerkt,
umklammerte seinen Schirm und ließ den ehemaligen Vorgesetzten im Regen stehen, um die Umgebung des Hirsch-

brunnens zu inspizieren. Sydow, der den Wink mit dem Zaunpfahl verstand, ließ die Retourkutsche schweigend über sich ergehen. Er war ohnehin nass genug, auf ein paar Tropfen mehr oder weniger kam es nicht an. Alles, was er sich wünschte, war, möglichst schnell nach Hause zu kommen, unter die Dusche zu schlüpfen und anschließend trockene Klamotten anzuziehen. Angesichts seines Gemütszustandes wäre ein weiterer Imbiss ebenfalls nicht zu verachten. Von Körperertüchtigung, so gut sie ihm tat, hatte er jedenfalls genug. Außerdem wollte er sich noch mit Vroni treffen, weshalb er einen verstohlenen Blick auf die Armbanduhr warf.

»Immerhin treibst du Sport, das lässt hoffen.«

»Ob du's glaubst oder nicht – ich fühle mich pudelwohl!«, gab Sydow an die Adresse von Krokowski zurück, der die Inspektion des Tatortes zwar beendet, aufgrund des Nieselregens jedoch keinerlei Erkenntnisse gewonnen hatte. Die Spurensicherung war zwar dabei, den Park und das angrenzende Wäldchen zu durchkämmen, bislang jedoch ohne Erfolg. »Langweilig geworden ist mir jedenfalls noch nicht.«

»Tom Sydow in Frührente – hätte ich mir nicht träumen lassen.«

»Überleg doch mal, wie oft wir beide dem Teufel von der Schippe gesprungen sind. Da kann man froh sein, wenn man nicht eins achtzig tiefer liegt, oder?« Sydow schnitt eine spöttische Grimasse. ›Wir werden ihm stets ein ehrendes Andenken bewahren.‹ Gezeichnet: der Innensenator von Berlin. Darauf können wir ja wohl verzichten.«

»So habe ich das nicht gemeint, Tom.« Seite an Seite mit dem Mann, der nicht nur ein Vorgesetzter für ihn gewesen war, warf Krokowski einen Blick in die Runde. Mit Spuren, welche die beiden Männer hinterlassen hatten, war bei diesem Wetter nicht zu rechnen, und nicht nur er fragte sich, wo der Tote, von dem Sydow ihm am Telefon berichtet hatte, abgeblieben war. »Es ist nur so, dass … dass …«

»Spuck's aus, Kroko.«

»Ich kann mir nicht vorstellen, dass jemand wie du Haus und Hof hütet und auf Dauer glücklich damit wird.«

»Bin ich aber.«

»Bist du nicht, Tom.« Die Worte sorgsam wählend, zupfte Krokowski an seiner zitronengelben Fliege herum. »Um das zu beurteilen, kenne ich dich lange genug.«

»Heißt das, du willst, dass ich wieder bei euch einsteige?«

»Nichts lieber als das, Tom.« Krokowski trat nervös auf der Stelle. Und schlug, da er sich mit Emotionsbekundungen schwertat, einen scherzhaften Tonfall an: »Weißt du, ohne dich ist es richtig langweilig. Früher war im Präsidium wenigstens noch was los!«

»Jetzt mach aber einen Punkt, Kroko. Genug zu tun gibt es ja wohl trotzdem, oder?«

Krokowski stieß einen lauten Seufzer aus. »Allerdings, Tom«, entgegnete er mit nachdenklicher Miene, während er sich nach der Säule umdrehte, welche den Mittelpunkt des Fontänenbrunnens markierte. »Mord bleibt nun einmal Mord. Egal, wie mysteriös die Sache ist.«

»Tut mir leid, dich korrigieren zu müssen, Kroko: Mysteriös ist hier überhaupt nichts gewesen.« Sydow bedeutete Krokowski stehen zu bleiben, entfernte sich und hielt nach circa fünf Metern inne. »Hier!«, rief er aus und deutete auf die Stelle, wo er den Unbekannten vorgefunden hatte. »Genau hier hat er gelegen. Zusammengekrümmt, mit dem Gesicht zu dir, keinerlei Lebenszeichen.«

»Erkennbare Verletzungen?«

»Nicht dass ich ... Halt! Jetzt fällt's mir wieder ein.« Sydow legte den Zeigefinger auf die Lippen und dachte nach. »Genau: Er hat geblutet. Ziemlich stark sogar.«

»Wo?«

»An der linken Schulter.«

»Sehe ich das richtig: Du näherst dich von da drüben, das heißt aus westlicher Richtung, hörst mehrere Schüsse und wirst kurz darauf beinahe über den Haufen gerannt. Alter des Tatverdächtigen: Anfang bis Mitte 20. Weitere Merkmale: circa 1,80 Meter groß, Wollpullover, Schal, Schirmmütze und Lederjacke mit Fellkragen. Besondere Kennzeichen: Leichtgewicht mit Sprinterqualitäten, was man vom Tatzeugen, dessen Name mir entfallen ist, bedauerlicherweise nicht sagen kann.«

»Ha, ha, ha! Der Herr Kommissar hat 'nen Witz gemacht. Wenn ich Zeit habe, lache ich drüber!«

»Na, wenn einer Zeit hat, dann du, oder?«

»Wenn du mich veräppeln willst, kann ich ja gehen. Zu tun hab ich nämlich ge...«

»Jetzt sei doch nicht gleich beleidigt, Tom!«, lenkte Krokowski beschwichtigend ein, während Doktor Gerlach, Leiter der Spurensicherung, aus dem nahen Gebüsch hervortrat. »Scherz am Morgen vertreibt Kummer und Sorgen.«

»Heißen Dank für deine Bemühungen, Kroko. Was Aufregung betrifft, herrscht bei mir kein Mangel.«

»Darf ich vorstellen, Tom? Wilfried Gerlach – Leiter der Spurensicherung.« Heilfroh, das Thema wechseln zu können, deutete Krokowski auf den griesgrämigen Kollegen, der mit drei weiteren Beamten, darunter einem Fotografen, auf der Suche nach brauchbaren Spuren war. Im Hinblick auf das Wetter, bei dem man nicht einmal einen Hund vor die Tür jagen würde, standen die Aussichten jedoch nicht besonders gut. Entsprechend gedrückt war die Stimmung, in der sich Gerlach befand, und er hielt es nicht einmal für nötig, Sydow zu begrüßen. Alles, wozu er sich durchringen konnte, war ein knappes Nicken, und schon war der promovierte Chemiker verschwunden. »Kein Mann großer Worte, wie du siehst.«

»Welche Laus ist dem denn über die Leber gelaufen?«

»Das sagt gerade der Richtige.«

Nicht in der Stimmung für Sticheleien, hörte Sydow über die Bemerkung seines Kollegen hinweg. »Was macht eigentlich Waldi?«, wollte er stattdessen wissen, da er Gerlach bislang nur vom Hörensagen und gelegentlichen Telefonaten mit Krokowski kannte. Gemeint war Kollege Naujocks, bekennender Elvis-Fan mit Hang zu Halbstarken-Kleidung, DDR-Flüchtling und zu Sydows aktiver Zeit engagierter Leiter der Spurensicherung. »Hätte mich gefreut, ein paar Takte mit dem wilden Waldemar zu plaudern.«

»Von wegen ›wild‹!«, entgegnete Krokowski, dämpfte den Ton und winkte Sydow zu sich heran. »Den würdest du nicht wiedererkennen.«

»Wieso – hat er geheiratet?«

»Scherzkeks! Nee, aber er hat Karriere gemacht. Wie er das hingekriegt hat, weiß keiner. Nichts gegen Waldi – aber er war ja erst ein paar Jahre im Dienst. Sei's drum: Zuerst hat es geheißen, er sei versetzt worden, aber dann, vor ziemlich genau einem Jahr, haben wir erfahren, dass er beim LKA gelandet ist.«

Sydow pfiff überrascht durch die Zähne. »Donnerwetter!«, murmelte er, »sieht so aus, als hätte er bei jemandem einen Stein im Brett gehabt.«

»Kann uns nicht passieren, was, Tom?«

»Wozu auch. Was mich betrifft, kann ich momentan nicht klagen.«

»Verzeihung, Herr Kriminalkommissar, aber ich dachte, das wird Sie interessieren!«

Drauf und dran, Sydow eine Lektion in Sachen Ehrlichkeit unter Kollegen zu erteilen, schluckte Krokowski die Bemerkung, die ihm auf der Zunge lag, hinunter. Danach wandte er sich dem hoch aufgeschossenen Kriminalassistenten zu, der dem Jugendalter, wenn überhaupt, gerade eben erst entwachsen zu sein schien. »Na schön, Bartels – lassen Sie mal sehen.«

Eine Schirmmütze, die vermutlich vom Täter stammte, eine Kippe, der Länge nach zu beurteilen nicht zu Ende geraucht, ein Regenschirm – übermäßig groß schien die Ausbeute nicht gewesen zu sein. Da er den Peter-Kraus-Verschnitt nicht verprellen wollte, sprach Krokowski ihm trotzdem ein Lob aus, was dem Spurensicherer, der mit Feuereifer bei der Sache war, sichtlich gutzutun schien. Richtig aufmerksam und nachgerade euphorisch wurde Krokowski allerdings erst, als Bartels, der geborene Teenie-Schwarm, ihm eine Klarsichtfolie in die Hand drückte, in der sich ein offenbar in Fetzen gerissener und aus insgesamt vier Einzelteilen bestehender Verrechnungsscheck der Deutschen Bank befand.

Krokowskis Miene hellte sich auf. Hiermit konnte man in der Tat etwas anfangen, wobei die Frage, wer hier auf wen geschossen hatte, damit noch nicht beantwortet war. Und die Frage nach dem Warum natürlich auch nicht.

»50.000 Mark!«, murmelte Krokowski vor sich hin, nachdem Bartels wieder an die Arbeit gegangen und Sydow neugierig nähergetreten war. »Ich frage mich, wie man auf die Idee kommen kann, einen Scheck in dieser Höhe zu zerreißen.«

»Ich will mal so sagen: Kommt drauf an, wie viel Kohle man hat.«

»Aber dann gleich einen über 50.000 Piepen?«

»Manche Leute haben es eben nicht nötig. Die haben Kies zum Fressen.« Sydow trat frierend auf der Stelle. »Meinst du, es hat etwas mit dem Toten zu tun?«

»Jetzt mal langsam, so schnell morden die Preußen nicht.«

»Hast wohl deinen witzigen Tag, was? Tut mir leid, aber das Lachen ist mir vergangen!«

»Na schön, dann eben ein andermal.« Krokowski rümpfte pikiert die Nase. »Was ich eigentlich sagen wollte, ist: Wenn man das Wort ›Mord‹ in den Mund nimmt, empfiehlt es sich, eine Leiche parat zu haben. Klingt einleuchtend, nicht?«

»Weißt du, was du mich bald kannst, Kroko?«

»Danke, davon kriegt man nur Sodbrennen.«

Kurz davor, aus der Rolle zu fallen, riss sich Sydow im letzten Moment zusammen. Kroko hatte es nicht verdient, dass er seine schlechte Laune an ihm ausließ, zumal er mit dem, was ihm zusetzte, nicht das Geringste zu tun hatte. Unter den Kollegen in der Mordkommission war er stets der Verlässlichste gewesen, ein Mann, auf den man blind vertrauen konnte.

Und, am wichtigsten, einer der wenigen, welche die Bezeichnung ›Freund‹ verdienten.

»Mit anderen Worten: Du glaubst mir nicht.«

»Natürlich glaube ich dir, Tom. Wenn jemandem, dann doch wohl dir.« Krokowski verpasste Sydow einen leichten Schubs. Für seine Verhältnisse war das beinahe eine Liebeserklärung, und Sydow fragte sich, was auf einmal in ihn gefahren war. »Gehen wir also von Mord aus. Dann fragt sich, wie es sein kann, dass die Leiche verschwunden ist.«

»Tut mir leid, dich zu unterbrechen, Kroko. Aber ich denke, du hast recht.«

Krokowski stutzte. »Heißt das, wir beide denken das Gleiche?«

»Falls du andeuten willst, dass man in Ermangelung von Beweisen praktisch mit allem rechnen muss – ja.« Sydow kratzte sich hinterm Ohr, und er war so sehr in Gedanken, dass ihn weder das Wetter noch sein durchnässter Trainingsanzug zu stören schien. »Die Frage ist, ob der Mann, der mich angerempelt hat, auch der Schütze war.«

»Genau. Und falls nicht, wer auf den Unbekannten geschossen hat.« Krokowski warf einen Blick in die Runde. »Und von wo aus.«

»Gute Frage. Aber kaum zu beantworten.« Sydow blickte sich ebenfalls um. »Gebüsch, Sträucher und Bäume en masse – verstecken kann man sich hier überall. Wenn die Spurensicherung nichts findet, können wir noch lange rumpalavern. Auf einen grünen Zweig kommen werden wir nicht. Was wir brauchen, Kroko, sind Fakten. Spekulationen allein bringen uns nicht weiter.«

»Kommt mir irgendwie bekannt vor, Tom.«

»Einen alten Mann veräppeln – könnte dir wohl so passen.« Sydow holte zu einem Rippenstoß aus, hielt jedoch mitten in der Bewegung inne. »Im Ernst, Kroko – solange wir keine Erfolg versprechende Spur …«

»›Wir?‹ – habe ich eben richtig gehört?«

»Was nuschelst du da in deinen Bart?«

Krokowski reagierte mit perfekter Unschuldsmiene. »Ich?«

»Egal. Du weißt doch, Kroko: Wir können rumdiskutieren so viel wir wollen: Wenn wir keine brauchbare Spur finden, müssen wir uns etwas einfallen lassen.«

»Nicht nötig.«

»Oho, ich verstehe: Der Herr Kommissar ist unter die Hellseher ge… Sag mal, hörst du mir überhaupt zu?« Sydow warf einen Blick nach rechts. »Darf man erfahren, woran du gerade denkst?«

»Daran!«, flüsterte Krokowski mit Blick auf die Klarsichthülle, die Bartels ihm in die Hand gedrückt hatte. »Beziehungsweise an das, was davon übriggeblieben ist.« Auf einmal wie elektrisiert, wandte sich der Ermittler seinem Freund und Nebenmann zu. Dann sagte er: »Tut mir leid, Tom – den geruhsamen Freitagnachmittag kannst du vergessen.«

»Von wegen!«, ließ Sydow im Brustton der Überzeugung verlauten. »Weißt du, was ich jetzt mache? Ich werde nach Hause gehen – basta!«

»Wirst du, Tom – aber nur zum Duschen.«

»Und dann? Hast du vor, einen auszugeben?«

»Einen ausgeben – ich? Träum' weiter, Tom.« In seinem Tatendrang kaum zu bremsen, trommelte Krokowski seine Kollegen zusammen, wies sie an, ihre Suche zu beenden, und bedeutete Sydow, ihm zu folgen. »Erst die Arbeit, dann das Vergnügen.«

»Arbeit?«

»In der Tat, Herr Kriminalhauptkommissar!«, bekräftigte Krokowski, den Blick abwechselnd auf Sydow und die gut leserliche Unterschrift auf dem Scheck gelenkt. »Ich brauche dich für eine Vernehmung. Im Klartext: Wir beide – du und ich – werden Seite an Seite gegen das Böse kämpfen. Wie in alten Zeiten.« Krokowski musste wider Willen schmunzeln. »Du freust dich doch darauf, oder?«

11

»Bis nächste Woche, liebe Hörer – und nun zu den Nachrichten!«

Na endlich. Sie hatte es hinter sich.

Der Kollege hinter der Glasscheibe nickte ihr zu, ließ den Abspann laufen und schaltete um punkt elf Uhr zu den Nachrichten um. Alles wie gewohnt, Studioalltag. Jeder Handgriff saß, die Musik begann auf die Sekunde genau, unerwartete Pannen blieben aus.

Für Lea Sydow, die sich erleichtert zurücklehnte, war dies dennoch kein Tag wie jeder andere. Zuerst die Kabbelei mit Tom, dann die allmorgendliche Hetzerei und zu guter Letzt noch dieses Interview, auf das sie weiß Gott nicht wild gewesen war. Eigentlich wäre eine Kollegin dran gewesen, aber da sie krank geworden war, hatte Lea in den sauren Apfel beißen müssen. Zeit zur Vorbereitung war ihr kaum geblieben, aber da das Thema in aller Munde war, hatte sie nicht groß improvisieren müssen. Seit vier Tagen drehte sich alles nur noch um den ›Tunnel 57‹, und es war ungewiss, wann sich die Aufregung legen würde.

Wieder einmal war es also an der Mauer zu einem Schusswechsel gekommen. Doch im Unterschied zu vorher kam der Schuldige diesmal aus dem Westen. Ernsthafte Zweifel an der Darstellung Ost-Berlins schien es

137

nicht zu geben, zumal der Schütze, ein Fluchthelfer aus dem Westen, erst gar nicht versucht hatte, die Tat zu leugnen. Da sie ein Mensch war, der gern unbequeme Fragen stellte, hätte Sydows Frau natürlich liebend gern seinen Namen erfahren. Diesbezüglich war Lea bei ihrem Interviewpartner jedoch auf Granit gestoßen, und das, obwohl sie sämtliche Tricks angewandt hatte. Aus Sicht seiner Kameraden war auf den Mann, der ihr gegenübersaß, Verlass gewesen, weshalb sie aufatmete, als die Sendung beendet war.

Das bedeutete aber nicht, dass ihr die Sache gleichgültig war. Immerhin war ein Mensch getötet worden, und es spielte keine Rolle, auf welcher Seite der Mauer er zu Hause war. Ein Berliner war und blieb nun einmal ein Berliner, und Mord blieb nun einmal Mord. Tom, bei dem ihr Gerechtigkeitssinn nicht immer auf offene Ohren stieß, hätte sie damit bestimmt auf die Palme gebracht, aber da sich die Dinge nun einmal wie geschildert abgespielt zu haben schienen, gab es keinen Grund, ihre Meinung zu revidieren.

Lea Sydow atmete befreit auf und gab ihrem Interviewpartner einen Wink, ihr zu folgen. Er war noch sehr jung, nicht einmal halb so alt wie sie. Im Gespräch, das sie mit ihm geführt hatte, war davon jedoch kaum etwas zu spüren gewesen. Der gebürtige und nach dem Krieg nach Bayern geflüchtete Österreicher war ein überaus charmanter, gebildeter und von sich und seinem Tun überzeugter Idealist. Er war blond, sah gut aus, studierte Physik an der FU und hegte die Überzeugung, dass die DDR ein Unrechtsregime sei. Diese Meinung vertrat Lea zwar auch, aber das bedeutete für sie noch lange nicht, dass der

Mord an Grenzsoldaten ein Kavaliersdelikt war. Genug Stoff also für einen handfesten Krach, wäre da nur nicht die Einsicht gewesen, dass eine Auseinandersetzung pro Tag genug für sie war. »Vielen Dank, dass Sie sich Zeit genommen haben.«

»Keine Ursache – ich habe zu danken«, lautete die Antwort ihres Gastes mit dem unüberhörbar süddeutschen Akzent. »Mir war wichtig, ein paar Dinge klarzustellen.«

»Ich hoffe, Sie nehmen mir die Bemerkung nicht übel«; entgegnete Lea, während sie auf den Kaffeeautomaten zusteuerte, der sich auf dem Gang vor dem Studio befand. »Aber ich glaube nicht, dass es etwas klarzustellen gibt.«

»Ich schon.«

»Inwiefern?«

An einem wunden Punkt getroffen, schien es, als fehlten dem Physikstudenten die Worte. Doch fing er sich erstaunlich schnell. »Insofern, als dass wir deutlich machen wollen, dass mein Kommilitone in Notwehr gehandelt hat.«

»Das glaube ich Ihnen gerne, aber können Sie es auch beweisen?«

»Sie wissen genau, dass ich das nicht kann«, erwiderte ihr Gesprächspartner, ein resigniertes Lächeln im Gesicht. »Entweder Sie glauben mir – oder …«

»Ich lasse es bleiben?«

»So habe ich es nicht gemeint.«

»Aber gedacht.«

»Ich fürchte, da muss ich Sie enttäuschen.« Dankbar für das Angebot, nahm der junge Mann den Becher in Empfang, den Lea ihm reichte, trank einen Schluck und bekannte: »Falls es Sie tröstet, es war meine Schuld. Normalerweise hätte ich misstrauisch werden müssen, aber da

alles wie am Schnürchen lief, haben wir die Dinge schlei-
fen lassen. Wer rechnet denn mit so was! Im Nachhinein könnte ich mir in den Hin... Verzeihen Sie, gnädige
Frau.« Der Blondschopf errötete bis in die Haarspitzen.
»Soll nicht wieder vorkommen.«

»Schon gut. Ich kann einiges ertragen.«

»Glauben Sie mir: Ich mache mir Tag und Nacht Vor-
würfe. Und schlafen kann ich auch nicht mehr gut. Hätte
ich Vollidiot nachgehakt, wären die beiden aufgeflogen.
Und was mache ich? Ich Trottel kaufe den beiden ihr
Märchen ab.«

»Wissen Sie, was ich denke? Was Organisation betrifft,
kann man sich bei Ihnen ein Stück abschneiden.«

»Das glauben aber auch nur Sie. Bei so etwas darf
man keinen Fehler machen. Keinen einzigen. Und ich
habe sogar mehrere gemacht. Zuerst bin ich den beiden
Schnüfflern auf den Leim gegangen, ohne auch nur dran
zu denken, sie nach dem Losungswort zu fragen.« Der
Student seufzte aus tiefster Seele. »Tokio – solange ich
lebe, werde ich Zustände kriegen, wenn ich das Wort
nur höre! Wie kann man nur so dämlich sein wie ich.
Nicht genug, dass die beiden uns einen Wauwau vorge-
macht haben. Von wegen ›noch einen Kameraden holen‹!
Das waren zwei ganz ausgebuffte Burschen. Schauspie-
lerisch hochbegabt. Die haben mich glatt um den Finger
gewickelt. Kennen das Losungswort nicht, knipsen das
Flurlicht nicht an, schleichen rum wie die Diebe, fum-
meln mit einer Taschenlampe rum – und ich Dorf-Depp
lasse sie ziehen, um einen angeblichen Freund abzuho-
len. Wer so blöd ist wie ich, dem gehört eine Abreibung.
Wäre ich auf Zack gewesen, hätte es nicht so weit kom-

men müssen. Dann wäre das mit der Schießerei nicht passiert. Dann wären wir über alle Berge gewesen, bevor die Stasi Lunte gerochen hätte.«

»Und Ihr Freund?« Lea warf zwanzig Pfennig in den Automaten, um sich ebenfalls einen Becher Kaffee zu genehmigen. »Wäre es nicht besser gewesen, ihm zu helfen, anstatt …« Wider sonstige Gewohnheiten geriet Lea ins Stocken, und sie rettete sich aus der Bredouille, indem sie nach ihrem Becher griff. »Verstehen Sie, was ich meine?«

»Anstatt abzuhauen, meinen Sie?« Der Student senkte den Blick und schwieg. Dann sagte er: »Was glauben Sie, wie oft ich mir die Frage schon gestellt habe! Klar doch: Anstatt volle Deckung zu nehmen, hätte ich den Kerlen eins auf den Pelz brennen sollen. Leichter gesagt als getan, kann ich da nur sagen. Frage: Können Sie sich überhaupt vorstellen, wie es ist, wenn man so tief in der … wenn man nicht weiß, wo einem der Kopf steht? Klar wäre ich froh, wenn ich alles rückgängig machen könnte. Leider Gottes ist das aber nicht möglich. Ich muss damit fertig werden, ob ich will oder nicht.«

»Ein Wunder, dass sie Ihren Freund nicht geschnappt haben!«, entgegnete Lea und dirigierte ihren Gesprächspartner zum Aufenthaltsraum, wo sie hoffte, sich in Ruhe mit dem jungen Mann unterhalten zu können. »Sonst hätte er nichts zu lachen gehabt.«

»Hat er auch so nicht.«

»Sie dagegen umso mehr.«

»Kann man wohl sagen!«, flüsterte der Fluchthelfer, über den Lea mittlerweile ihre Meinung geändert hatte, vor sich hin. Sie war froh, mit ihm unter vier Augen reden zu können, denn der Aufenthaltsraum war so klein, dass man jedes Wort mitbekam. »Nicht auszudenken, was passiert wäre, wenn sie den Stollen gleich entdeckt hätten. Dann wäre der Teufel los gewesen. Und guter Rat teuer. Mann, war das vielleicht ein Geballere! Ich glaube, die haben das ganze Magazin leer geschossen. Dauerfeuer, ohne Rücksicht auf Verluste. Die Kugeln sind einem nur so um die Ohren gezischt. Das war keine Schießerei, sondern wie im Krieg. Ich konnte von Glück sagen, dass ich nichts abgekriegt habe.«

»Glück im Unglück, würde ich sagen.«

»So könnte man es bezeichnen, Frau von Sydow.«

»Sydow – ganz einfach Sydow. Unterstehen Sie sich, mich noch einmal mit ›von‹ zu betiteln!« Den Becher in der Hand, ließ Lea die Tür hinter sich ins Schloss fallen. »Wissen Sie, worüber ich mich am meisten wundere?«

»Nein.«

»Warum Sie so etwas auf sich nehmen.«

Der junge Mann verzog das Gesicht. »Na endlich!«, murmelte er. »Wurde auch langsam Zeit. Eins möchte ich von vornherein klarstellen: Ich verdiene keine müde Mark damit.«

»Wenn Geld keine Rolle spielt, was dann?«

»Wir tun es, weil wir den armen Teufeln drüben helfen wollen. Die haben nicht so viel Glück gehabt wie wir. Wie ich oder … oder beispielsweise Sie.«

Sydows Frau musste wider Willen schmunzeln. »Zu Ihrer Information, junger Freund: Auch ich stamme aus dem Osten. Mein Vater hat während der Zwangskollektivierung seinen gesamten Besitz verloren. Davon hat er sich nie mehr erholt, falls Sie verstehen, was ich meine.«

»Verzeihung, das habe ich nicht gewusst.«

»Nicht weiter tragisch, wie sollten Sie auch.« Um die Beklemmung, die sie beim Gedanken an das Schicksal ihrer Eltern ergriff, zu überspielen, lenkte Lea das Gespräch wieder auf seinen Gegenstand zurück. »Zur Sache, Herr …«

»Geben Sie sich keine Mühe. Ich werde Ihnen meinen Namen nicht verraten.«

»Dann verraten Sie mir wenigstens, wer Sie finanziert. Oder verfügt man als Student über so viel Geld?«

»Danke, ich kann nicht klagen.« Lea Sydows Gesprächspartner lachte auf. »Hartnäckig sind Sie ja, das muss Ihnen der Neid lassen!«

»Ich frage mich, was so schlimm daran ist, wenn Sie Ihre Gönner nennen.«

»Nichts. Außer vielleicht, dass sie es vorziehen, ungenannt zu bleiben.«

»Und weshalb? Wer nichts zu verbergen hat, braucht das Licht der Öffentlichkeit nicht zu scheuen.«

Der Student trank aus und stellte seinen Becher auf den Tisch. »Darum geht es nicht, Frau Sydow. Schließlich tun wir nichts Verbotenes.«

»Und der Grenzer, der auf der Strecke blieb? Haben Sie den etwa schon vergessen?«

Gänzlich unbeeindruckt, verschränkte der Student die Arme. »Sehen Sie, jetzt kommen wir der Sache schon näher. Sie mögen es glauben oder nicht, gnädige Frau, aber auch wir haben Angst. Christian hat Angst, wegen Mordes angeklagt zu werden, ich habe Angst, wegen Beihilfe dranzukommen, und alle zusammen haben wir Angst, dass die Stasi einen Rachefeldzug startet.«

»Das meinen Sie doch nicht im Ernst, oder?«

»Oh doch.« Der junge Mann begann im Aufenthaltsraum auf und ab zu gehen, nur noch ein Abklatsch des
Sonnyboys, als der er während der vergangenen halben
Stunde aufgetreten war. »Was haben Sie denn geglaubt?
Denken Sie, die werden die Angelegenheit auf sich beruhen lassen? Falls ja, träumen Sie weiter! Die werden Himmel und Hölle in Bewegung setzen, um uns eins auszuwischen. Gelinde ausgedrückt. Oder meinen Sie, die sind
am Montag per Zufall aufgekreuzt? Wohl kaum. Ich will
Ihnen mal was sagen, Frau Sydow: Der Stasi-Konzern hat
Dutzende von Filialen, beileibe nicht nur in der DDR. Die
werden versuchen, die Fluchthelferszene zu unterwan-
dern – falls es ihnen nicht schon längst gelungen ist. Schon
mal was von einem Maulwurf gehört? Von denen scheint
es hier nämlich nur so zu wimmeln. Ich gehe jede Wette
ein, dass die überall ihre Leute sitzen haben. Und damit
meine ich nicht nur die FU, sondern auch die Behörden,
die Betriebe, die Presse – einfach alles, was im Westen
Rang und Namen hat. Sie glauben doch wohl nicht, dass
die vor irgendetwas zurückschrecken, oder?«

»Jetzt machen Sie aber mal halblang, junger Freund.
Wir sind doch hier nicht im Wilden Westen.«

»Aber in West-Berlin – und das reicht.«

»Tut mir leid, aber ich glaube, Sie sehen …«

»Weder sehe ich Gespenster, Frau Sydow, noch mache
ich mir irgendwelche Illusionen, was die Standhaftigkeit
meiner Mitbürger betrifft. Ein paar Piepen, und schon
werden die meisten schwach. Ein falsches Wort, und die
Stasi jagt einem von uns eine Kugel durch den Kopf. Oder
entführt ihn nach Ost-Berlin. Wäre nicht das erste Mal.«

»Von daher also Ihre Vorsicht – verstehe.«

Der FU-Student setzte eine trotzige Miene auf. »Wenn die denken, wir stecken die Köpfe in den Sand, haben sie sich geschnitten.«

»Und wer, wenn die Frage gestattet ist, fällt unter die Rubrik ›wir‹?«

Die Antwort bestand aus einem Achselzucken. »Sie geben wohl niemals auf, oder?«

»Selten.«

»Bedaure, gnädige Frau: Diskretion ist bei uns oberstes Gebot. Keiner hat Lust, mit einer Kugel im Kopf zu enden.«

»Jetzt kommen Sie schon. Zumindest mir können Sie es sagen.«

»Nicht einmal Ihnen, Frau Sydow, tut mir leid.« In die Enge getrieben, unterbrach der junge Mann seine Wanderung, hob grüßend die Hand und wandte sich zum Gehen. An der Tür angekommen, drehte er sich noch einmal um. »Wie gesagt: Verschwiegenheit ist bei uns oberstes Gebot. Sonst können wir den Laden dichtmachen. Wolfgang, Hajo und die anderen würden Hackfleisch aus mir machen, wenn ich Ihnen was …« Mit Blick auf seine Gesprächspartnerin, die auf einmal leichenblass geworden war, hielt der Student unvermittelt inne. »Was ist, habe ich was Falsches gesagt?«

Kalkweiß im Gesicht, brachte Lea keinen Ton hervor.

»Ist Ihnen nicht gut, gnädige Frau?«

»Der Name, den Sie gerade genannt haben – wäre es möglich, dass sie ihn wiederholen?«

»Wolfgang? Der schmeißt den ganzen Laden.«

»Nein, nicht den«, antwortete Lea, gegenüber vorhin, als sie in die Offensive gegangen war, nicht wiederzuerkennen. »Ich ... ich meinte diesen ...«

Der Physikstudent stutzte. »Hajo?«, hakte er nach, während sich Sydows Frau auf einen Stuhl sinken ließ. »Machen Sie sich keine Hoffnungen, von mir erfahren Sie kein Wort. Und schon gar nicht, wie er mit Nachnamen heißt!«

»Macht nichts«, beschied Lea ihr Gegenüber, bemüht, ihrer Stimme Festigkeit zu verleihen, holte Luft und starrte an die weiß getünchte Wand. »Ich erfahre auch so, ob ich mit meiner Vermutung richtig liege.«

12

»Sich eine Ewigkeit nicht blicken lassen und so tun, als sei nichts gewesen.« Marlene Holdt, knapp 27 Jahre jünger als ihr Mann, der eine gut gehende Arztpraxis betrieb, schüttelte ungläubig den Kopf. »Nerven hast du ja, das muss man dir lassen!«

»Ich hatte meine Gründe.«

»Sieh an, der Herr hatte seine Gründe.« Die 34-Jährige, bei deren Anblick die Männerwelt in Verzückung geriet, konnte dem Drang, ihren Patienten vor die Tür zu setzen, gerade noch widerstehen, überprüfte den Verband, den sie angelegt hatte und sammelte die dafür benötigten Utensilien ein, um sie zurück ins Sprechzimmer zu bringen. »Eine dümmere Ausrede ist dir wohl nicht eingefallen, wie?«

Wohl wissend, dass er schlechte Karten hatte, hielt Czerny lieber den Mund. Er konnte von Glück sagen, dass er noch lebte, und er konnte froh sein, dass er den Einfall mit der kugelsicheren Weste gehabt hatte. Ohne sie, das stand fest, hätte er den Kürzeren gezogen, wäre er von den Kugeln, die auf ihn abgefeuert worden waren, wie ein Sieb durchlöchert worden.

»Was ist, hast du etwa die Sprache verloren?«

»Nein. Aber eine Menge Blut.«

»Gerd Czerny, wie er leibt und lebt!«, entgegnete die gebürtige Ost-Berlinerin in sarkastischem Ton, trotz reiferem Alter so attraktiv, dass sie als Mannequin hätte durchgehen können. »Immer einen Scherz auf den Lippen.«

»Humor ist, wenn man trotzdem lacht.«

Die brünette, schlanke und mit sämtlichen Gaben der Natur ausgestattete Ehefrau eines betuchten Gynäkologen verzog das Gesicht. Es war ein schönes Gesicht, in das Gerd Czerny blickte, und das war, wie er sehr wohl wusste, noch untertrieben. Marlene Holdt, geborene Paschulke und Tochter eines Hilfsarbeiters aus dem VEB Funkwerk Köpenick, legte zwar großen Wert auf Makeup, hatte dies aber überhaupt nicht nötig. Die schlanke Figur im Verein mit ihrem schulterlangen Haar und den bernsteinfarbenen Augen reichte völlig aus, um jedem, ihn selbst an vorderster Front, den Kopf zu verdrehen. »Ich wüsste nicht, was es da zu lachen gibt.«

»Falls es dir ein Trost sein sollte – ich auch nicht.« Kalkweiß im Gesicht, machte Czerny den Versuch aufzustehen. Dass es dabei blieb, war nicht weiter verwunderlich, hatte er doch so viel Blut verloren, dass ihn schwindelte. »Wenn ich ehrlich bin, ist es mir lange nicht mehr so dreckig gegangen.«

»Und wie es mir geht, willst du gar nicht wissen, oder?«

»Natürlich. Das weißt du doch.«

»Lügner.«

»Wenn du meinst, Marlene! Du musst es ja schließlich …«

»Wenn ich etwas weiß, dann das, Gerd. Dein Verschwinden vor drei Jahren ist Beweis genug.«

»Du vergisst die Mauer, Marlene.«

»Und du vergisst, dass du mich einfach sitzen gelassen hast.« Im Begriff, das Verbandszeug wegzuräumen, wir-

belte Czernys Ex-Freundin herum. »Lass gut sein, Gerd –
ich weiß genau, was jetzt kommt. Du darfst mir nicht
sagen, weshalb du einfach abgetaucht bist. Abgesehen
davon, dass ich es nicht mehr hören kann: Glaubst du, es
hat Spaß gemacht, mit einem Geheimniskrämer befreundet zu sein? Da sitzt du im ›Café Warschau‹, begießt den
1. Mai und läufst einem adretten Mann Ende 30 über den
Weg, der dich zu einer Portion Eis einlädt. Klingt vielversprechend, oder? Dumm nur, dass besagter Mann, der
dich mit Komplimenten überhäuft, nicht damit rausrücken will, womit er seine Brötchen verdient. Klar doch,
er gibt dir seine Adresse, lädt dich nach Hause ein, macht
dir den Hof, überhäuft dich mit Geschenken – aber das
war's dann auch schon gewesen. Selbst schuld, wenn man
sich in so jemanden verliebt, oder? Pech, aber leider nicht
zu ändern.«

»Hör zu, Marlene: Ich …«

»Nein, jetzt hörst du mir zu, Gerd. Was ich getan habe,
habe ich um der alten Zeiten willen getan. Du hast mich
um Hilfe gebeten, und ich habe dich nicht im Regen stehen lassen. Mehr will ich gar nicht wissen.«

»Verstehe.« Die Hand auf der linken Schulter, die
immer noch höllisch schmerzte, sah sich Czerny nach
allen Seiten um. »Wie ich sehe, hast du eine gute Partie
gemacht.«

»Du weißt, dass er mir den Hof gemacht hat, Gerd.
Und du weißt auch, dass ich immer in den Westen wollte.«

Czerny stieß ein bitteres Lachen aus. »Wer macht es
sich denn leicht – du oder ich? Villa im Grünen, Haus-
hälterin, gediegenes Ambiente, Louis-Quinze-Möbel,
Seidentapeten, ein echter Liebermann, Bechstein-Flü-

gel, Ming-Vase, Perserteppiche so weit das Auge reicht – wenn das kein Fortschritt für eine Sprechstundenhilfe ist, will ich Walter Ulbricht heißen!«

»Du bist ein Armleuchter, Gerd, weißt du das?«

»Was du bist, Marlene, behalte ich lieber für mich. Oder hieltest du es für geschmackvoll, mir deine Hochzeitsanzeige zu schicken?«

»Na schön.« Den Verbandskasten unter dem Arm, ließ die Dame des Hauses die Klinke los, versetzte der Tür, die einen Spalt weit offen stand, einen Schubs und wartete, bis sie ins Schloss gefallen war. Dann entledigte sie sich der Erste-Hilfe-Ausrüstung und nahm auf dem Stuhl gegenüber von Czerny Platz. »Wenn es unbedingt sein muss.«

»Ich wollte dich da nicht mit reinziehen, Marlene.«

»Für wie dumm hältst du mich eigentlich, Gerd? Denkst du, ich bin nicht in der Lage, eins und eins zusammenzuzählen? Zuerst machst du einen auf Geheimniskrämer, dann gehst du auf Tauchstation, und dann, mehr als drei Jahre später, stehst du plötzlich vor der Tür. Diagnose: Streifschuss an der linken Schulter, Puls weit unter normal, hoher Blutverlust. Was, bitte schön, will uns dieses Verhalten sagen? Da steckt jemand in Schwierigkeiten, da steht meinem Verehrer von der Stasi das Wasser bis zum Hals.«

»Woher wusstest du, dass ...«

»Du sollst mich nicht für dumm verkaufen, Gerd. Das kann ich auf den Tod nicht ausstehen.« Darauf bedacht, ihr Mitgefühl zu verbergen, lehnte sich die Hausherrin zurück, schlug die Beine übereinander und ließ die Ellbogen auf der Lehne des Rokoko-Stuhles ruhen, den ihr Mann für einen fünfstelligen Betrag erworben hatte. Ihr

Dior-Kleid gab ein leises Rascheln von sich, doch Czerny war zu sehr mit sich selbst beschäftigt, um es zu bemerken. »Geahnt habe ich es ja schon, als wir uns kennengelernt haben. Am Wahrhabenwollen hat es jedoch gehapert.«

»Mitunter kann die Wahrheit ziemlich schmerzhaft sein. Mal ehrlich, Marlene: Hättest du es als normal empfunden, einen Major des MfS zu ehelichen?«

»Ich hätte es als normal empfunden, wenn du mir reinen Wein eingeschenkt hättest, Gerd.«

»Das beantwortet nicht meine Frage.«

Marlene Holdt ließ sich mit ihrer Erwiderung Zeit, erhob sich und trat an das Erkerfenster, von dem aus man einen Blick auf das Grundstück der Gründerzeitvilla genoss. Von den Fichten, umgeben von Buchsbaum, Rabatten und sorgsam zurechtgestutzten Hecken, tropfte der Regen, und es schien, als würde es überhaupt nicht richtig Tag werden. »Wolltest du mir nicht erzählen, weshalb du in der Klemme steckst?«

»Damit bringe ich dich nur in Schwierigkeiten.«

»Ich sehe, du hast dich kein bisschen verändert.« Marlene Holdt seufzte leise auf. »Und was wirst du jetzt tun, Gerd?«

»Volle Deckung nehmen, was sonst.« Wieder halbwegs bei Kräften, richtete sich Czerny auf. Die schmerzstillende Injektion, die ihm von der Hausherrin verabreicht worden war, entfaltete ihre Wirkung, und er fühlte, wie der Schmerz in der Schulter abzuklingen begann. »Bleibt mir ja wohl nichts anderes übrig.«

»Du musst in ein Krankenhaus, Gerd. Daran führt kein Weg vorbei.«

»Na, du hast vielleicht gut reden.« Czerny holte tief Luft und stand auf. »Dann kann ich mir ja gleich eine Kugel durch den Kopf jagen.«

Die Stirn in Falten, drehte sich die 34-Jährige um. »Noch ist Zeit, Gerd. Sieh zu, dass du aus Berlin verschwindest.«

»Und wohin? Nein, Marlene, es bleibt dabei: Ich bleibe hier. Ein Bekannter von früher besitzt eine Pension. Dort werde ich untertauchen. Mal sehen, wie lange es dauert, bis Gras über die Sache gewachsen ist.«

»Hast du genug Geld?«

Czerny winkte beschwichtigend ab. »Darüber mach dir keine Gedanken. Ich habe vorgesorgt. Alles dabei – BRD-Personalausweis inklusive. Wenigstens dafür war die Zeit bei der Stasi gut!«

»Und was, wenn deine ehemaligen Kollegen Jagd auf dich machen? Der Arm der Staatssicherheit reicht weit.«

»Das brauchst du mir nicht zu sagen, Marlene.« Die Hand auf der Tischkante, peilte Czerny den Stuhl an, auf dem sein Jackett und das Hemd mit dem blutdurchtränkten Ärmel lagen. »Es hilft nichts, da muss ich durch.«

»Gar nichts musst du. Ich werde zusehen, dass ich dich irgendwo unter…«

»Genau das, meine Liebe, wirst du bleiben lassen. Je weniger du mitbekommst, desto besser.«

»Aber ein Hemd wirst du ja wohl annehmen, oder?« Ohne eine Erwiderung abzuwarten, verließ die einzige Frauenbekanntschaft, die in Czernys Leben eine Rolle gespielt hatte, den Raum. Er selbst hatte es auf einmal eilig, von hier wegzukommen, befühlte den Ärmel seines Jacketts, in den er die Negative des Obduktionsbefundes eingenäht hatte, und atmete erleichtert auf. Noch hatte er einen Trumpf in der Hand, von dem er, falls nötig, auch Gebrauch machen würde.

Von dem er, wie ihm schlagartig bewusst wurde, Gebrauch machen musste.

»So, das hätten wir.« Marlene Holdt half ihrem Schützling in das Hemd, das sie aus dem Kleiderschrank ihres Mannes geholt hatte, überreichte ihm sein Jackett und öffnete die Schublade der Kommode rechts von ihr. »Hier – für dich. Für den Fall, dass es hart auf hart gehen sollte.«

»Ich fürchte, das wird es.« An alles hatte er gedacht. Nur daran nicht, seine Dienstwaffe mitzunehmen. Czerny lächelte matt. Eine Walther P38 kam da wie gerufen. »Von wem hast du die?«

»Na, du stellst vielleicht Fragen! Natürlich von meinem Göttergatten.« Marlene Holdt schnitt eine angewiderte Grimasse. »Als Generalmajor a. D. der Waffen-SS trennt man sich vielleicht von seiner Frau – aber doch nicht von seinem Schießprügel!«

»Sag du noch was über meinen Humor«, fügte Czerny hinzu. »Deiner ist ja nämlich auch nicht von schlechten Eltern.«

»Vorsicht, geladen!«

»Wie bitte?«

»Kein Witz. Erwin meint, man müsse sich im Notfall zur Wehr setzen können. Und sei es nur, wenn bei uns eingebrochen wird.«

»Alle Achtung«, spöttelte Czerny, der das Angebot, sich beim Überstreifen des Jacketts assistieren zu lassen, dankbar angenommen hatte. »Dein Mann denkt wirklich an alles.«

»Tschüss, Gerd – und pass auf dich auf.« Im Begriff, etwas zu erwidern, spürte Czerny plötzlich eine Hand auf der rechten Wange. »Ich fürchte, mit deinen Kollegen ist nicht zu spaßen.«

Für einen Moment schien es, als wolle Czerny die Zärtlichkeit erwidern. Doch dann, eingehüllt in den Duft von französischem Parfüm, blieb er einfach stehen und genoss den Moment, der vermutlich nicht wiederkehren würde.

Dann nickte er seiner Wohltäterin zu, öffnete die Tür und verließ den Raum.

*

Czerny hasste es, wenn nicht alles nach Plan lief. Noch mehr aber hasste er es, wenn die Patzer, die ihm unterliefen, vermeidbar waren. Heute hatte er gleich mehrere gemacht, und was blieb, war die Hoffnung, dass sie ihm nicht zum Verhängnis werden würden.

Am Eingangsportal angekommen, warf der Mann, auf den jeder verfügbare Stasi-Agent in Berlin Jagd machte, einen Blick auf das Anwesen der Familie Holdt. Er konnte sich nicht helfen, aber irgendwie kam ihm alles wie in einer drittklassigen Kinoschnulze vor. Hier er, der nicht wusste, wie es mit ihm weitergehen würde, und dort drüben, hinter den Gardinen, die ehemalige Geliebte, die es vorgezogen hatte, eine gute Partie zu machen. Da durfte der Dauerregen, der mit Herbstlaub übersäte Bürgersteig und der wie ausgestorben wirkende Villenvorort natürlich nicht fehlen. Was ihm allerdings erspart blieb, war der Showdown mit dem ungeliebten Gatten, ein Aufeinandertreffen, auf das er weiß Gott verzichten konnte.

Auch so hatte er nämlich schon Probleme genug. Und er hatte Fehler gemacht, jede Menge sogar. Wieso, fragte er sich, hatte er den Obduktionsbericht nicht einfach in einem Aktenkoffer verstaut und hatte zugesehen, dass er die Fliege machte? Mit ein wenig Glück, das ihm bislang stets hold gewesen war, hätte kein Mensch etwas davon mitbekommen, und wenn doch, wäre er über alle Berge gewesen. Um nicht noch mehr Zeit zu vertrödeln, wandte sich Czerny ab, bog nach rechts und machte sich auf den Weg in Richtung U-Bahn-Station, wo er unerkannt unterzutauchen hoffte. Aber nein, er hatte ja unbedingt diese Nachricht schreiben müssen, zu Händen von Herrn Mielke, wohnhaft in Ost-Berlin. Hatte ihn demütigen, den Tod seiner Mutter rächen, ihn vor aller Welt bloßstellen wollen. Dabei hatte er jedoch vergessen, dass Rachegelüste keine guten Ratgeber waren, doch war es zu spät, um die Entscheidung zu revidieren.

Ungleich verhängnisvoller, weil vermeidbar, war jedoch die Tatsache gewesen, dass er sich zu sicher gefühlt hatte. Das war auch der Grund, weshalb er nicht einmal auf die Idee gekommen war, man könne ihn beschatten. Um ein Haar wäre ihm dies zum Verhängnis geworden, und er konnte von Glück sagen, dass er noch am Leben war.

Das hieß aber noch lange nicht, dass dies auch so bleiben würde. Ihm blieb eine Galgenfrist, nicht weniger, aber leider auch nicht mehr. Radek, dem er all das hier vermutlich zu verdanken hatte, würde so schnell nicht aufgeben. Wenn es jemanden gab, der ihn kannte, dann er, und es war nur eine Frage der Zeit, wann sich ihre Wege erneut kreuzen würden. Vor der Obduktion, dem ersten Zusammentreffen seit knapp 20 Jahren, hatte er nichts mehr von ihm gehört, darauf hoffend, dass dies auch in Zukunft so bleiben würde. Offenbar hatte er sich jedoch zu früh gefreut, nicht die erste und auch nicht die einzige Fehleinschätzung, die ihm unterlaufen war. Wie pflegte sein früherer Kommilitone an der Moskauer Universität doch zu sagen? ›Alte Rechnungen sind dazu da, um beglichen zu werden.‹ Was das betraf, brauchte er sich keinerlei Illusionen hinzugeben. Der Mann, mit dem er einen Großteil seiner Jugend verbracht hatte, würde weder rasten noch ruhen, um ihn aufzuspüren. Dafür war der Hass, den er ihm gegenüber hegte, einfach zu groß.

Aber wer hasste, der beging auch Fehler. So wie er, der vermeintlich unfehlbare Agent. Dass er an die Weste gedacht hatte, war zwar ein Geistesblitz gewesen, und es hatte ihm, da er im richtigen Moment aufgestanden war, das Leben gerettet. Nie und nimmer hätte er sie während seiner Flucht jedoch wegwerfen, ins nächstbeste Taxi steigen und hierher fahren dürfen. Auf die Diskretion des Fahrers, der anscheinend Verdacht geschöpft hatte, konnte er sich ohnehin nicht verlassen, zumal er betreffs seiner Verletzung das Blaue vom Himmel heruntergelogen hatte.

Geschehen war jedoch nun mal geschehen, und er war gezwungen, das Beste daraus zu machen. Die Hand am Griff seiner Walther P38, die sich in seiner Manteltasche befand, bog Czerny in die Miquelstraße, von wo aus es nicht mehr weit bis zum U-Bahnhof Podbielskiallee war. Von dort aus würde er zum Wittenbergplatz fahren, den Zug wechseln und am Ku'damm wieder aussteigen. Das setzte voraus, dass er mehr auf Draht sein musste, denn ein Fehler wie heute Morgen durfte sich nicht wiederholen.

Und wenn, konnte es sein, dass es sein letzter war.

Dementsprechend argwöhnisch war Czernys Blick, weshalb er auf das mit Stufengiebeln versehene Bahnhofsgebäude keinen Gedanken verschwendete. Viel wichtiger, um nicht zu sagen überlebenswichtig, waren die Passanten auf dem Vorplatz, weshalb er kurzerhand stehenblieb, so tat, als ob er auf jemanden warte und die Umstehenden näher in Augenschein nahm. Erwartungsgemäß brachte die Inspektion jedoch nichts ein, weshalb er beschloss, den Beobachtungsposten aufzugeben.

Das Gefühl, observiert zu werden, wurde er dadurch nicht los. Mag sein, er bildete sich alles nur ein, aber da er vorgewarnt war, war es besser, auf Nummer sicher zu gehen. Sprich: den Finger am Abzug zu haben.

Wie sich herausstellte, war er gut damit beraten.

In der Bahnhofshalle, überwölbt von einer Holzdecke, verlangsamte Czerny seinen Schritt. Hier, inmitten einer Handvoll Stadtstreicher, einem Bahnbeamten und knapp zwei Dutzend Pendlern, drohte ihm keine Gefahr. Auf dem Bahnsteig würde es dagegen brenzlig werden, es sei denn, die Order lautete, ihn zu beschatten. Dann musste er sich etwas einfallen lassen, wobei es ratsam war, kein Risiko einzugehen. In der Wahl seiner Mittel durfte er dagegen nicht wählerisch sein, vor allem, da er wusste, mit wem er es zu tun hatte.

Um herauszufinden, wer hinter ihm her war, musste Czerny nicht lange warten. Wäre die Lage nicht so ernst gewesen, hätte er laut herauslachen können, aber da er sie in Sicherheit wiegen wollte, ließ er sich auf die Vorstellung, welche das angebliche Liebespaar bot, mit gespielter Ahnungslosigkeit ein.

In seinem Inneren, wo er mehrere Szenarien durchspielte, sah es natürlich anders aus. Viel, wenn nicht gar alles, hing davon ab, ob er es mit Anfängern zu tun hatte, und da er nicht sicher war, gab es nur eine Möglichkeit dies herauszufinden.

»Entschuldigung, hätten Sie vielleicht Feuer für mich?« Der alte Trick, aber wirksamer denn je. Kaum hatte er kehrtgemacht, die auf unauffällig getrimmte Brillenträgerin Mitte 20 fixiert und ihrem hochgewachsenen Begleiter eine HB vor die Nase gehalten, begann sich der Blick der Agentin auch schon zu weiten. Weder sie noch ihr Kollege, ein Beau mit modischem Kurzhaarschnitt, brachte auch nur ein Wort hervor, und als sie endlich eine Reaktion zeigten, war Gerd Czerny längst im Bilde.

›Die wären wir los!‹, dachte er bei der Einfahrt des Zuges, während es den beiden nicht schnell genug gehen konnte, in der Menge unterzutauchen. ›So schnell wirst du die beiden nicht wiedersehen.‹

Doch Czerny war es nicht vergönnt, sich seines Triumphes zu freuen.

Nur wenige Sekunden später, unmittelbar nach Abfahrt des Zuges Richtung Wittenbergplatz, stellte sich das sattsam bekannte Gefühl wieder ein. Wie der Blick auf seinen Sitznachbarn bewies, hatte er es diesmal mit einem Profi zu tun, mit jemandem, der sich nicht so leicht ins Bockshorn jagen lassen würde.

Mit jemandem, den er wie aus dem Effeff kannte.

»Grüß dich, Gerd!«, sagte dieser Jemand, ohne dass er dazu aufgefordert worden wäre. »Wenn du erlaubst, würde ich dir gern ein Geschäft vorschlagen! Ein Geschäft, das du unmöglich ignorieren kannst!«

POST MORTEM (III)

»Wenn die Banner unseres Sieges über ganz Deutschland wehen, dann werden sie auch von dir künden!«

(Oberst Tschitschke, Kommandeur der 1. Grenzbrigade der Nationalen Volksarmee in Berlin, während der Beisetzung von Egon Schultz auf dem Neuen Friedhof in Rostock)

DRITTES KAPITEL

13

»Und warum wolltest du nicht mit rein?«, fragte Krokowski, setzte sich ans Steuer des Mercedes Benz 190c und wies mit dem Kopf auf die gegenüberliegende Straßenseite, wo sich das nur ein paar Straßen von Sydows Wohnung entfernte Präsidium befand. »Keine Lust, alte Erinnerungen aufzufrischen?«

»Soll ich dir nun helfen oder nicht?«

»Jetzt hab dich mal nicht so, Tom!«, setzte sich Sydows Freund und Ex-Kollege zur Wehr, ließ den Motor an und fuhr zum Wartburgplatz, wo er nach rechts und kurz darauf wieder nach links abbog. »So schlimm, wie du tust, kann es ja wohl nicht gewesen sein!«

»Hm.« Da er viel zu sehr mit sich selbst, seinem Muskelkater und dem bevorstehenden Gespräch mit seiner Stieftochter beschäftigt war, ließ Sydow es mit einem Brummen bewenden. Er hatte andere Sorgen als mit Kroko herumzustreiten, und weil er immer noch ziemlich fertig war, behielt er die Antwort, die ihm auf der Zunge lag, für sich.

Je länger er darüber nachdachte, desto mehr musste er sich jedoch eingestehen, dass Krokowski nicht ganz Unrecht hatte. Vor seiner Heirat war der Polizeiberuf sein Leben gewesen, und selbst danach, als Lea wieder zu arbeiten begonnen hatte, wäre ein anderer Job nicht infrage gekommen. Dazu hatte ihm seine Arbeit viel zu viel Spaß gemacht, wenngleich es Zeiten gab, wo er sie am liebsten an den Nagel gehängt hätte. Rückblickend betrachtet waren dies jedoch nur kurze Momente gewesen, wenngleich er der Letzte war, der dies offen einräumte. Das Schlimmste war für ihn auch nie die Jagd nach Ganoven, Betrügern oder Mördern gewesen, wie er Lea gegenüber freimütig eingestand. Nein, das eigentlich Deprimierende und zutiefst Beklemmende waren die Grenzen gewesen, an die er immer häufiger stieß. Nur ab und an und für seinen Geschmack viel zu selten war es ihm gelungen, den Draht- und Strippenziehern im Hintergrund beizukommen, und das, nicht etwa die Jagd nach den kleinen Fischen, hatte ihm das Leben mitunter schwer gemacht. »Gut möglich, dass du recht hast, Kroko.«

»Sag mal, bist du krank?«

»Wieso, was ist denn jetzt schon wieder los?«

»Ach, nur so.« Krokowski machte ein bierernstes Gesicht, doch Sydow kannte ihn viel zu gut, um nicht zu wissen, dass noch etwas hinterherkommen würde. »Nicht der Rede wert.«

Damit lag er auch nicht falsch.

»Tom Sydow gibt mir recht – dass ich das noch erleben durfte!«

»Weißt du, was du mich gleich …«

»Du wiederholst dich, Tom!«, flötete Krokowski, dem es sichtlich Freude bereitete, Sydow aufzuziehen. »Fast wie in alten Zeiten, oder?«

»Sag, was du von mir hören willst, und es wird geschehen.«

»Die Wahrheit und nichts als die Wahrheit«, legte der Lübecker, der seine Rolle als Exot in der Mordkommission genoss, mit unverhohlener Schadenfreude über den Zustand Sydows nach. »So wahr mir …«

»Wenn du erlaubst, würde ich den da oben gern aus dem Spiel lassen!«, frotzelte Sydow zurück, während sich der Mercedes dem Tempelhofer Feld näherte, wo gerade eine Douglas DC-8 der Pan Am landete. Ja, irgendwie war es wieder wie in alten Zeiten. Wie damals, als Krokowski während der Luftbrücke Polizist geworden war. Er selbst, beinahe schon ein alter Hase, hatte den Jungspund unter seine Fittiche genommen, wobei sie beide verschiedener nicht hätten sein können. Im Lauf der Jahre war daraus sogar Freundschaft geworden, und wenn er ehrlich war, wollte er die Frotzeleien auch nicht missen. »Mensch, pass auf – die Ampel war schon auf Gelb!«

»Was du nicht sagst!«, rief Krokowski lachend aus, bog nach rechts auf dem Tempelhofer Damm ein und riskierte ein Überholmanöver, bei dem Sydow fast das Herz stehen blieb. »Sag mal, hast du zu viele James-Bond-Filme gesehen?«

»Guck ich mir nur an, wenn ich was zu lachen haben will.«

»Und wie wär's mit einem Durbridge?«

»Kein Bedarf. ›Das Halstuch‹ war schon schlimm genug.«

»Gib's zu: Du warst genauso vor der Flimmerkiste gesessen wie wir.«

Ohne Rücksicht auf Sydow, der sich verzweifelt an seinen Haltegriff klammerte, beschleunigte Krokowski auf

90 Sachen, überholte einen Porsche und bremste nebenbei noch einen Kiestransporter aus, dessen Fahrer gerade noch ausweichen konnte. »Überleg dir genau, was du sagst, andernfalls wird Lea Witwe.«

»Darf ich Ihnen eine Frage stellen, Herr Fangio?«, lästerte Sydow, obwohl sich ihm beinahe der Magen umdrehte. »Auf die Gefahr, mich unbeliebt zu machen?«

»Nur zu, Inspektor Yates – schließlich sind wir Kollegen.«

»Wieso hast du es auf einmal so eilig?«, fragte Sydow, den Blick abwechselnd auf dem Tacho und dem Verkehr auf dem Mariendorfer Damm, während vor ihm die Konturen des Ullsteinhauses auftauchten. Gerade eben ging wieder einmal ein Schauer nieder, weswegen der Gebäudekomplex, und mit ihm der weithin sichtbare Backsteinturm, fast vollständig hinter dichten Regenschleiern verschwand. »Von dir kann sich jeder Verkehrsrowdy eine Scheibe abschneiden.«

»Erstens: Ich bin kein Verkehrsrowdy!«, wehrte sich Krokowski, rückte seine Brille zurecht und warf einen Blick auf den Teltowkanal, den er gerade überquerte. Dass er kurz davor war, die Stoßstange eines DKW zu touchieren, war ihm nicht einmal ein Wimpernzucken wert. »Haben wir uns verstanden?«

Da er am kürzeren Hebel saß, hielt Sydow lieber den Mund.

»Zweitens: Ich kann's kaum erwarten, ein paar Takte mit dem Herrn Chefredakteur zu reden.«

»Wieso? Hast du was gegen ihn in der Hand?«

»Na, du machst mir vielleicht Spaß!«, rief Krokowski aus, während er nach links abbog, um einen Parkplatz zu suchen.«Wenn die Sache nicht zu Himmel stinkt, was dann? Außerdem gibt es neue Erkenntnisse.«

»Über die ich als Außenstehender nichts erfahren darf, stimmt's?«

»Blödsinn!« Nachdem er eine Vollbremsung gemacht und den Porsche-Fahrer zum Ausweichen auf die Gegenfahrbahn gezwungen hatte, bog Krokowski auf den Parkplatz vor dem Ullsteinhaus ein, stieß in eine Parklücke, setzte sein Siegerlächeln auf und wandte sich einem sichtlich nervösen Tom Sydow zu. »Also: Kurz nach halb elf, also vor gut einer Stunde, ging im Präsidium der Anruf eines Taxifahrers ein. Hat einen ihm verdächtigen Mann nach Dahlem kutschiert. Und jetzt kommt's: Der Beschreibung nach könnte es sich um die Person handeln, auf die du heute früh gestoßen bist. Auferstanden von den Toten. Öfter mal was Neues, kann ich da nur sagen.«

»Und woher willst du wissen, dass …«

»Jetzt hör doch erst mal zu, Tom. Der Fahrer, ein gewisser Lenuweit, schwört Stein und Bein, dass sein Kunde nicht koscher war – will heißen: eigenen Angaben zufolge habe er sich bei einem Sturz verletzt, aber unser Zeuge meint, dass es etwa Schwerwiegenderes war. Möglicherweise sogar eine Schussverletzung. Apropos ›schwerwiegend‹ – dreimal darfst du raten, wo er sich die Verletzung zugezogen hat. Aber nur dreimal.«

»Doch nicht etwa an der Schulter?«

»Hut ab. Du bist ja ein ganz Schlauer. Aber das Beste kommt noch, mein lieber Holmes.«

»Deine Witze sind auch nicht mehr das, was sie mal waren.« Sydow stieß ein affektiertes Seufzen aus. »Jetzt mach schon, ich hab nicht ewig Zeit.«

»Falls es dich interessiert: Ich auch nicht. Aber Schwamm drüber. Bevor wir hierhergefahren sind, ist mir Bartels von der Spurensicherung über den Weg gelaufen. Jetzt rate mal, was die Jungs gefunden haben!«

»Den Feierabend vielleicht? Keine Ahnung.«

»Unweit des Tatortes lag eine schusssichere Weste im Gebüsch. Genaueres lässt sich zwar noch nicht sagen, aber immerhin so viel, dass sie wie ein Sieb durchlöchert worden ist. Und jetzt halt dich fest: Anscheinend stammt sie aus Beständen der NVA. Wir hier tragen so etwas jedenfalls nicht. Behaupten zumindest die Kollegen. Wie dem auch sei, da muss jemand eine Stinkwut auf Mister Kimble gehabt haben. Sonst hätte er nicht versucht, ihm ein halbes Dutzend Kugeln auf den Pelz zu brennen.«

»Nicht so vulgär, wenn ich bitten darf. Oder färbe ich langsam auf dich ab?«

»Was bleibt einem übrig!«, rief Krokowski scheinbar zerknirscht aus, stellte den Motor ab und zurrte seine zitronengelbe Fliege zurecht, was bei Sydow für ein schicksalsergebenes Augenrollen sorgte. Krokowski war einfach ein Unikum, und obwohl er ihn manchmal in den Wahnsinn trieb, konnte er ihm nicht böse sein. »15 Jahre an deiner Seite hinterlassen ihre Spuren.«

*

»Versuchter Mord, so, so. Und was habe ich damit zu tun?«

Es gab Zeitgenossen, um die Sydow einen Bogen machte, solche, die ihm auf die Nerven gingen und wiederum andere, die ihm ganz sympathisch waren. Friedemann van der Eyck, Chefredakteur des auflagenstärksten Berliner Boulevardblattes, gehörte nicht dazu.

Ihm hätte er rechts und links eine runterhauen können.

Aber nur, wenn er einen guten Tag gehabt hätte.

Da dies nicht der Fall war, kam ihm sehr gelegen, dass Krokowski das Heft in die Hand genommen hatte. Seine Antipathie zu zügeln fiel ihm trotzdem schwer, wobei er nicht einmal wusste, was ihn an dem salopp gekleideten Schönling Ende 30 störte. Weder war er unhöflich, noch kurz angebunden und anscheinend auch nicht feindselig gegenüber Polizisten eingestellt. Er hatte ihn und Kroko nicht warten lassen, ihnen Platz auf dem dunklen Ledersofa neben seinem Schreibtisch angeboten. Hatte ihnen sogar Kaffee, Tee oder ein Getränk ihrer Wahl offeriert.

Mit einem Wort: Er war darauf aus, den Gentleman zu geben.

Dass dem nicht so war, wurde Sydow auf Anhieb klar. Ein Vierteljahrhundert in Diensten von Vater Staat war nicht spurlos an ihm vorübergegangen, und wenn er sich dabei etwas angeeignet hatte, dann war es Menschenkenntnis gewesen.

Auf gut Deutsch: Dieser Fatzke konnte ihm nichts vormachen.

»Ob es Ihnen in den Kram passt oder nicht – dies herauszufinden sind wir hier.«

Donnerwetter, geht der aber ran!, dachte Sydow bei sich, hütete sich jedoch davor, in die Offensive zu gehen. Schließlich war er nur Zeuge, wobei Krokowski es absichtlich unterlassen hatte, ihn vorzustellen. Das gehörte eben zu den Schachzügen, die man sich im Verlauf der Zeit aneignete, und wie die Dinge lagen, war der Griff in die Trickkiste auch vonnöten.

»Jetzt machen Sie es sich und uns doch nicht so schwer!«, fügte Krokowski im Stile eines Philanthropen hinzu, der Besseres zu tun hat, als sich mit Zeitgenossen wie dem Chefredakteur herumzuschlagen. Bei van der Eyck, dem die Eitelkeit ins gebräunte Dressman-Gesicht geschrieben stand, kam dies überhaupt nicht gut an. War er doch nicht nur von seinem Aussehen, das entfernt an Hans von Borsody erinnerte, zutiefst überzeugt, sondern schien sich auch sonst für einen bedeutenden Mann zu halten. Wie Sydow nur zu gut wusste, waren Zeitgenossen wie er mit Vorsicht zu genießen, und der größte Fehler im Umgang mit ihnen war, ihr Geschwafel für bare Münze zu nehmen. »Wir vergeuden hier sonst nur unsere Zeit.«

»Das mag zwar sein, Herr … Wie war doch gleich Ihr Name, Herr Kommissar?«

»Krokowski. So, und nachdem wir jetzt lange genug um den heißen Brei herumgeredet haben, schlage ich vor, zum Thema zu kommen.«

»Nichts lieber als das, Herr Kommissar!«, versicherte van der Eyck, der einen Tennis-Pulli mit V-Ausschnitt und dazugehörigem Polohemd trug. »Dadurch sparen wir eine Menge …«

»Da wir gerade von der Zeit reden, Herr Chefredakteur – wo waren Sie eigentlich heute früh? Genauer gesagt kurz nach halb zehn?«

»Na, wo denn wohl – hier!«

»Gibt es dafür Zeugen?« Mit allen Wassern in und um Berlin gewaschen, schaute Krokowski so treuherzig drein, dass Sydow am liebsten losgebrüllt hätte. »Ich bitte um Verständnis, aber die Frage gehört zu meinem Job.«

»So, tut sie das?«

»Damit Sie informiert sind, Herr van der Eyck: Heute Morgen, genauer gesagt um Viertel nach zehn, wurde ein Mann, dessen Identität uns nicht bekannt ist, am helllichten Tag niedergeschossen.«

»Und wo?«

»Im Rudolph-Wilde-Park.« Krokowski setzte die Brille ab, rieb seine Gläser am Jackettärmel und setzte sie wieder auf. »Sie wissen, wo das ist?«

Van der Eyck nickte.

»Was das mit Ihnen zu tun hat, wollen Sie wissen? Ganz einfach: Es besteht Grund zur Annahme, dass einer Ihrer Mitarbeiter in den Fall verwickelt ist.«

»Ich nehme an, Sie können Ihre Behauptung auch beweisen.«

»Davon können Sie getrost ausgehen. Aber das ist momentan nicht der Punkt.« Krokowski dachte nicht daran, sich aus der Reserve locken zu lassen. »Es gibt Zeugen, Herr Chefredakteur«, entgegnete er, warf Sydow einen vielsagenden Seitenblick zu und richtete die Aufmerksamkeit erneut auf van der Eyck, der sofort begriff, um wen es sich bei dem Zeugen handelte. »Der Punkt ist, um was es bei der konspirativen Zusammenkunft ging.«

»Sie sprechen in Rätseln, Herr Kommissar.«

»Und Sie tun gut daran, die Karten auf den Tisch zu legen.« Ohne dazu aufgefordert worden zu sein, erhob sich Krokowski von seinem Platz, schlenderte durch das Büro, in dem eine penible Ordnung herrschte, und baute sich vor dem Springer-Porträt an der Schmalseite des Raumes auf. »Umso mehr, als die Dame am Empfang äußerst redselig war. Kurzum: Die Beschreibung des Kollegen Sydow stimmt exakt mit der ihrigen überein. Danach hat es sich bei dem Tatzeugen, der sich fluchtartig vom Ort des Geschehens entfernte, um einen gewissen Paul Gierke, Mitglied Ihrer Lokalredaktion, gehandelt. Wenn es Ihnen nichts ausmacht, würden wir ihn gern sprechen.«

Van der Eycks Miene verfinsterte sich. »Und ob es mir etwas ausmacht, Herr Kommissar.« Die Maskerade, die sich der bereits ein wenig in die Jahre gekommene Playboy zugelegt hatte, verschwand im Nu. »Wer Behauptungen in die Welt setzt, muss sie auch beweisen. Das gilt ja wohl auch für Sie, oder?«

Krokowski gab keine Antwort, scheinbar ganz auf das Porträt von Deutschlands bekanntestem Verleger konzentriert, der nichts unversucht ließ, die DDR-Oberen herauszufordern. Das derzeit im Entstehen begriffene Verlagsgebäude hatte jedenfalls reichlich für Schlagzeilen gesorgt, unter anderem aufgrund der exponierten Lage. Über das Ansinnen, unmittelbar neben der Mauer ein Verlagsgebäude zu errichten, gingen die Meinungen naturgemäß auseinander, am Versuch, sie zu untertunneln, jedoch nicht. Vor gut zwei Jahren, am 28. Juni, war es dabei allerdings zu einem Zwischenfall gekommen. Um seiner Familie die Flucht zu ermöglichen, hatte ein Ost-Berliner das Feuer auf einen 20-jährigen NVA-Gefreiten eröffnet und war durch den Tunnel, der auf dem Verlagsgelände endete, nur um Haaresbreite entwischt. Wie üblich hatten die SED-Propagandisten den Fall weidlich ausgeschlachtet, zumal bezüglich der Schuldfrage keinerlei Zweifel zu herrschen schienen. Was Krokowski betraf, tat er sich mit seinem Urteil schwer, wobei er hoffte, dass beide Seiten irgendwann Vernunft annehmen würden.

Das galt natürlich auch für den Fall von vor vier Tagen, als Egon Schultz, Unteroffizier der DDR-Grenztruppen, von einem Fluchthelfer erschossen worden war. Wie nicht anders zu erwarten, waren die DDR-Medien erneut zur Hochform aufgelaufen, allen voran das ›Neue Deutschland‹, das die am Bau des ›Tunnels 57‹ beteiligten Fluchthelfer als einen Haufen Spione, Agenten, Banditen und Mörder diffamiert hatte. Wie schon zuvor hatte der Fall auch im Westen hohe Wellen geschlagen, und es überraschte kaum, dass die Springer-Presse die Verantwortlichen als Helden gefeiert hatte. Immerhin hatten 57 Ost-Berliner die Freiheit erlangt, nicht zuletzt dank des Einsatzes der Beteiligten, die meisten davon West-Berliner Studenten. Dass es zu einem Schusswechsel gekommen war, bei dem ein Grenzer auf der Strecke blieb, geriet dabei zur Nebensache. Hauptsache, es war gelungen, die Ost-Berliner in den Westen zu schleusen und den Sowjetstatthaltern ein Schnippchen zu schlagen. Allein das zählte, war doch beinahe jedes Mittel recht, um Ulbricht & Co. vor aller Welt bloßzustellen.

»Hören Sie mir überhaupt zu, Herr Kommissar?«

»Natürlich, wo denken Sie hin.«

»Dann frage ich mich, wie Sie zu Ihrer abenteuerlichen …«

»Für das Mitglied einer Zunft, die es mit der Wahrheit nicht sonderlich genau nimmt, nehmen Sie den Mund erstaunlich voll.« Mit der Geduld am Ende, fuhr Krokowski herum, griff in die Jackentasche und holte eine

Klarsichthülle samt dazugehörigem Beweisstück hervor. »Ich nehme an, Sie wissen, was das ist?«

»Wollen Sie mich auf den Arm nehmen, oder was?« Die Hand auf der Schreibtischplatte, sprang van der Eyck auf. »Dass das ein Scheck ist, weiß ja wohl jedes ...« Auf Augenhöhe mit dem Kommissar, der gemächlichen Schrittes auf ihn zu schlenderte, versagte van der Eyck die Sprache, und es dauerte geraume Zeit, bis er sich gefangen hatte. »Darf man fragen, was das soll?«

»Das hier stammt vom Tatort«, tat Krokowski mit unverhohlener Genugtuung kund, die Klarsichtfolie in der erhobenen Hand. »Wie ersichtlich, handelt es sich dabei um einen Scheck über die Summe von 50.000 Mark, ausgestellt auf Ihren Namen.«

Die Hand an der Hüfte, umrundete van der Eyck den Schreibtisch, baute sich vor Krokowski auf und grinste. »Und woher wollen Sie das wissen?«

»Trägt er Ihre Unterschrift – ja oder nein?«

»Wir sind hier nicht in der Prinz-Albrecht-Straße, Herr Kommissar. Mäßigen Sie Ihren Ton, sonst ...«

»Sonst was?« Unbemerkt von den beiden Kontrahenten hatte sich Sydow erhoben und eine Miene aufgesetzt, die den Redefluss van der Eycks im Keim erstickte. »Leugnen Sie, dass Ihr Reporter vor Ort war – ja oder nein? Falls ja, wundern Sie sich nicht, wenn Ihnen demnächst eine Vorladung ins Haus flattert. Falls nein, lassen Sie sich gesagt sein, dass ich die Faxen allmählich dicke habe. Daher nochmals, zum Mitschreiben: Da ich Lust verspürte, mir die Beine zu vertreten, bin ich heute Morgen spazieren gegangen. Pech, dass meine Wahl ausgerechnet auf den Wilde-Park fiel. Sonst wären Sie wahrscheinlich fein raus. Ich denke mir also nichts Böses, da sprintet plötzlich Ihr Kollege auf mich zu. Rennt mich, um es plastisch zu formulieren, beinahe über den Haufen. Dank der Erkundigungen, die wir an der Pforte eingezogen haben, scheint es sich dabei um einen gewissen Paul Gierke, von Beruf Reporter, gehandelt zu haben. Irrtum so gut wie ausgeschlossen. Riecht förmlich nach Sensationsstory, hab ich recht? Dumm nur, dass es bei dem Tête-à-Tête zu einem unvorhergesehenen Zwischenfall gekommen ist. Na, fängt's jetzt an zu klingeln?«

»Keine Ahnung, wovon Sie sprechen, Herr Kommissar.«

»Kriminalhauptkommissar z. b. V, wenn ich bitten darf. Ordnung muss sein.« Sydow bebte förmlich vor Zorn. »Soll ich Ihnen was sagen, van der Eyck? Typen wie Sie kann ich auf den Tod nicht ausstehen. Und wissen Sie auch, warum? Weil Sie denken, Sie können sich alles erlauben. Wozu die Wahrheit sagen, wenn's auch unkomplizierter geht, nicht?«

»Ich muss doch sehr bitten, Herr …«

»Sydow. Was Sie betrifft, bitte mit ›von‹. So, und jetzt würden wir es zu schätzen wissen, wenn Sie endlich mit der Wahrheit rausrücken. Für meinen Teil habe ich nämlich keine Lust, mir Ihr Gequatsche noch länger anzuhören. Du doch wohl auch nicht, Kroko, oder?«

Der Angesprochene nickte knapp. »Was mein Kol… Ich wollte sagen: Was Herr von Sydow von sich gegeben hat, bedarf keiner Erläuterung. Will heißen, unsere Geduld ist definitiv erschöpft. Leugnen ist ohnehin zwecklos. Egal, was Ihnen noch einfällt, van der Eyck: Es bringt nichts, wenn Sie weiterhin auf Durchzug schalten.« Ein Auge auf Sydow, das andere auf dem finster dreinblickenden Gegenüber, schlug der Kripo-Beamte mit dem Handrücken gegen die Folie. »Worum ist es bei dem Treffen im Wilde-Park gegangen? Und welche Informationen waren Ihnen so viel wert, dass Sie bereit waren, 50.000 Mark auf den Tisch zu blättern?«

»Was heißt überhaupt ›Informationen‹!«, empörte sich van der Eyck, der nicht wahrhaben wollte, dass das Spiel verloren war. »Und außerdem: Wer sagt Ihnen, dass das meine Unterschrift ist?«

»Na schön!«, antwortete Krokowski, betrachtete die Unterschrift auf dem Scheck und reichte das Beweisstück an Sydow weiter. »Anscheinend wollen Sie es nicht anders.«

»Und Sie können anscheinend nicht anders, Herr Kommissar. Behauptungen aufstellen, drauflos spekulieren, unbescholtene Bürger mit Verdächtigungen überhäufen. Zu mehr sind Sie anscheinend nicht fähig. Und dann noch behaupten, ich hätte diesen Scheck ausgestellt, einfach unfassbar, so etwas!«

»Aber dennoch nicht von der Hand zu weisen.«

Die Arme über Kreuz, bezog van der Eyck gegenüber Krokowski Position. »Dann beweisen Sie es mir, Herr Kommissar. Das heißt, falls Sie dazu fähig sind.«

»Nichts leichter als das.«

»Wie meinen?«

»Darf ich Sie um einen Gefallen bitten, Herr van der Eyck?«

Der Chefredakteur grinste maliziös. »Um jeden!«, heuchelte Ehre, seines Sieges absolut gewiss. »Verfügen Sie über mich, Herr Krokowski.«

»Sind Sie so gut und werfen einen Blick in die Zeitung, die auf Ihrem Schreibtisch liegt?«, entgegnete der Angesprochene, einen Blick im Gesicht, den Sydow nur zu gut kannte. Wenn Kroko dieses Lächeln aufsetzte, musste er etwas in der Hand haben, sonst wäre er längst nicht so höflich gewesen. »Von heute, hab ich recht?«

»Sie zählen doch nicht etwa zu unseren Lesern, oder?«, giftete van der Eyck, machte kehrt, begab sich hinter den Schreibtisch, nahm das Blatt mit dem roten Logo und den vier weißen Lettern zur Hand, blätterte um – und musste sich erst einmal setzen.

»Wenn ich ehrlich bin, hätte ich Sie für klüger gehalten!«, spottete Krokowski geraume Zeit später, nachdem er sich zu van der Eyck gesellt und einen Blick auf die Kolumne auf Seite 2 geworfen hatte, von der sich der wie vor den Kopf geschlagene Journalist nicht losreißen konnte. »Aber was soll's – man kann schließlich nicht an alles denken!«

*

»Und jetzt, Herr Chefredakteur, hätten wir gern gewusst, wo wir den Tatzeugen antreffen können.«

»Weiß ich nicht.« Den Blick auf den geschwungenen Lettern, die auf das ›Herzlichst, Ihr‹ am Ende der Kolumne folgten, sprach van der Eycks Miene Bände. »Sie kommen sich wohl sehr schlau vor, was?«

»Und Sie wissen anscheinend immer noch nicht, was die Stunde geschlagen hat, van der Eyck.« Krokowski hatte die Nase voll, Umgangsformen hin oder her. Bei seinem Kontrahenten kam man damit nicht weiter, und wenn etwas half, dann der Entschluss, andere Saiten auf-zuziehen. »Wenn Sie so weitermachen, dürfen Sie mich aufs Präsidium begleiten.«

»Langsam, langsam – so schnell schießen die Preußen nicht.« Bleich vor Schreck, konnte sich van der Eyck von der dem Original täuschend ähnlichen Unterschrift nicht losreißen. Doch dann, von einem Moment auf den ande-ren, hob er plötzlich den Kopf. »Apropos – was ist eigent-lich mit dem Mann, der über den Haufen geschossen wor-den ist?« Van der Eyck fuhr mit der Handkante über die Kehle. »Exitus?«

»Wieso fragen Sie?«

»Ganz einfach: Wenn Sie mich schon der Mitwisserschaft bezichtigen, sollte ich im Bilde sein, finden Sie nicht auch?«

»Weichen Sie nicht aus, van der Eyck. Entweder Sie sagen mir, wo Gierke steckt, oder …«

»Jetzt sind Sie es, der sich wiederholt, Herr von Sydow!«, versetzte der Chefredakteur, lehnte sich zurück und verschränkte die Hände hinter seinem Kopf, den er langsam hin und her bewegte. »Wenn schon, denn schon! Als Vorgesetzter eines jungen Mannes, welcher Zeuge einer Straftat war, muss man schließlich im Bilde sein. Wer weiß, vielleicht hatte er sogar die Hände mit im Spiel.« Fast schon wieder der Alte, schlug van der Eyck einen vor Überheblichkeit nur so strotzenden Tonfall an. »Ver-stehen Sie mich bitte nicht falsch, Herr Kommissar: Aber ich kann mich eben nicht um alles kümmern, was meine Mitarbeiter den lieben langen Tag treiben. Dafür gibt es momentan einfach zu viel zu tun. Was ich damit sagen will, ist: Wenn ein Mitarbeiter einen – um mit Ihren Wor-ten zu reden – Informanten ausfindig gemacht hat, muss ich so viel Vertrauen haben, dass ich ihm die … Wie drücke ich mich jetzt bloß aus? Genau! Ich muss so viel Vertrauen in ihn haben, dass ich die erforderlichen Mittel zur Verfügung stelle.«

»Auch dann, wenn es um fünfstellige Beträge geht?«

»Aber Herr Kommissar, ich muss doch sehr bitten! Wenn Sie wüssten, wie viel Neuigkeiten heutzutage kosten, würden Sie mich verstehen. Was das betrifft, bin ich mir vollkommen sicher.«

»Warum verraten Sie mir dann nicht, worum es bei der Transaktion ging?«

»Auf die Gefahr, dass Sie mir nicht glauben: Ich habe keinen blassen Schimmer.«

»Was ist Ihnen so viel wert, dass sie bereit sind, 50.000 Mark zu berappen?«, hielt Krokowski dagegen, kurz davor, van der Eyck am Schlafittchen zu packen.

»Damit Sie Bescheid wissen, ich glaube Ihnen kein Wort!«

»Gegenfrage: Was ist aus dem Mann, mit dem Gierke verabredet gewesen sein soll, geworden?«

»Die Ermittlungen sind noch im Gange. Mehr kann ich dazu nicht sagen.«

»Jetzt hören Sie mir mal gut zu, Herr Kommissar. Und Sie auch, Herr von Sydow.« Mit einer Gebärde, die Sydow beinahe zur Weißglut brachte, erhob sich van der Eyck von seinem Ledersessel, wich ihm wie einem lästigen Insekt aus und schlenderte zu einer Vitrine, die sich unmittelbar neben dem Durchgang zum Vorzimmer befand. Dort angelangt, goss er sich einen Brandy ein. »Wenn Sie denken, ich lasse mich von Ihnen vorführen, haben Sie sich geschnitten.« Das halb gefüllte Glas in der Hand, machte sich van der Eyck auf den Rückweg zu seinem Schreibtisch, drückte einen der Knöpfe, welcher sich auf der weiß lackierten Gegensprechanlage befand, und wandte sich den Kripobeamten zu seiner Rechten zu. »Im Klartext: Entweder schenken Sie mir reinen Wein ein oder Sie kommen erst dann wieder, wenn sie etwas gegen mich in der Hand haben. Nehmen Sie es mir nicht übel, aber in meiner Eigenschaft als Chefredakteur habe ich auch noch andere Dinge zu tun, als mich mit haltlosen Unterstellungen seitens der Polizei auseinanderzusetzen.« Wie auf Kommando öffnete sich im gleichen Moment die Tür, und die Sekretärin, Sydows Schätzungen zufolge Anfang zwanzig, betrat den Raum. »So, und jetzt tun Sie mir bitte den Gefallen und lassen mich in Ruhe arbeiten. Mein Terminkalender ist proppenvoll. Fräulein Behrens führt Sie hinaus – für den Fall, dass Sie Hilfe benötigen!«

*

»Und was fängst du mit dem angebrochenen Tag an?«, fragte Krokowski, dem die Abfuhr, die er bekommen hatte, nichts auszumachen schien. Als langjähriger Kollege wusste Sydow es natürlich besser, aber da er es eilig hatte, ließ er die Sache auf sich beruhen. »Weißt du was? Wenn du nichts vorhast, könntest du mir ja ein wenig behilflich ...«

»Tut mir leid, Kroko – aber du weißt ja, dass ich mit Vroni verabredet bin!«, unterbrach Sydow seinen ehemaligen Assistenten und flüchtete sich unter dessen Schirm, während sie auf dem Rückweg zum Wagen den Parkplatz vor dem Ullsteinhaus überquerten. Das Wetter war, um mit Sydows Worten zu reden, zum Abgewöhnen, fügte sich jedoch perfekt in seine derzeitige Stimmung ein. Viel hätte nicht gefehlt, und Sydow hätte van der Eyck am Kragen gepackt, Typen wie er verdienten es nicht anders. Am Ende hatte aber dann doch die Vernunft gesiegt, was bei Sydow, der ein aufbrausendes Temperament besaß, längst nicht immer der Fall gewesen war. »Nimm's mir nicht übel – aber in dem Fall geht die Familie vor. Wenn du willst, kannst du mich ja auf dem Laufenden halten.«

»Mach ich doch glatt, Tom – geht klar.« Das klang nicht gerade überzeugend, und da Krokowski einer der wenigen war, an denen ihm etwas lag, klopfte Sydow ihm begütigend auf die Schulter. »Ein andermal, Kroko. Wenn du Zeit hast, können wir ja mal einen heben.«

»Na schön, dann lass mich dich wenigstens in die Uni fahren«, antwortete Krokowski, schloss seinen 190c auf und sah Sydow kopfschüttelnd an. »Wenn du wüsstest, wie du aussiehst, Tom!«

»Und was ist an Jeans und meinem Holzfällerhemd so schlimm? Muss ja nicht jeder so rumlaufen wie du!«

»Stimmt!«, flachste Krokowski zurück, klappte den Schirm zusammen und legte ihn hinter seinen Sitz. »Unter Studenten fällst du bestimmt nicht auf. Fehlt nur der Bart, und fertig ist der Philosophie-Dozent.«

»Ach, rutsch mir doch den Buckel runter!«

»Ich fürchte, daraus wird nichts werden, Herr von und zu!«, antwortete Krokowski und stellte den Motor, den er zuvor angelassen hatte, wieder ab. »Guck mal, wer da kommt!«

Froh, endlich im Trockenen zu sitzen, wusste Sydow zunächst nicht, was Krokowski meinte. Dann aber fiel ihm in dem Pulk vor dem Haupteingang eine junge Frau auf, die nach jemandem Ausschau hielt. Es dauerte zwar ein wenig, bis es klick machte, aber dann stellte sich seine Erinnerung wieder ein. Die Vorzimmerdame – natürlich. Fast noch ein Teenager, aber das wollte ja nicht viel heißen. Irgendetwas, das sie für den Job qualifizierte, musste das Fräuleinwunder ja haben, wenngleich der Verdacht, dass ihr Äußeres den Ausschlag gegeben hatte, nicht gänzlich von der Hand zu weisen war.

»Denkst du, was ich denke?«

»Du bist ein Schuft, Kroko, weißt du das?«

»Schuft oder nicht – die Kleine wäre ein Sünde wert.«

»Sag mal, habe ich gerade richtig gehört?« Ein Grinsen im Gesicht, das breiter nicht hätte ausfallen können, wandte sich Sydow seinem Nebenmann zu. »Ich muss doch sehr bitten, Herr Krokowski! Reißen Sie sich gefälligst zusammen.«

Bei aller Verwunderung über die Gefühlswallungen seines Freundes musste Sydow ihm dennoch recht geben. Fräulein Behrens sah nämlich nicht nur gut, sondern in der Tat umwerfend aus. Schuhe mit hohen Absätzen, dazu passend ein dunkelblaues Kostüm, das ihre Maße, wahrscheinlich 90-60-90, entsprechend betonte. Aufgetakelt wirkte die Frau Anfang 20, die ihn soeben erspäht hatte, aber trotzdem nicht. Bubikopf, dunkles Haar und kaum Make-up im Gesicht: Wie sie so auf den Wagen zusteuerte, kam einem die Sekretärin beinahe scheu, um nicht zu sagen verängstigt vor.

»Verzeihung, Herr Kommissar, könnte ich Sie vielleicht kurz sprechen?«

Ein Eindruck, der sich kurz darauf bestätigte. Denn kaum hatte Sydow ihr klargemacht, dass nicht er, sondern sein Nebenmann das Sagen hatte, blickte sie sich auch schon um.

Und das, wie er verwundert registrieren sollte, beileibe nicht nur ein einziges Mal.

»Was halten Sie davon, wenn wir wieder reingehen, Fräulein?« Trotz der Äußerungen von vorhin war der Kavalier in Krokowski anscheinend nicht totzukriegen, was angesichts des Nieselregens, der kein Ende nahm, auch nachvollziehbar war. »Sonst holen Sie sich eine Erkältung.«

»Bitte machen Sie keine Umstände, Herr Kommissar. Außerdem möchte ich nicht, dass irgendwer etwas mitbekommt.«

»Später vielleicht?«

Constanze Behrens, der die Angst förmlich ins Gesicht geschrieben stand, stimmte sofort zu. »Hier, meine Telefonnummer!«, flüsterte sie und steckte Krokowski einen Zettel zu, nicht ohne einen neuerlich Blick über die Schulter geworfen zu haben. »Gegen drei bin ich zu Hause.«

Zum Zeichen, dass er verstanden hatte, gab Krokowski ein bejahendes Nicken von sich. Dann steckte er den Zettel ein und sagte: »Bis später, Fräulein. Und danke für Ihre Hilfe.«

Die Antwort aus dem Mund der jungen Frau hätte deutlicher nicht ausfallen können. »Bedanken Sie sich erst, wenn wir miteinander gesprochen haben. Ich fürchte, auf Sie beide kommt viel Arbeit zu!«

14

»Nur keine Hemmungen, Gerd – die Rechnung geht auf
mich.«

»Sag was du willst, Marek. Und hör auf mit dem
Getue.« Ohne sich die Anspannung, unter der er stand,
anmerken zu lassen, bestellte Czerny eine Tasse Tee. »Du
hast mich doch nicht hierher gelost, um Freundlichkei-
ten auszutauschen.«

Radeks Antwort bestand aus einem süffisanten Grinsen. »Nein, Bruderherz, da liegst du richtig.«

»Du sollst mich nicht Bruderherz nennen, klar? Du
weißt genau, dass ich das nicht ausstehen kann.«

Marek Wegener, Sohn eines KPČ-Funktionärs aus Prag
und einer Pankowerin, die nach Hitlers Machtergreifung in
die Sowjetunion geflüchtet war, stieß ein zwar leises, dafür
umso verächtlicher klingendes Schnauben aus. »Typisch
Gerd!«, seufzte er mit einer Mischung aus Resignation
und überbordender Häme, schob die Brille nach unten
und sah sein Gegenüber, das ihn keines Blickes würdigte,
über deren Ränder hinweg an. »Weigert sich, die Realität
zu akzeptieren. Dabei kannst du froh sein, dass dich Mutter aus der Gosse gezogen hat. Sonst wärst du garantiert
im Waisenhaus gelandet. Oder ganz woanders, wer weiß.«

»Erstens: Ich bin deinen Eltern dankbar, dass sie mich
nach Mutters Verhaftung zu sich genommen haben. Ich

weiß wirklich nicht, was ich ohne sie getan hätte. Mutter und … Mutter und Karolina waren zwar befreundet, aber …«

»Aber das heißt natürlich nicht, dass sie gezwungen gewesen wären, dich aufzunehmen. Da hast du allerdings recht.« Wie um das Gesagte zu untermauern, tippte Marek Wegener alias Radek die Asche seiner John Player, der er gegenüber DDR-Marken den Vorzug gab, in das erdfarbene Behältnis und schaute gelangweilt auf den Ku'damm hinaus. Das heißt, er tat zumindest so, wovon sich Czerny, in etwa gleich alt wie er, nicht blenden ließ. Seit dem Tag, als er in die Obhut von Milan Czerny und dessen deutscher Ehefrau gekommen war, hatte er unter den Schikanen ihres nicht annähernd so begabten Sohnes Marek zu leiden gehabt, kaum merklich zunächst, doch dann, spätestens nach der Adoption, bis an die Grenze des Erträglichen. »Wie du weißt, war Vater anfangs nicht sonderlich begeistert. Aber da Mutter die Hosen anhatte, musste er sich fügen. Gezwungenermaßen. Ob du es wahrhaben willst oder nicht, Gerd: Ihre Scheidung geht auf dein Konto.«

»Zu deiner Information, Marek: Vater ist fremdgegangen. Deswegen, und nicht etwa aufgrund ihrer Streitereien, ist Mu… ist Karolina nach Berlin zurückgekehrt.« Bevor er fortfuhr, holte Czerny tief Luft. »Mit mir.«

»Stimmt. Und ich bin bei Vater geblieben. Bin mit ihm nach Prag zurückgekehrt. Habe mich als Lastwagenfahrer durchgeschlagen. Kam gerade so über die Runden. War bei Vater, als er an Krebs krepiert ist.« Radek schnitt eine verächtliche Grimasse. »Und wo, bitte schön, warst du?«

»Hätte ich davon gewusst, wäre ich zur Stelle gewesen.«

»Spar dir die Floskeln, Gerd. Das kaufe ich dir nicht ab.« Im Begriff, die Brille abzunehmen, hielt Radek mitten in der Bewegung inne, fixierte den für ihn meistgehassten Menschen und zischte: »Gerd, Gerd, Gerd. Den lieben langen Tag. Und weil's so schön war, die ganze Woche über. Das soll mal einer ertragen. ›Nimm dir ein Beispiel am deinem Bruder, Marek! Der hat begriffen, worum es im Leben geht.‹ Mein Gott, wie ich das gehasst habe! Immer diese Vergleiche, die ständigen Ermahnungen, die Quengelei, dich zum Vorbild zu nehmen. ›Gerd hat die Lenin-Medaille bekommen, und du?‹ Tja, was will man machen, wenn man ein Genie zum Bruder hat! Dem alles, was er anpackt, gelingt. Der fließend Russisch spricht, Komsomolze wird, an der Parteihochschule studieren darf. Zum Henker, Gerd – kannst du dir vorstellen, wie mir zumute war?«

»Das ist Schnee von gestern, Marek. Und das weißt du auch.«

»Ist es nicht!« Hochrot im ansonsten blässlichen Gesicht, reagierte Radek den Unmut an seiner John Player ab, die er so lange ausdrückte, bis sich die Kippe in ihre Bestandteile auflöste. »Aber was weißt du denn schon davon. Du warst ja immer auf der Siegerseite, bei den Bewunderten. Nur ich, der leibliche Sohn, durfte in den Mond gucken.«

Um sich abzulenken, winkte Radek nach dem Ober, bestellte einen Rémy Martin und nutzte die Gelegenheit, sich nach Lauschern umzuschauen. Allem Anschein nach hatte von den Gästen in der Rotunde jedoch niemand etwas mitbekommen. Die meisten von ihnen, so auch die Vertreter der ›Oberen Zehntausend‹, genossen den Ausblick auf den Kurfürstendamm, unterhielten sich, stießen miteinander an oder beobachteten die Neuankömmlinge, welche die ins Obergeschoss führende Marmorwendeltreppe erklommen und nach einem freien Platz Ausschau hielten. Barmusik erklang, Gläser klirrten und der Duft von Zigarren, frischem Gebäck und Bohnenkaffee wehte durch den Raum.

Kein Grund zur Sorge, sollte man meinen.

»Das bildest du dir nur ein, Marek.« Kaum waren die Worte über seine Lippen, bereute Czerny, was er gesagt hatte.

»Jetzt tu doch nicht so, Gerd!« Kaum noch Herr seiner selbst, hatte Radek Mühe, seinen Zorn zu unterdrücken. »Weißt du, was Vaters letzte Worte waren? Nachdem ich alles Menschenmögliche für ihn getan, einen Arzt nach dem anderen abgeklappert und bis zuletzt am Krankenbett Wache geschoben habe? Nein? ›Wo ist Gerd, warum kommt er nicht?‹ So viel zum Thema Elternliebe. Ich muss ja wohl nicht eigens betonen, dass der Hieb gesessen hat, oder?« Radek atmete tief durch und kippte das Glas, das ihm der Ober auf den Tisch stellte, auf einen Zug hinunter. Schwamm drüber!, habe ich mir danach gesagt. Und Mutters Namen angenommen. Da bist du von den Socken, was? Wider Erwarten hat es mir jedoch jede Menge Vorteile beschert. Vor allem den, mit meinem zum Major avancierten Bruder nicht in einen Topf geworfen zu werden. Tja, Gerd – Tarnung ist eben alles. Alte Tschekisten-Weisheit. Schade, dass Mutter nichts mehr davon mitgekriegt hat. Hätte sich bestimmt gefreut, die alte Dame.«

»Lass Karolina aus dem Spiel, hörst du?«

»Danke, dass du nicht ›Mutter‹ gesagt hast. Erspart mir die Mühe, dich zu korrigieren.« Der Mann, auf den keiner der Umsitzenden einen Blick verschwendete, rückte seine Brille inklusive grau gestreifter Krawatte zurecht, bleckte die Zähne und sagte: »Du hast recht, Gerd. Lassen wir die Vergangenheit ruhen. Vorübergehend zumindest. Und kommen wir lieber zum Geschäft.«

»Geschäft?«

»Du hast richtig gehört, Bruderherz. Ich möchte dir ein Geschäft vorschlagen.«

»In deinem oder meinem Sinn?«

»Kommt auf dich an, nicht auf mich.«

»Falls du die Fotos meinst, derentwegen ich liquidiert werden sollte – vergiss es.« Wie um das Gesagte zu unterstreichen, beugte sich Czerny über den Tisch, hob den Zeigefinger und sagte: »Du erwartest doch nicht im Ernst, dass ich einen Kuhhandel mit dir abschließe, oder? Mein Leben im Austausch für den Obduktionsbericht, hast du dir wohl so gedacht! Falls du es noch nicht gemerkt hast, Marek: Wir befinden uns in West-Berlin. Mit den Methoden von drüben kommst du hier nicht durch.«

»Armer Gerd. So klug, und doch so naiv.« Zum ersten Mal seit ihrem Zusammentreffen vor vier Tagen nahm Marek Wegener, väterlicherseits Czerny, die Brille ab. Die gewünschte Wirkung der Geste blieb jedoch aus. Der Mann jenseits des runden Tischs ließ sich nicht einschüchtern, hielt dem Blick der schiefergrauen Augen stand. »Ein Wink von mir, und du kannst dein neues Leben vergessen. Besser, du hörst zu, tust, was ich sage, und versuchst gar nicht erst den Helden zu spielen. Dazu bist du nicht geboren, Bruderherz – und das weißt du auch.«

»Mag sein. Aber wenigstens weiß ich, was hier gespielt wird.« Mit einer Ruhe, die an eine Provokation grenzte, wandte Czerny den Blick vom dem blassen, zerfurchten und von tiefen Augenhöhlen geprägten Konterfei seines Gegenübers ab, sah hinunter auf die Straße, musterte die Passanten, einen vorüberfahrenden Doppeldeckerbus, angrenzende Gebäude und die Gäste am Nebentisch und wandte sich anschließend wieder dem Mann zu, der nicht zögern würde, das Leben seines Adoptivbruders auszulöschen. Und der nicht zögern würde, genau da weiterzumachen, wo er am Morgen aufgehört hatte. »Ich kenne dich besser als du denkst, Marek. Während wir beide uns unterhalten, sind mindestens ein halbes Dutzend Augen auf mich gerichtet, hab ich recht?«

»Fünf Paar, falls du es genau wissen willst. Dir kann man auch wirklich nichts vormachen, Gerd.« Die Brille in der Hand, die er mit schwungvoller Gebärde aufsetzte, schien Wegener alle Zeit der Welt zu haben, bestellte sich noch einen Cognac und packte die Gelegenheit beim Schopf, um Czerny auf die Folter zu spannen. Erst als dieser nicht wie erhofft reagierte, ließ er sich herab, das Wort an ihn zu richten. »Eine falsche Bewegung, Bruderherz, und der Mann im Gebäude hinter dir macht ernst.«

»Du wirst lachen, Marek – ich habe mir schon so etwas gedacht.«

»Dann weißt du sicher auch, dass der Herr rechts von der Kuchenvitrine eine Makarow unter der Jacke hat?«

»Kaliber 9,2 mal 18 Millimeter, acht Schuss, Rückstoßlader. Und dann wäre da noch der Gorilla neben der Wendeltreppe, stimmt's? Den Scharfschützen auf dem Dach an der Ecke Joachimstaler Straße nicht zu vergessen. Direkt hinter der Cinzano-Werbung. Kompliment, Marek, so einfallsreich wie du ist nicht jeder. Und dann erst der Mann neben dem Kiosk gegenüber, der mit dem dunklen Mantel, sieh ruhig hin! Alle Achtung, Herr Wegener, das kann sich wirklich sehen lassen. Mir scheint, du hast ganze Arbeit geleistet. Kann es sein, dass halb Ost-Berlin auf den Beinen ist?«

Aus Wegeners Augen, kaum sichtbar hinter zusammengepressten Lidern, schoss ein Blitz nach dem anderen. »Weißt du eigentlich, dass du so gut wie tot bist, Gerd?«

»Und weißt du, Bruderherz, dass der Lauf einer Walther P38 auf dich gerichtet ist?« Nur selten um ein Bonmot verlegen, zitierte Czerny das Sprichwort, welches besagte, dass die Oper erst vorbei sei, wenn die dicke Dame gesungen habe. Die Hand am Abzug seiner Waffe, fügte er hinzu: »Um kein Aufsehen zu erregen, würde ich es vorziehen, die Waffe unter dem Tisch nicht zu benutzen. Ist dir doch recht, Marek, oder?«

»Du bist dabei, einen großen Fehler zu begehen.«

»Und du tust gut daran, zu verschwinden. Es sei denn, du legst Wert darauf, eine Ladung Blei verpasst zu bekommen.« Czerny zwinkerte seinem Gegenüber zu. »Dorthin, wo es besonders schmerzt.«

»Wenn, dann würde es den Falschen treffen.«

»Jetzt komm mir bitte nicht damit, Gerd. Und versuch nicht, dich herauszureden. Oder zu behaupten, du handelst auf Befehl. Du hast mich von Anfang an auf dem Kieker gehabt, seit letzten Freitag, als wir uns während der Obduktion über den Weg gelaufen sind. Und du hast nicht gezögert, mich beschatten zu lassen, stimmt's?

Wie sonst hättest du herausbekommen sollen, dass ich im Begriff war, mich abzusetzen. Nichts für ungut, Marek: Was das betrifft, verfügst du über ein beachtliches Talent. Den eigenen Bruder zu bespitzeln – ich muss sagen, da gehört etwas dazu! Ganz zu schweigen, dass du versucht hast, mich umzubringen.«

»Du glaubst doch wohl nicht im Ernst, dass ich mir an dir die Finger schmutzig machen …«

»Was du tun würdest oder nicht, ist mir egal. Machen wir uns nichts vor, Marek: Du würdest alles tun, um in den Besitz des Obduktionsberichts zu gelangen. Du würdest über Leichen gehen – auch über meine.«

»Bist du jetzt fertig, Bruderherz?« Anders als von Czerny erwartet verzog Wegener keine Miene, erhob sich und rüstete sich zum Aufbruch. »Ob du's glaubst oder nicht, Gerd: Wir sind deinem Mittelsmann auf der Spur. Ist nur eine Frage der Zeit, bis wir ihn kriegen. Was wiederum bedeutet, dass du dir die Negative sonst wo hinstecken kannst. Auf die sind wir nicht angewiesen, ebenso wenig wie auf dich.« Bereit zu gehen, schlang Wegener seinen Schal um den Hals und lächelte. »Ach so, wenn wir gerade dabei sind: Denkst du ernsthaft, wir sind zu blöd, dich zu liquidieren? Der Genosse, der dich aufs Korn genommen hat, war einer der besten Schützen bei der NVA. Auf eine Distanz von 40 Metern würde der sogar eine Ameise erledigen. Und so schlau, um die Finte mit der kugelsicheren Weste zu erahnen, ist er allemal. Du verstehst, worauf ich hinauswill, Gerd? Wenn nichts dazwischengekommen wäre, hättest du dir die Radieschen von unten angucken können.«

»Tatsächlich? Da habe ich ja noch mal Glück gehabt.«

»Tu, was du nicht lassen kannst, Gerd. Zieh die Sache ruhig ins Lächerliche. Ich bin sicher, das Lachen wird dir bald vergehen.« Bekleidet mit Hut, Schal und schwarzem Mantel, umrundete Marek Wegener alias Radek den Tisch, beugte sich hinunter, damit man sein Flüstern nicht verstand und sagte: »Im selben Moment, als Martens auf dich feuern wollte, wurde er von einer Kugel getroffen. Volltreffer, direkt in den Kopf. Ich brauche wohl nicht zu sagen, dass er sofort tot gewesen ist.« Die Fingerspitze an der Hutkrempe, um auf saloppe Art Lebewohl zu sagen, weidete sich Radek am ungläubigen Blick des Mannes, der vor nicht allzu langer Zeit sein Stasi-Kamerad gewesen war. »Tja, Gerd, sieht so aus, als hättest du es mit mehreren Gegnern auf einmal zu tun. Fragt sich nur, wer schneller ist – Mister Unbekannt oder wir!«

15

»Du kannst es dir ja noch überlegen, Tom.«

»Da gibt's nichts zu überlegen, Kroko!«, gab Sydow postwendend zurück, den Arm auf der Oberkante der Autotür. »So leid es mir tut, du musst ohne mich zurechtkommen.«

»Na ja, kann man nichts machen.« Krokowski konnte einem wirklich leidtun. Wie ihm zumute war, konnte Sydow nachfühlen, vor allem, was die Wut auf van der Eyck betraf. Dass er mehr Dreck am Stecken hatte als er zugeben wollte, war offenkundig, genauso offenkundig wie die Schwierigkeit, dem Chefredakteur etwas nachzuweisen. »Wie du willst, altes Haus – ich kann dich schlecht in Handschellen legen!«

»Mit Wollen hat das nichts zu tun, Kroko.« Wider Erwarten tat sich Sydow mit seiner Entscheidung schwer, aber da er Hajo versprochen hatte, zwischen ihm und Vroni zu vermitteln, konnte er ihn jetzt nicht hängen lassen. Der Punkt war allerdings, dass Vroni ziemlich dickköpfig war, weshalb Sydow der Gedanke kam, dass ihm die Mitarbeit am laufenden Fall vermutlich leichter gefallen wäre. Vroni war und blieb nun einmal Leas Tochter, eine Stieftochter, wie er sie sich nicht besser hätte wünschen können. Aber leider auch eine Frau, die ihre Mucken besaß. »Was man verspricht, muss man auch halten.«

»Sydow als Friedensengel – dass ich das noch erleben durfte.«

»Ha, ha, ha.« Anders als sonst gab Sydow dem Drang, Krokowski eine Retourkutsche zu verpassen, nicht nach. »Und was hast du jetzt vor?«, fragte er, in Gedanken bereits bei dem Gespräch, für das er sich mit Vroni verabredet hatte. »Ich sag's zwar nicht gern, aber zu beneiden bist du nicht!«

»Als Erstes werde ich jetzt nach Grunewald fahren.« Die Linke am Lenkrad, fischte Krokowski einen Zettel aus der Brusttasche hervor und sagte: »Wer weiß, vielleicht stoße ich ja auf eine heiße Spur. Der Beschreibung des Taxifahrers zufolge könnte es sich um den Mann handeln, den wir suchen.«

»Und dann?«, fragte Krokowski, dem das ›Wir‹ in Sydows Replik nicht entgangen war. »Glaubst du, du kriegst was aus der Sekretärin heraus?«

»Kommt drauf an.« Krokowski starrte angestrengt ins Leere. »Kommt drauf an, wie viel sie über van der Eyck weiß. Und ob sie eventuell eine Rechnung mit ihm offen hat.«

»Abwarten und Tee trinken. In ein paar Stunden sind wir schlauer.«

Krokowski lächelte verschmitzt. »Heißt das, du hast vor, dich auf dem Laufenden zu halten?«

»Meinetwegen, du Nervensäge«, raunzte Sydow, hob die Linke zum Gruß und warf die Beifahrertür zu, um nicht noch mehr in Versuchung zu geraten. »Damit ich meine Ruhe habe!«

*

Als Sydow die Mensa betrat, war es so voll, dass der Eindruck entstand, es gebe etwas umsonst. Nicht nur Dutzende, sondern mehrere Hundert Studenten saßen gerade beim Mittagessen, und dementsprechend lange dauerte es, bis er seine Stieftochter erspäht hatte. »Tut mir leid, dass ich so spät dran bin!«, rief er ihr schon von Weitem zu, was im Stimmengewirr, das hier herrschte, komplett unterzugehen schien. »Soll nicht wieder vorkommen, Vroni – Ehrenwort!«

»Du und deine guten Vorsätze«, lautete die frostige Begrüßung, die, wie Sydow wusste, nur zu berechtigt war. Statt wie verabredet um halb eins war er knapp 40 Minuten zu spät eingetrudelt, am Anlass gemessen nicht unbedingt die feine englische Art. »Lass gut sein, Tom. Dich ändert sowieso keiner mehr.«

Da war etwas dran. Aber das konnte er ja wohl schlecht zugeben.

»Setz dich. Oder willst du Wurzeln schlagen?«

Nein, das wollte er natürlich nicht. Inmitten von Leuten, die halb so alt waren wie er, kam er sich zwar ein wenig deplatziert vor, aber da der Zweck die Mittel heiligte, setzte er sich zu Vroni an den Tisch.

»Na, was gibt's? Du bist doch nicht wegen der Pommes hergekommen, oder?«

Nein, ganz bestimmt nicht. Aber die Currywurst auf Vronis Teller sah eigentlich ganz lecker aus. Und dann erst der Nachtisch, Karamellcreme mit Zimt. Sydow lief das Wasser im Mund zusammen.

Student müsste man sein, dachte er, nicht Frührentner in spe.

»Darf ich vorstellen: Susanne und Marlies, Kommilitoninnen von mir.«

»Tom Sydow, freut mich, Sie kennenzulernen.« Verdammt. Ausgerechnet jetzt begann sein Magen zu knurren. Vor lauter Verlegenheit wusste Sydow weder ein noch aus, was durch den Umstand, dass Vronis Bekannte sich nichts anmerken ließen, nicht unbedingt erleichtert wurde. Zum Glück waren die beiden Damen, wie Vroni Studentinnen an der Philosophischen Fakultät, ohnehin auf dem Sprung, ahnten wohl, dass er ein Gespräch unter vier Augen führen wollte und räumten kurz darauf das Feld.

»Warum so schweigsam, Tom – hast du etwas ausgefressen?« Wie stets, wenn er Vroni betrachtete, musste Sydow automatisch an seine Frau denken. Noch nie, zumindest nicht seit er sie kennengelernt hatte, war die Ähnlichkeit zwischen Mutter und Tochter so auffällig gewesen wie heute. Fast schien es, als sitze er der jungen Lea gegenüber, wie damals, als er sie mit 17 kennengelernt hatte. Sommersprossen, langes, zu einem Pferdeschwanz zusammengebundenes Haar, gertenschlank, blaue Augen, Brille, Angorapulli. Das war der Stoff, aus dem seine Teenagerträume gemacht gewesen waren. Wie Lea, die erste Frau, in die er richtig verknallt gewesen war, hatte es auch Vroni verstanden, ihn in Nullkommanichts um den Finger zu wickeln, was während der Zeit, als sie noch zuhause gewohnt hatte, immer wieder für Reibereien sorgte. Lea zufolge war Sydow gegenüber Vroni viel zu nachgiebig gewesen, mit dem Ergebnis, dass Sydows Draht zu seiner Stieftochter erheblich besser als der zur eigenen Mutter gewesen war.

Ein Umstand, den er sich zunutze machen wollte. »Warum guckst du so, Tom?«, fragte Veronika von Oertzen, von jedermann nur Vroni genannt, mit besorgter Stimme. »Ist etwas mit …?«

»Deiner Mutter geht es gut, Vroni. Kein Grund zur Sorge.«

»Na, wenigstens das.«

»Wie meinst du das?« Obwohl er meistens mit der Tür ins Haus fiel und Diplomatie nicht unbedingt zu seinen Stärken zählte, tat sich Sydow schwer, mit der Wahrheit herauszurücken. »Irgendwas nicht in Ordnung?«

»Kann man wohl sagen«, antwortete Sydows Stieftochter und schob das Tablett mit ihrem Mittagessen beiseite. »Greif zu, Tom. Im Moment ist mir der Appetit vergangen.«

»Aber wieso denn?«, fragte Sydow, der es für besser hielt, so zu tun, als wisse er von nichts. »Bist du etwa durch die Prüfung ...«

»Momentan können mir sämtliche Prüfungen gestohlen bleiben. Ich habe andere Sorgen, und was für welche.« Die 26-Jährige, wie Sydow in der Nähe von Neuruppin geboren, seufzte laut und vernehmlich vor sich hin. »Wenn ich Pech habe, kann ich mein Studium und die Doktorarbeit an den Nagel hängen.«

»Was das betrifft, habe ich ein Wörtchen mitzureden, klar?«

Veronika von Oertzen lächelte matt. »Ach, Tom – als ob die Sache so einfach wäre!«, flüsterte sie. »Aber ich fürchte, da müssen wir beide ... Da muss ich alleine durch, wollte ich sagen.«

Froh, dass ihm die Frage in den Mund gelegt wurde, ließ Sydow die Gelegenheit nicht ungenutzt verstreichen. »Du und Hajo – ihr ... ihr habt euch doch nicht etwa in die Haare gekriegt?«

»Doch, haben wir.« Auf einmal war alles wieder so

wie früher, wenn Vroni, als Teenager kaum zu bändigen, ihm ihr Herz ausschüttete, weil sie etwas auf dem Kerb holz hatte. Wie damals hörte er auch jetzt aufmerksam zu, vermied es, gute Ratschläge zu erteilen und besänftigte sein Magenknurren, indem er von Vronis Mittagessen kostete. Kaum verwunderlich, dass es beträchtlich dezimiert wurde, zumal sich die Beichte, bei der seine Stieftochter nichts ausließ, naturgemäß in die Länge zog. »Na, freust du dich, dass du bald Opa wirst?«

»Sagen wir mal so: Ich würde mich noch viel mehr freuen, wenn mit dir und Hajo wieder alles in Ordnung wäre.«

»Das beantwortet nicht meine Frage, Tom.«

»Oh doch.« Sydow nahm Vronis Hand, legte seine Rechte darauf und sagte: »Jetzt hör' mir mal gut zu, mein Kind. Ich kann verstehen, wie dir zumute ist, aber was die Schießerei angeht, trifft Hajo keine Schuld. Du hast selbst gesagt, dass er nur Schmiere gestanden hat, oder? Na also. Folglich kann man ihm auch keinen Vorwurf machen, wenn die Situation außer Kontrolle geraten ist. Und dem Fluchthelfer, selbst wenn er das Feuer eröffnet hat, auch nicht. Was hätte er denn machen sollen? Überleg doch mal, was du getan hättest, wenn du an seiner Stelle gewesen wärst. Hättest du abgewartet, bis die Stasi dich entdeckt? Was das zur Folge gehabt hätte, kannst du dir doch wohl vorstellen, oder? Verhöre, Knast und was weiß ich wie viele Jahre Gefängnis. Verlockende Aussichten, kann ich da nur sagen. Nein, Vroni – in so einer Situation ist jeder sich selbst der Nächste. Schon gut, schon gut, ich weiß, was du jetzt sagen willst: Das rechtfertigt aber nicht, einen Menschen zu töten. Was das betrifft, hast du natürlich recht. Aber es gibt nun einmal Situationen, in denen man nicht groß hin und her überlegen kann. Da reagiert man spontan, auf die Gefahr, einen Fehler zu begehen.«

»Das war kein Fehler, Tom. Das war Mord.«

»Es war Notwehr, Vroni. Denkst du vielleicht, es war Absicht? Ehrlich gesagt, ich nicht. Wäre das der Fall, müsste man von Mord reden. Außerdem vergisst du eins, mein Kind: Die Grenzer hätten nicht gezögert, ihm genau das anzutun, was du dem jungen Mann zum Vorwurf machst. Oder muss ich dich daran erinnern, wie viele Menschen seit dem dreizehnten August ums Leben kamen? Und das alles nur, weil ihnen das Leben im Arbeiter- und Bauernparadies gegen den Strich gegangen ist? Sie nennen es Republikflucht, Vroni, ich nenne es Verzweiflung. Antifaschistischer Schutzwall, die da drüben haben sie ja wohl nicht mehr alle! Stell dir vor, du lebst irgendwo jenseits des Zauns und kriegst keinen Fuß auf die Erde, kurzum: Das Dasein, das du den Genossen zu verdanken hast, geht dir gegen den Strich. Und auf einmal bietet sich dir die Möglichkeit, die Fliege zu machen. Nicht gerade angenehm, 150 Meter auf allen Vieren zu kriechen, aber was soll's! Wenn du es hinter dir hast, bist du ein freier Mensch. Dann kannst du tun und lassen, was du willst. Mal ehrlich, Vroni: Würde es dir übermäßig Kopfzerbrechen bereiten, wenn es dabei zu einem – wenn auch tragischen – Zwischenfall kommt? Das glaubst du doch wohl selbst nicht, oder? Natürlich wolltest du nicht in der Haut des Mannes stecken, der gezwungen ist, von seinem Schießprügel Gebrauch zu machen. Wer will das schon. Aber am Ende, nach überstandener Flucht, wärst du den Leuten dankbar, die ihren Kopf für dich hingehalten haben. Mit Recht. Was ich damit sagen will, ist: Deine Kommilitonen haben viel riskiert, Vroni. Haben geackert, geschuftet, malocht. Haben ihr Leben aufs Spiel gesetzt, ohne einen Pfennig zu verdienen. Ich finde, das verdient Respekt, oder?«

»Ich will Theologin werden, vergiss das nicht.«

»Herrje, Vroni – davon will dich ja auch niemand abhalten. Am allerwenigsten ich. Aber du wirst zugeben, dass es Situationen gibt, in denen man mit freundlicher Überredung allein nicht weiterkommt! Was, denkst du, wäre passiert, wenn ich als Kripo-Beamter andauernd die andere Wange hingehalten hätte? Dann hätte ich einpacken können, mein Kind.« Kaum zu bremsen, verstärkte Sydow seinen Griff. »Dann läge ich eins achtzig tiefer, jede Wette.«

»Ich finde, du machst es dir sehr leicht, Tom«, flüsterte Vroni und entzog Sydow ihre Hand. »Was mich betrifft, tue ich mich mit der Argumentation schwer.«

»Niemand verlangt, dass du deine Meinung änderst, Vroni. Und es ehrt dich, wenn du dir so viele Gedanken machst.«

»Aber?«

»Kein ›Aber‹! Du hast deine Meinung, Hajo hat seine. Kommt bekanntlich in den besten Familien vor.« Sydow lächelte verschmitzt. »Unter anderem bei deiner Mutter und mir.«

»Hajo ist wie ein Sohn für dich, stimmt's?«

Kalt erwischt, wich Sydow dem Blick seiner Stieftochter aus. »Damit hat es nichts zu tun, Vroni.«

»Und ob es damit etwas zu tun hat, Tom.« Die Ellbogen auf der Tischkante, verschränkte Veronika von Oertzen die Hände und ließ den Daumenknöchel am Kinn entlangwandern. »Und das weißt du auch.«

»Darum geht es nicht, Vroni.«

»Um was dann?«

»Ich verstehe nicht, wie man sich wegen einer Lappalie dermaßen in die Haare …«

»Damit du Bescheid weißt, Tom: Für mich ist das keine Lappalie. Und noch etwas. Wenn Hajo sich schon in Gefahr begibt, hätte er mich wenigstens ins Vertrauen ziehen können. Per Zufall davon zu erfahren war alles andere als angenehm.«

»Jetzt mach aber mal halblang, Vroni!«, rief Sydow aus, so laut, dass sich ein Paar am Nachbartisch nach ihm umdrehte. »Du weißt doch ebenso gut wie ich, dass Aktionen wie der Bau von Fluchttunneln geheim bleiben müssen.«

»So geheim wie ein Gespräch zwischen Vater und Tochter?«

Komplett überrumpelt, versagte Sydow die Sprache. Um herauszufinden, wer ihm in die Parade fuhr, brauchte er sich nicht umzudrehen. Das war Lea, wie sie leibte und lebte, und es bedurfte keiner Fantasie, um sich vorzustellen, wie sich die Blicke seiner Frau in seinen Hinterkopf bohrten.

»Grüß dich, Lea, was machst du denn hier?« Also wirklich. Einfallsloser hätte die Antwort auf die Frage, die ihn von einer Verlegenheit in die nächste brachte, nicht ausfallen können. In Ermangelung einer Ausrede kratzte sich Sydow hinterm Ohr und rutschte auf seinem Stuhl hin und her. Mit Zeitschinden allein, das war klar, würde er seinen Kopf jedoch nicht aus der Schlinge ziehen können.

Er musste sich etwas einfallen lassen.

Am besten gleich.

Eingekeilt zwischen den beiden Duellantinnen, die gerade zwischen Pistole und Degen wählten, wanderte Sydows Blick gleich mehrfach hin und her. »Du ... du ... Du bist im Bilde, worum es geht?«, stammelte Sydow und überlegte fieberhaft, wie er sich herausreden sollte. »Oder soll ich dir sagen, weshalb ich hier bin?«

»Nicht nötig. Ich habe genug gehört.« Ihrem Ton nach zu urteilen war Lea alles andere als erfreut. Eine Tatsache, die durch einen Blick in ihr Gesicht bestätigt wurde. In solchen Momenten war guter Rat teuer, sonst würde er sich eine Standpauke anhören müssen. Aber eine, die sich gewaschen hatte.

Die Eingebung kam plötzlich, als ob eine höhere Macht die Hand mit ihm Spiel hätte.

»Weißt du was, mein Schatz?«, sülzte Sydow, bot Lea seinen Platz an und besaß auch noch die Dreistigkeit, ihr einen Kuss auf die Wange zu drücken. »Am besten, Vroni erzählt dir noch mal genau, worum es geht. Von Frau zu Frau, wenn du verstehst, was ich meine. Dann wirst du feststellen, dass sie mindestens so viel Vertrauen zu dir hat wie zu mir. Alles halb so wild, mein Schatz – glaub mir. Und noch lange kein Grund, sich übergangen zu fühlen.«

Ein Kuss war des Guten fast schon zu viel gewesen. Aber da doppelt genäht angeblich besser hielt, ließ Sydow der Zärtlichkeitsbekundung sogleich die nächste folgen, tippte sich mit der Hand an die Stirn und winkte den Frauen, die zugleich die wichtigsten Menschen in seinem Leben waren, zum Abschied zu. »Bis später, die Damen«, rief Sydow, bedacht, so schnell wie möglich außer Reichweite zu gelangen. »Ihr müsst entschuldigen – ich habe zu tun!«

16

Die ganze Fahrt über hatte er das ungute Gefühl in seinem Inneren nicht abschütteln können. Dabei war die Visite, die auf seinem Terminkalender stand, längst Routine geworden. Es war normal, dass befreundete Dienste Informationen austauschten, wenngleich er sich dabei wie der letzte Trottel vorkam. Er musste ausbaden, was andere ihm eingebrockt hatten, und dazu gehörte auch die Gepflogenheit, vor den Russen katzbuckeln zu müssen. Daran ändern würde sich in absehbarer Zeit nichts, nicht solange Ulbricht, ihre sächselnde Marionette, noch am Ruder war. Chruschtschow brauchte nur mit dem Finger zu schnippen, und schon wurden seine Wünsche erfüllt. So war es all die Jahre über gewesen. Und so würde es vermutlich auch in Zukunft sein.

Aber noch war nicht aller Tage Abend. Noch war er es, der im Hintergrund die Fäden zog. Den Blick geradeaus gerichtet, während sein Chauffeur in die Köpenicker Allee einbog, ließ sich Mielke die Anspannung, unter der er stand, nicht anmerken. Wer weiß, vielleicht hatte der Anruf ja auch nichts mit dem geklauten Obduktionsbericht zu tun gehabt. Konnte ja immerhin sein. In diesem Fall handelte es sich womöglich nur um einen Routinebesuch, zu dem er, Minister oder nicht, anzutanzen hatte. Dann musste er Männchen, auf treuer Verbündeter beziehungsweise linientreuer Tschekist machen. So lautete nun einmal das ungeschriebene Gesetz im Umgang mit denjenigen, die seit 1945 das Sagen hatten. Je früher man das begriff, desto größer die Chance, im Amt zu bleiben.

Oder am Leben, je nachdem.

Ob die Russen von dem, was heute Morgen passiert war, etwas ahnten? Schon möglich. Bei ihnen wusste man nie, woran man war. In gewisser Hinsicht traf dies auch auf den KGB zu, wobei er es vermied, Anlass zu Unstimmigkeiten zu geben. Zusammenarbeit tat Not, zumal die Front, an der selten Ruhe herrschte, mitten durch Berlin verlief. Genau deshalb war die Mauer, über die sie sich im Westen die Mäuler zerrissen, gebaut worden. Wäre dies nicht geschehen, hätten er und die Genossen einpacken können, obwohl niemand wagte, dies offen auszusprechen. Laut Propaganda handelte es sich bei ihr um einen Schutzwall, bei Fluchthelfern um Grenzverletzer und im Falle der Flüchtigen, die durch diesen Scheiß-Tunnel gekrochen waren, um Saboteure, Verräter und antisozialistische Elemente. So lautete nun einmal die Sprachregelung, und wer Karriere machen wollte, tat gut daran, dies nicht zu vergessen.

Regel Nummer eins: Die Russen haben immer recht. Regel Nummer zwei: Ist dies nicht der Fall, sollte man zumindest so tun.

»Wir sind da, Genosse Minister.« In Gedanken bei dem bevorstehenden Gespräch, ließ sich Mielke sein Unbehagen nicht anmerken und musterte das Gebäude, in dem der Leiter der KGB-Residentur in der DDR logierte. Es handelte sich um die größte Auslandszentrale überhaupt, knapp 50 Hektar groß, hermetisch abgeschottet und mit allem ausstaffiert, was das Russenherz begehrte. Von hier, wo es nicht nur eine Schießanlage, sondern darüber hinaus auch ein Sportgelände nebst Schwimm- und Reithalle gab, waren elf Jahre zuvor russische Panzer ausgerückt, woran Mielke lieber nicht zurückdenken wollte. Damals war nicht nur sein Schicksal auf Messers Schneide gestanden, und er hatte sich geschworen, dass sich eine Katastrophe wie jene am 17. Juni nicht wiederholen durfte.

Nie mehr.

Jetzt mach schon!, haderte der Minister für Staatssicherheit, während das Tor, vor dem die aus Gorki importierte Limousine vom Typ ›Tschaika‹ vorfuhr, von Hand geöffnet wurde. Dass dies im Zeitlupentempo geschah, war ärgerlich genug, aber als der Posten dann auch noch den militärischen Gruß schuldig blieb, war Mielke mit der Geduld am Ende.

Vor der im Dritten Reich entstandenen Pionierschule angekommen, entstieg Mielke der russischen Limousine und heftete sich an die Fersen des Ordonnanzoffiziers, der ihn in Empfang genommen hatte. Letzterer gab sich äußerst wortkarg, geleitete ihn durchs Foyer, wo er durch eine Fahne mit dem KGB-Wappen und das Sowjetbanner begrüßt wurde, und führte ihn von dort aus in den ersten Stock, vorbei an Büsten von Dscherschinski, Lenin und Stalin, was angesichts der Tatsache, dass Chruschtschow unlängst mit Stalin abgerechnet hatte, ein wenig skurril anmutete. Überhaupt kam ihm vieles, was er zu sehen bekam, ein wenig merkwürdig vor, angefangen bei der in Marmor gehauenen Stalin-Büste bis hin zu den gähnend leeren Korridoren, Treppenfluchten und Gängen, auf denen man sich wie in einem Albtraum vorkam.

Am bedrückendsten, und das wollte bei ihm etwas hei-ßen, empfand Mielke die Stille, die hier herrschte. Durch die Fenster im Treppenhaus drang kaum Licht, und die Teppiche auf den Gängen, selbstredend rot, schienen das Geräusch seiner Schritte zu verschlucken. Es war wie damals, als er zum ersten Mal in die Lubjanka bestellt wurde, nur, wie er mit Unbehagen registrierte, eine Idee beklemmender.

»Herein!« Es verstand sich von selbst, dass ihm der Leiter des KGB ein Begriff war, doch ließ ihn die Stimme, die aus dem Inneren des Büros drang, sofort aufhorchen. Zweifelsohne gehörte sie nicht zu dem Offizier, den er kannte, ein Indiz, dass er mit allem rechnen musste.

Wie das Kommende bewies, lag er damit nicht falsch.

»Dobre dien! Treten Sie ein, Herr Minister – bitte Platz zu nehmen.« Zunächst sprachlos, kam Mielke der Auffor-derung nach. In der Tat musste man hier mit allem rech-nen, und nirgendwo sonst wurde ihm so sehr bewusst, dass sie alle miteinander nur Marionetten waren. »Ich fürchte, heute werden Sie mit mir vorliebnehmen müs-sen.«

Erich Mielke holte tief Luft und bemühte sich, gute Miene zum bösen Spiel zu machen. Dass er wie ein Befehlsempfänger herbeizitiert wurde, war eine Seite der Medaille. Das Ärgernis, bei einem Subalternen des KGB-Chefs antreten zu müssen, die andere. Mielke kochte inner-lich vor Wut. Aber wie schon bei anderen Gelegenheiten behielt auch hier die Vernunft die Oberhand, umso mehr, da er nicht wusste, wem er all das hier zu verdanken hatte.

Des Rätsels Lösung war jedoch nah, denn Oberst Schal-japin, zuständig für Spionageabwehr, kam umgehend zur

Sache. »Sie müssen entschuldigen, Herr Minister, aber mein Vorgesetzter, der Herr Generalmajor, befindet sich außer Haus. Nichts für fremde Ohren, Sie verstehen! Da die Angelegenheit, um die es geht, jedoch keinen Aufschub duldet, habe ich mir erlaubt, Sie zu mir zu bitten. Ich hoffe, es macht Ihnen nichts aus.«

Und ob es mir etwas ausmacht!, dachte Mielke und fühlte sich dabei erneut an seinen Besuch in der Lubjanka erinnert. Damals, vor 28 Jahren, hatte er zwar nichts zu befürchten gehabt. Am Gefühl der Ohnmacht gegenüber dem allmächtigen NKWD hatte dies jedoch nichts geändert, obwohl er ihm mehrfach gute Dienste geleistet hatte. Gehörte es doch zu den Aufgaben eines Tschekisten, Abweichlern in den eigenen Reihen das Handwerk zu legen.

Auch und vor allem dann, wenn man sie kannte.

Und wenn man wie er noch eine Rechnung mit ihnen offen hatte.

»Natürlich nicht, Genosse – wo denken Sie hin!«

Das war natürlich gelogen, und da er sich mit der Schauspielerei schwertat, merkte man es ihm auch an. Anscheinend war dies seinem Gegenüber, einem dunkelblonden, glatt rasierten und gepflegt wirkenden Ukrainer in mittleren Jahren, jedoch keine Erwähnung wert. »Freut mich zu hören«, heuchelte er und entpuppte sich als Kontrahent, dem Mielke, wenn überhaupt, nur wenig entgegenzusetzen hatte. »Wiewohl ich zugeben muss, dass wir uns allmählich Sorgen machen.«

»Und um wen, wenn man fragen darf?«

»Um Sie, Genosse Minister.« Bemüht, den Schein des Gesprächs zwischen Gleichberechtigten zu wahren, schlug der Ukrainer einen jovialen Tonfall an und sagte: »Sie haben doch nichts dagegen, wenn ich rauche?«

»Wieso sollte ich?«

Die Antwort war Mielke noch nicht über den Lippen, da hielt sein Gegenüber bereits eine selbst gedrehte Zigarette in der Hand, rauchte sie an und blies die Kringel, die er produzierte, genüsslich in die Luft. Dass dies nur Vorgeplänkel war, wurde Mielke auf Anhieb klar, und das galt auch für den Grund, warum er wie ein Domestike herbeizitiert wurde. »Wie wir aus zuverlässiger Quelle erfahren haben, Genosse«, begann der KGB-Offizier, dem es offenbar nicht in den Sinn kam, ihm etwas anzubieten, »ist es innerhalb Ihres Ministeriums zu einer bedauerlichen Panne gekommen.«

»Ach ja?«

»Machen wir uns nichts vor, Towarischtsch. Wir, das heißt der KGB, hätten unser Geld nicht verdient, wenn wir nicht wüssten, was außerhalb dieser Mauern vor sich geht. Sie nennen es Misstrauen, wir dagegen wollen auf Nummer sicher gehen.«

»Auch dann, wenn es um enge Verbündete geht?«

»Gerade dann, Genosse, gerade dann.« Die blutunterlaufenen Augen auf seinem Besucher, räkelte sich Grigorij Wassiljewitsch Schaljapin auf seinem Schreibtischstuhl, wie so vieles, was sich in dem schmucklosen Büro befand, anscheinend Jahrzehnte alt. In der Absicht, Gelassenheit zu demonstrieren, sah sich Mielke scheinbar beiläufig um. Abgesehen davon, dass es nach Machorka, Tee und vergilbten Aktendeckeln roch, schien vieles, wenn nicht gar alles, beim Alten geblieben zu sein. Die Zeit, so schien es, war stehen geblieben, und ohne es zu wollen, schweiften seine Gedanken ab. Damals, in den frühen Dreißigern, hatte er des Öfteren Bekanntschaft mit der Polizei gemacht. Sehr oft, und für den Geschmack der Behörden zu oft, hatte es in jener Zeit Auseinandersetzungen mit den Nazis gegeben. Mit von der Partie war dabei ein gewisser Erich Mielke gewesen, der öfter als ihm lieb war mit aufs Revier genommen wurde. Nun gut, im Gegensatz zu heute, wo Chruschtschows Konterfei die hiesigen Amtsstuben zierte, hatte ein Weltkriegsgeneral namens Hindenburg dessen Platz okkupiert. Aber sonst, der Samowar neben dem Fenster ausgenommen, hatte sich kaum etwas geändert. Trotz Mordes an zwei Polizisten, Vergeltung für einen getöteten Genossen, trotz Emigration in die Sowjetunion und anschließender Teilnahme am Spanischen Bürgerkrieg wurde er immer noch nicht von gleich zu gleich behandelt, war er immer noch nicht der, für den er sich hielt. Und würde es, eingedenk der Erfahrungen mit dem KGB, so schnell auch nicht werden.

»Ich weiß, welche Verdienste Sie sich im Lauf der Jahre erworben haben, Genosse. Bedauerlicherweise heißt das jedoch nicht, dass Sie unfehlbar sind. Sie haben Fehler gemacht, Herr Minister, zuletzt am heutigen Morgen. Nehmen Sie es mir nicht übel, aber allmählich drängt sich mir der Verdacht auf, dass Sie Ihrer Aufgabe nicht gewachsen sind. Wie sonst wäre es zu erklären, dass sich uns vorliegenden Informationen zufolge einer Ihrer engsten Vertrauten nach West-Berlin abgesetzt hat! Der, wie man hört, auch noch die Unverschämtheit besaß, eine Art Abschiedsbrief zu hinterlassen. Ich muss Ihnen wohl nicht sagen, Mielke, wie enttäuscht wir darüber sind. Oder entsetzt, um es drastischer zu formulieren.«

Kamerowski!, schrillte es durch Mielkes Gehirn. Und ich blöder Hund habe ihn zum Bürochef gemacht! Die blanke Wut im Gesicht, ballte der Minister die Faust.

Na warte, Drecksack, das wirst du bereuen.

»Eins gleich vorweg: Versuchen Sie erst gar nicht, das Leck ausfindig zu machen. Dadurch stellen Sie sich nur selbst ein Bein. Im Übrigen ist der Genosse, den wir auf Sie angesetzt haben, längst über alle Berge. So viel Professionalität – oder Dankbarkeit – dürfen Sie uns getrost zutrauen.« Die Stimme des Obersten, zunächst weich, ja geradezu feminin, gewann zusehends an Schärfe. »Wissen Sie was, Herr Minister? Nicht nur in Pankow denkt man seit geraumer Zeit über Ihre Ablösung nach. Überrascht? Falls ja, müsste mich das wundern. Man stelle sich das einmal vor: Zuerst wird direkt unter Ihrer Staatsgrenze, der vorgeschobenen Bastion des Sozialismus, ein Tunnel gegraben. Ohne dass weder Stasi noch Grenztruppen etwas davon mitbekommen. Und dann, an drei – in Worten: drei! – aufeinanderfolgenden Tagen gelingt es kriminellen Menschenhändlern, insgesamt 57 Republikflüchtige in den Westen zu schmuggeln. Und als sei das des Unvorstellbaren nicht genug, bringen sich die NVA-Grenzer auch noch gegenseitig um. Wissen Sie was, Mielke? So viel Unbedarftheit ist mir in meiner Karriere noch nicht untergekommen.« Schaljapin lachte verächtlich auf. »Schwert und Schild der Partei!«, amüsierte er sich, genüsslich vor sich hin schmauchend. »Meinen Sie nicht auch, der Wahlspruch Ihres Geheimdienstes sollte geändert werden?«

»Wir können nicht überall sein, Genosse.«

»Das sollten Sie aber, Mielke. Sonst kann man die Uhr danach stellen, bis Sie sich erneut blamieren.«

»Wir tun, was wir können, Herr Oberst. Das wissen Sie so gut wie ich.«

»Tatsächlich? Davon, geschätzter Herr Minister, bin ich nun wirklich nicht überzeugt.«

»Darf man fragen, was Sie an meiner statt getan hätten, Genosse?«

»Was ich getan hätte, fragen Sie?« Der Oberst schwieg, die Lippen, über denen sich ein sorgsam zurechtgestutzter Schnurrbart entlang zog, glatt wie ein Strich. Dann bewegte sich seine Rechte, in der er die Zigarette hielt, wie im Zeitlupentempo auf den Aschenbecher zu. Erst jetzt, beim Deponieren des Glimmstängels, bemerkte Mielke, dass der Daumen fehlte, und er konnte gar nicht anders, als seinen Blick auf die Hand des KGB-Offiziers zu richten.

Als aufmerksamem Beobachter entging dies Letzterem nicht. »Ach, das da!«, ging er bereitwillig auf seine verkrüppelte Hand ein, nicht ohne einen Anflug Häme im Ton. »Das ist ein Andenken an die SS. Genauer gesagt an das Sonderkommando 4a der Einsatzgruppe C. Im Sommer 1941 hat es unser Dorf durchsucht. Verdacht auf Partisanentätigkeit, falls Sie verstehen, was ich meine. Damals war ich 17, das Älteste von fünf Kindern. Aber wem erzähle ich das! Es kam, wie es kommen musste. Um herauszubekommen, wo die nicht existierenden Freischärler steckten, hat es die SS drauf ankommen lassen. Und wollte, um in Ihrer Sprache zu reden, ein Exempel statuieren. Das Ergebnis kann sich sehen lassen, finden Sie nicht auch?«

»Und was, bitte schön, hat das mit unserem gegenwärtigen Thema zu …«

»Mehr als Sie denken!«, gab Schaljapin in rüdem Tonfall zurück und ließ die Rechte in der Tasche seiner Uniformjacke verschwinden. »Es klingt zwar makaber, Genosse, aber was mich betrifft, finde ich, Sie sollten sich an Ihren Landsleuten eine Scheibe abschneiden. Anders, mein Lieber, werden Sie wohl kaum auf einen grünen Zweig kommen.«

»Die Fahndung nach dem Verräter läuft auf Hochtouren. Bis wir ihn finden, ist es nur eine Frage der Zeit.«

Schaljapin setzte ein müdes Lächeln auf. »Das will ich hoffen –«, flüsterte er, »für Sie.«

Mielke atmete befreit auf. »Ja, wenn das so ist, wären wir uns ja einig«, stieß er mit einem Blick auf seine Armbanduhr hervor. »Apropos: Wenn Sie gestatten, würde ich jetzt gerne gehen. Sie wissen ja – es gibt viel zu tun.«

»Ich fürchte, das war noch nicht alles, Towarischtsch.«

»Noch nicht alles?«, echote Mielke, dessen Befürchtungen sich allesamt zu bewahrheiten schienen. »Wie darf ich das verstehen?«

»So wie Sie mögen. Hauptsache Sie tun, was Ihnen befoh… Verzeihung, ich vergaß!« Scheinbar verunsichert, hob der Oberst die feingliedrige linke Hand. Der daran befindliche Siegelring blitzte kurz auf, doch Mielke, scheinbar ganz auf den Geheimdienstoffizier fixiert, ließ sich davon nicht ablenken. »Ich denke, wir beide wissen, was zu tun ist, oder?«

»Ich sagte doch bereits: Auf den Verräter wird mit allen verfügbaren Kräften …«

»… Jagd gemacht, was Sie nicht sagen!«

»Wissen Sie vielleicht was Besseres?«

»Sagen wir mal so: Ich weiß, dass Sie es unterlassen haben, Ulbricht, Honecker und die Genossen im Politbüro über die Vorgänge des heutigen Tages in Kenntnis zu setzen. Wie und ob Sie damit durchkommen ist aber nicht unser Problem.«

»Sondern?«

»Worauf wir und Moskau großen Wert legen, ist, dass Sie – und damit auch wir – sich nicht noch einmal blamieren. Ich muss Ihnen ja wohl nicht sagen, dass Sie sich komplett lächerlich gemacht haben, oder? Noch so ein Reinfall, Mielke, und Sie können Ihren Hut nehmen, haben wir uns verstanden?« Auf einen Schlag wieder die Freundlichkeit in Personen, begutachtete Schaljapin die rechte Hand und sagte: »Aber lassen wir das. Kommen wir lieber zu Ihren Direktiven – beziehungsweise zu den Instruktionen, die ich unlängst erhalten habe.«

»Als da wären?«, blaffte Mielke, Hals und Nackenpartie voller Schweiß. »Heißt das, Sie wollen mir Vorschriften machen?«

»Aber, aber, Genosse – unter Freunden wird es doch erlaubt sein, Kritik zu üben!« Schaljapin schlug einen gönnerhaften Tonfall an. »Schließlich wollen wir nur Ihr Bestes. Und das bedeutet, dass wir bestrebt sind, Schaden abzuwenden.«

»Und wie soll das gehen?« Erich Mielke machte ein ungehaltenes Gesicht. »Ich fürchte, das Kind ist längst in den Brunnen gefallen.«

»Eben. Und da dem so ist, müssen wir das Beste daraus machen.« Ohne den Grundsatz zu beachten, dass Gastfreundschaft ein hohes Gut war, erhob sich Schaljapin von seinem Platz, entfernte eine Staubfaser, die sich an seinem Rangabzeichen festgesetzt hatte und schlenderte zu seinem Samowar. Dort angekommen, goss er sich eine Tasse Hagebuttentee ein. »Heißt: Beide, sowohl Fahnder als auch Überläufer, sind nach Abschluss der Operation zu liquidieren.«

Augen und Mund aufgerissen, sprang Mielke auf. »Aber …«, stieß er hervor, kaum fähig, ein vernünftiges Wort zu produzieren, »aber das geht doch nicht!«

»Sehe ich das richtig, Genosse: Außer Ihnen und dem Agenten, den Sie mit der Liquidierung betraut haben, weiß niemand über den Hintergrund der Aktion Bescheid?«

Mielke bejahte.

»Na also.« Scheinbar ganz damit beschäftigt, das heiße Glas in einen Halter einzusetzen, hielt Schaljapin es nicht für nötig, Mielke anzusehen. »Hoffentlich wird das auch so bleiben.«

»Und was passiert, wenn … Ich meine: Was, wenn der Obduktionsbefund in fremde Hände gelangt?«

»Dann, verehrter Minister«, flüsterte Schaljapin und kostete von dem Tee, dessen Duft die übrigen Gerüche zu überlagern begann, »dann haben Sie ein Problem. Mal ehrlich, Mielke: Können Sie für den Mann, den Sie auf den Überläufer angesetzt haben, garantieren?«

Mielke zögerte – und blieb stumm.

»Ich sehe, wir verstehen uns«, fuhr Schaljapin ungerührt fort. »Da wir auf Nummer sicher gehen müssen, bleibt uns keine Wahl. Egal, wie viele Verdienste sich Ihr Mitarbeiter erworben hat.«

»Und was, wenn …«

»Wenn etwas schiefgeht, meinen Sie?« Das Glas in der Hand, drehte sich Schaljapin um. »Dann, mein lieber Mielke, werden Köpfe rollen. Und jetzt raten Sie mal, wessen Kopf als Erstes an der Reihe sein wird!«

17

»Mensch, mach doch mal leiser, Fred!«, wetterte Sydow, das dritte Berliner Kindl innerhalb von zehn Minuten an den Lippen, während sein Ellbogen auf dem Tresen ruhte. »Bei dem Gedudel kriegt man es ja an den Nerven!«

Die Retourkutsche des Barkeepers, Bekannter aus Tagen, in denen er sich mit Schwarzhändlern herumärgern musste, ließ nicht lange auf sich warten. »Jetzt krieg dich mal wieder ein, Sydow!«, blaffte Fred Matuschek zurück, eine Halbweltgröße, der er wertvolle Tipps zu verdanken gehabt hatte. »Welche Laus ist denn dir über die Leber gelaufen?«

»Gar keine – alles in bester Ordnung!« Da dies der falsche Zeitpunkt war, sein Herz auszuschütten, hörte Sydow über das ›She loves you, yeah, yeah!‹ aus der Wurlitzer-Jukebox hinweg und tröstete sich mit dem Gedanken, dass sein Mutterland schon größere Katastrophen als die Musik von vier schrägen Vögeln aus Liverpool zu erdulden gehabt hatte, von denen momentan jeder Teenager schwärmte. Er persönlich hielt es immer noch mit Glenn Miller, obwohl sein Idol, von dem er sämtliche Platten besaß, längst nicht mehr unter den Lebenden weilte. »Bring mir lieber 'ne Boulette – aber warm, wenn's geht!«

»Nörgel hier nicht rum, klar?« Matuschek, ehemaliger Box-Promotor und ein wahrer Kleiderschrank von Mann, blitzte Sydow drohend an und schlurfte zur Küchenklappe, um die Bestellung aufzugeben. Derweil nahm Sydow einen weiteren Schluck, musste jedoch feststellen, dass er zu viel in zu kurzer Zeit in sich hineingeschüttet hatte. Tja, so änderten sich nun mal die Zeiten. In jungen Jahren, Mitte der Dreißiger, hatte er wesentlich mehr vertragen können als heute. Da hatte er sich ausgiebig in Bars rumgetrieben, die Nacht buchstäblich zum Tage gemacht. Auf Gegenliebe war sein Lebenswandel natürlich nicht gestoßen, vor allem nicht bei seinem Vater, der fürchtete, seine Karriere als Ministerialdirigent könne dadurch Schaden nehmen. Kein Wunder, dass er und Vater bald getrennte Wege gegangen waren, speziell dann, als Adalbert von Sydow, wohnhaft am Lützowplatz 7, Karriere gemacht und ein enger Mitarbeiter von Reichsaußenminister von Ribbentrop geworden war. Mit den Nazis, allen voran Vaters Chef, hatte Sydow nichts am Hut gehabt, mit ein Grund, weshalb aus der Karriere, wie sie sich sein alter Herr vorgestellt hatte, nichts geworden war.

In Gedanken bei längst vergangenen Tagen, fiel Sydows Blick auf eine alte Ansichtskarte, die an der Wand schräg gegenüber klebte. Sie stammte aus der Zeit vor dem Ersten Weltkrieg, den Tagen, als die Welt für ihn noch in Ordnung war. Na ja, zumindest halbwegs. Künstler und Prominente, unter anderem Gropius, gaben sich hier die Klinke in die Hand, und wer etwas auf sich hielt, schlug am Lützowplatz die Zelte auf. Viel übrig geblieben von der Herrlichkeit war allerdings nicht, und spätestens bei Kriegsbeginn war den Anwohnern das Lachen vergangen. Lediglich zwei Häuser, darunter Sydows Elternhaus, hatten die Bombennächte überstanden, weshalb von der

Wohngegend, wo Sydow seine Jugend erlebt hatte, nur noch wenig übrig geblieben war. Dennoch zog es ihn immer wieder hierher, und sei es nur, um mit seinem alten Kumpel Fred in Erinnerungen zu schwelgen.

Oder, noch besser, um die besten Bouletten weit und breit zu vertilgen.

»Sag mal, Sydow – kann es sein, dass du ein bisschen zugelegt hast?«

Der gute alte Fred. Ein Mann, auf den stets Verlass gewesen war. Speziell dann, wenn es darum ging, den Finger in offene Wunden zu legen. »Nö. Wie kommst du denn auf die Idee?«

»Ach, nur so!«, wiegelte Matuschek ab, der ihn zwar gerne aufzog, aber auch genau wusste, wie weit er mit seinen Hänseleien gehen durfte. »Was soll's – bist ja schließlich keine zwanzig mehr.«

»Du merkst aber auch alles, Dicker.« Hin und weg, als ihm der Duft der Bouletten in die Nase stieg, ließ Sydow es mit der launigen Replik bewenden, schnalzte mit der Zunge und widmete sich dem Verzehr seiner Leibspeise, von der er zu Leas Leidwesen nicht genug bekommen konnte. »Hm – schmeckt vortrefflich.«

»Trau dich ja nicht, was anderes zu sagen!«, witzelte Matuschek, der das Rezept für die Beilage, Kartoffelsalat nach Art des Hauses, partout nicht herausrücken wollte. »Sonst alles okay, Herr Kommissar?«

»Ja, so halbwegs.« Gemessen an den Umständen, die zu seinem überstürzten Aufbruch von vorhin geführt hatten, war dies natürlich untertrieben. Sydow holte lautstark Luft. Normalerweise war er nicht der Typ, der Auseinandersetzungen aus dem Wege ging, aber er hatte nicht die geringste Lust auf einen Disput mit Lea gehabt. Er hatte gesagt, was zu sagen gewesen war, Vroni ins Gewissen geredet, Hajo in Schutz genommen – und das war es dann auch schon gewesen. Als Friedensengel war er nur bedingt zu gebrauchen, wie die Episode erneut bewiesen hatte. Sollten sich doch Mutter – oder Großmutter – und Tochter die Köpfe heißreden, er jedenfalls hatte fürs Erste genug. »Ich sag's ja ungern, Dicker: Aber für deine Bouletten würde ich sogar einen Mord begehen.«

»Apropos Mord –«, hakte Matuschek umgehend nach, »wie läuft's denn beruflich, Herr …«

»Kriminalhauptkommissar a. D. Habe ich dir aber gesagt, oder?«

»Haste, Bouletten-König, haste.« Ein Glas in der Hand, das er gerade trocken rieb, baute sich der Koloss vor Sydow auf. »Wollte nur wissen, ob es was Neues gibt. Du und Frührentner – tut mir leid, aber das geht in meinen Quadratschädel nicht rein.«

»Du wirst lachen, Fred – in meinen auch nicht.« Da war sie wieder, die Frage, die er sich immer häufiger gestellt hatte. Und die er sich, allen Beteuerungen zum Trotz, immer noch stellte. »Was anderes: Dürfte ich mal eben telefonieren?«

»Wen willst du denn anrufen – die Heilsarmee?«

»Falsch getippt!«, antwortete Sydow, schob den Teller beiseite und rückte den Apparat, den Matuschek auf den Tresen stellte, möglichst nah an sich heran. »So, und jetzt verzieh dich. Ihre Lordschaft möchten telefonieren.«

»Die Innere Mission vielleicht?«

»Nein, den Wirtschaftskontrolldienst!«, raunzte Sydow, wählte Krokowskis Nummer und wartete, bis das Freizeichen zu hören war. »Mach nur so weiter, dann kannst du deine Frittenbude dichtmachen!«

*

Das Telefongespräch mit Krokowski, gerade zurück aus Grunewald, zählte zum Verblüffendsten, das er jemals geführt hatte.

Und zum Alarmierendsten.

»Was?«, rief Sydow aus vollem Hals, so lautstark, dass sich die Blicke der übrigen Gäste auf ihn richteten. »Das ist doch nicht dein Ernst, oder?«

Und ob es das war. Unmittelbar nach seiner Rückkehr ins Präsidium, also vor knapp zehn Minuten, war Krokowski zum Leiter des Morddezernats gerufen worden. Dort wurde ihm mitgeteilt, dass aus Gründen, über die sein Vorgesetzter keine Auskunft geben dürfe, der ›Fall Gierke‹ in die Obhut eines anderen Kollegen gegeben worden sei. Ab sofort sei er weder befugt, Erkundigungen einzuziehen, noch sei ihm gestattet, in laufende Ermittlungen einzugreifen.

Ende der Durchsage.

Sydow musste sich erst einmal setzen. »Und was jetzt?«, murmelte er, aufgewühlt, ratlos und wie vor den Kopf geschlagen. »Schon einen Verdacht, was dahintersteckt?«

»Definitiv«, antwortete Krokowski, dessen Stimme verriet, wie unbehaglich er sich fühlte. »Wenn du das hörst, wird es dich umhauen, altes Haus!«

»Mich kann nichts mehr umhauen, das weißt du doch.«

»Das schon«, versicherte Kroko, sträubte sich jedoch,

damit herauszurücken. »Mehr davon später. Aber nicht am Telefon.«

»Und wo?«, fragte Sydow und griff nach seiner Jacke, die auf dem Barhocker rechts von ihm lag. »Du hast Glück, ich hab nämlich gerade Zeit.«

»Die wirst du auch brauchen«, versicherte Krokowski, erkundigte sich nach seinem Aufenthaltsort und schärfte ihm ein, kein Wort über die Angelegenheit zu verlieren. »Und sei diskret, Tom, sonst bin ich die längste Zeit Polizist gewesen.«

»Ist es so schlimm?«, fragte Sydow und warf einen raschen Blick auf seine Uhr. »So kenne ich dich ja gar nicht, Eduard.«

»Schlimm?«, ereiferte sich der Krokowski, wobei man der Stimme anmerkte, wie angespannt er war. »›Schlimm‹ ist überhaupt kein Ausdruck. Beweg deinen Hintern, Tom, ich bin gleich da!«

18

»Du sagst uns jetzt, wo die Fotos sind, oder …« Paul Gierke, Reporter der auflagenstärksten Boulevardzeitung Deutschlands, wusste zwar nicht, wer der Mann mit der getönten Brille war, aber er war geistesgegenwärtig genug, die richtigen Schlüsse zu ziehen. Und er ahnte, wem er den Schlamassel, in dem er steckte, zu verdanken hatte. Außer Constanze, seiner Freundin, war über seine Transaktion nur eine Person im Bilde, und da er nicht im Telefonbuch stand, lag die Schlussfolgerung, die er zog, auf der Hand.

Die Übertölpelten waren gekommen, um Spuren zu verwischen.

Spuren, die in eine ganz bestimmte Richtung führten.

Davon kaufen konnte er sich freilich nichts. Die Hände hinter der Stuhllehne, an die er mit einem Hanfstrick gefesselt war, zermarterte er sich das Gehirn, wie er die Unbekannten, die in seine Wohnung eingedrungen waren, Paroli bieten konnte. Im Gegensatz zu sonst, wo er um Einfälle nie verlegen gewesen war, blieb die rettende Idee jedoch aus. Jetzt war guter Rat teuer, und man musste kein Prophet sein, um abzuschätzen, was die Stunde geschlagen hatte.

»Sie sind nicht hier – wie oft … wie oft soll ich es denn noch sagen!«, presste Gierke, stoßweise nach Luft hechelnd, hervor. Dass der Mann mit der getönten

Brille vor nichts zurückschreckte, hatten die Fausthiebe ins Gesicht bewiesen, und er wollte sich nicht ausmalen, wozu sein Gorilla, der hinter ihm stand, fähig war. Übung darin, die Wahrheit herauszupressen, hatten die beiden allemal. Es gehörte etwas dazu, jemanden derart zuzurichten, ohne Zögern, Skrupel oder Rücksicht auf Verluste.

Hier waren Profis am Werk, das stand fest. Profis, von denen aufmüpfige Ost-Berliner ein Lied singen konnten. »Fragen Sie in der Redaktion nach, dort finden Sie, wonach Sie suchen.«

Die Antwort auf den Versuch, von sich abzulenken, ließ nicht lange auf sich warten. Und bestand aus einem weiteren Schlag in die Magengrube.

Der Reporter schrie nicht nur, er brüllte.

»Wo die verdammten Fotos sind, will ich wissen!«, zischte der Brillenträger und baute sich drohend vor seinem Opfer auf. Doch Gierke blieb stumm. Draußen, im Treppenhaus des vierstöckigen Altbaus aus ockerfarbenem Backstein, war kein Laut zu hören, und das einzige Geräusch weit und breit rührte von den Regenböen her, welche gegen die übermannshohen Fenster der Mansardenwohnung peitschten. »Mach's Maul auf, sonst bricht dir mein Freund das Genick!«

Kaum war die Drohung verklungen, spürte Gierke, wie sich eine Riesenpranke unter sein Kinn schob, begleitet vom Geruch nach Nikotin, der aus dem Mund des Schlägertyps in seinem Rücken drang. »Nur zu!«, würgte der Reporter, kurz vor dem Ersticken, zwischen zwei Atemzügen hervor. »Damit … damit schneidet ihr euch ins eigene Fleisch!«

»Du gibst also zu, dass du uns aufs Kreuz legen wolltest. Immerhin ein Fortschritt.«

»Ich gebe überhaupt nichts zu«, widersprach Gierke, während ihm das aus Mund und Nase laufende Blut in die Kragenöffnung rann. »An mir werdet ihr euch die Zähne ausbeißen.«

»Mut hast du ja«, spöttelte der Wortführer, von dem er sich aufgrund der Schnelligkeit, mit der er überwältigt worden war, kaum ein Bild hatte machen können. Auffällig war lediglich seine Unauffälligkeit gewesen, was man von seinem Begleiter, einem Zwei-Meter-Mann mit Stoppelbart, wahrlich nicht behaupten konnte. »Das muss dir der Neid lassen.«

»Was wollt ihr von …«

»Ich schlage vor, wir beenden die Komödie. Erfolg wirst du damit ohnehin keinen haben.« Nur noch eine Armlänge von Gierke entfernt, war das Gesicht seines Peinigers, dessen Stimme den versierten Menschenschinder verriet, hinter einem vom Hellroten ins Violette wechselnden Schleier nur mehr zeitweise zu erkennen. Sterne zerplatzten vor Gierkes Augen, und der Schmerz, den er dank der Kunstfertigkeit des Henkersgehilfen spürte, katapultierte ihn an den Rand der Ohnmacht. »Also: Du sagst uns jetzt, was du weißt, und ich werde sehen, was ich für dich tun kann.«

»Die Mühe können Sie sich sparen. Ich sagte doch, die Fotos …«

»… sind nicht hier, Sie wiederholen sich, junger Mann.« Scheinbar gelangweilt, richtete sich der Unbekannte, wie es ihn in den Folterkellern auf der Welt zu Hunderten gab, wieder auf und begann im Wohnzimmer hin und her zu schlendern. Es schien, als habe er alle Zeit der Welt, und während die Dielenbretter unter seinem Schritt ächzten, begann Gierke wieder Hoffnung zu schöpfen. Spätestens dann, als sein Peiniger erneut das Wort ergriff, begannen sich die Illusionen jedoch in Nichts aufzulösen. »Schade. Und vor allem: schade für dich. Ein Minimum an Kooperationsbereitschaft, und du wärst aus dem Schneider.« Radek gab ein theatralisches Seufzen von sich. »Aber so ... Jetzt hör mir mal gut zu, du Schwätzer. Wir wissen genau, worum es bei der Verabredung mit meinem ... mit deinem Kontaktmann ging. Fotos, die unter die Rubrik ›Streng geheim!‹ fallen, im Austausch gegen Bares. 50.000 DM, um genau zu sein. Überrascht? Na, so überrascht nun auch wieder nicht, würde ich sagen. Wenn wir gerade dabei sind: Ich muss dir ein Kompliment machen, Gierke.«

»Woher, zum Teufel, kennen Sie meinen Namen?«

»Ich habe meine Quellen, junger Freund.«

»Van der Eyck?«

Die Antwort bestand aus anhaltendem Gelächter. »Kompliment, vor dir ziehe ich den Hut«, amüsierte sich Radek, die Hand auf der goldfarbenen Klinke, die Teil der zweiflügeligen Balkontür war. »Bei uns könntest du es weit bringen.«

»Tun Sie mir einen Gefallen?«

»Jeden. Das weißt du doch.«

»Kommen Sie zur Sache.« Obwohl er nach eigener Einschätzung nicht zum Helden taugte, und obwohl die Stimme seines Peinigers keinen anderen Schluss zuließ als den, dass er bis zum Äußersten gehen würde, verspürte Paul Gierke keine Angst. »Und bringen Sie es, sollte das Ihre Absicht sein, endlich hinter sich.«

»Du verkennst deine Situation, Jungspund. Aber lassen wir das.« Radek winkte gelangweilt ab. Und fügte, an die Adresse des Schlägertyps gerichtet, hinzu: »Lass uns für einen Moment allein, Genosse.«

»Genosse, aha!«, keuchte Gierke, froh, den Gorilla endlich los zu sein. »Daher weht also der Wind.«

»Wie gesagt, Gierke: Bei uns könntest du es zu etwas bringen.« Die Hand hinter dem Rücken, schlenderte Radek auf seinen Kontrahenten zu. »Ich nehme an, du bist Realist, oder?«

»Falls das ein Kuhhandel werden soll, vergessen Sie's.«

»So würde ich es nicht nennen, junger Mann.« Radek lächelte maliziös. »Bleiben wir lieber sachlich und bezeichnen das, was mir vorschwebt, als Geschäft. Als ein Geschäft auf Gegenseitigkeit.«

»Mein Leben gegen die Fotos?«

»Falsch.« In der Mitte des Raums angekommen, blieb der Stasi-Offizier stehen. »100.000 Mark für dein Schweigen – und die Fotos, wie ich wohl nicht eigens betonen muss.«

»D-Mark oder DDR-Mark?«

»Du hast Humor, Grünschnabel, das gefällt mir. Aber gib acht, du spielst mit dem Feuer.«

»Wenn hier jemand mit dem Feuer spielt, dann Sie.«

»Was du nicht sagst! Und wieso?«

»Weil Sie ohne mich aufgeschmissen sind – darum.«

»An deiner Stelle, Klugscheißer, wäre ich mir da nicht so …«

»Bin ich aber!«, fuhr Gierke dazwischen, entschlossen, alles auf eine Karte zu setzen. »Gesetzt den Fall, der Obduktionsbericht der Charité gelangt an die Öffentlichkeit: Was, denken Sie, würde in diesem Fall passieren?«

»Du wirst es nicht glauben, Kleiner –«, spie Radek zwischen ausgedörrten Lippen hervor, nahm die Brille ab und trat bis auf wenige Zentimeter an sein Opfer heran, »dies zu verhindern sind wir hier!«

Dann ging er nach draußen, um dem dort wartenden Unteroffizier, Experte für Verhöre der besonderen Art, Instruktionen zu erteilen.

Wer nicht hören wollte, der musste fühlen.

Anders kam man anscheinend nicht ans Ziel.

19

»Mannomann!«, flüsterte Sydow, der das, worüber er von Krokowski ins Bild gesetzt worden war, immer noch nicht fassen konnte. »Daran wirst du noch zu kauen haben.«

»Wieso ich?«, gab der Kriminalkommissar zurück, den Blick abwechselnd in den Rückspiegel und auf einen entgegenkommenden VW-Transporter gerichtet, der nach rechts in Richtung Lützowufer abbog. »Ich kenne jemanden, der viel besser geeignet wäre.«

»Noch ein Wort, und ich werde zum Mörder.«

»Jetzt komm schon, Tom, lass dich nicht lange bitten.«

»Und wieso, bitte schön, sollte ich das tun?«, herrschte Sydow seinen Nebenmann an, der mit Engelszungen auf ihn eingeredet und versucht hatte, ihn zu dazu zu bringen, seine Skrupel abzulegen. »Du weißt genau, dass das nicht geht.«

»Wo ein Wille ist, ist auch ein Weg.«

»Hör mir bloß mit deinem hochgestochenen Gequatsche auf. Ich habe keine Lust, hinter Gittern zu landen – basta!«

»Hört, hört, der Herr Kriminalhauptkommissar wird alt.«

»Ach, rutsch mir doch den Buckel runter.«

»Ein andermal, Tom. Mir ist momentan nicht danach.« Krokowski sah Sydow aus dem Augenwinkel an. »Weißt du, wovon ich überzeugt bin? Früher hättest du dir so was nicht entgehen lassen. Da hättest du Himmel und Hölle in Bewegung gesetzt, um diesen Czerny zu erwischen.«

»Wie heißt er eigentlich mit Vornamen?«

»Gerd. Mehr wollte mir seine ehemalige Geliebte nicht verraten.«

»Hm.« Die Hand im Genick, warf Sydow einen Blick zum Himmel. Über dem Landwehrkanal ging der nächste Regenschauer nieder, und die Pfützen, die sich in den Schlaglöchern gebildet hatten, liefen über. So trist wie heute war ihm Berlin schon lange nicht mehr vorgekommen, was, wie er zu Recht vermutete, ganz bestimmt nicht nur am Wetter lag. Schuld daran, dass seine Laune gegen null ging, war natürlich auch die Schilderung, die Kroko vom derzeitigen Stand der Ermittlungen gegeben hatte. Wieder einmal bekam er es mit seinen alten Bekannten von der Stasi zu tun, worüber sich seine Freude naturgemäß in Grenzen hielt. Gestapo, NKWD, CIA, Stasi – kein Syndikat, mit dem er im Verlauf seiner Polizeikarriere nicht irgendwann einmal die Klingen gekreuzt hätte. Und kein Geheimdienst, der ihm so verhasst wie Mielke & Co. gewesen wäre. »Auch nicht, worum es bei dem Treffen ging?«

Krokowski schüttelte den Kopf. »Sie sagt, er habe sich bedeckt gegeben. Weshalb, konnte mir die Dame nicht sagen.«

»Oder wollte es nicht.«

»Nicht auszuschließen, da hast du recht.« Krokowski wog das sorgsam gescheitelte Haupt. »Sei's drum: Mühsam ernährt sich das Eichhörnchen!, wie es im Volksmund treffend heißt. Wenigstens wissen wir, mit wem wir es zu tun haben. Nicht schlecht für den Anfang, oder?«

»Aber auch nicht gut.«

»Jetzt sei doch nicht immer so pessimistisch, Tom.«
Ohne den Verkehr, der an ihm vorüberfloss, aus den
Augen zu lassen, kramte Krokowski seinen Stenoblock
hervor und überflog die Notizen, die er sich im Verlauf des
Vormittages gemacht hatte. »Ich rekapituliere: Laut Aus-
sage des Taxifahrers, den er vor dem Schöneberger Rat-
haus angehalten hat, wird Gerd Czerny, 43 Jahre alt und
Major des Staatssicherheitsdienstes der DDR, kurz vor
halb elf von Schöneberg nach Grunewald zu seiner ehe-
maligen Geliebten chauffiert. Marlene Holdt, von Beruf
Sprechstundenhilfe und Arztgattin, erklärt sich bereit, die
Schusswunde, welche ihm von einem Unbekannten ...«

»Ich finde, du kannst getrost ›Stasi-Agent‹ sagen.«

»... zugefügt worden ist, zu desinfizieren, ihm eine
Tetanusspritze zu verabreichen und seinen Arm so gut
es geht zu bandagieren.« Krokowski hielt pikiert inne.
»Nein, kann ich nicht!«

»Jetzt sei doch nicht immer gleich beleidigt, Kroko!«

»Und du spar dir deine Scherze. Mir ist wirklich nicht
nach Lachen zumute.«

»Kann ich verstehen.«

»Na, immerhin.« Krokowski verdrehte die Augen.
»Du gestattest, dass ich weitermache? Besten Dank. Wie
gesagt: Laut Aussage des Taxifahrers hat er Czerny um
halb zwölf bei seiner Verflossenen abgeliefert.«

»Und was sagt der Herr Gemahl dazu?«

»Wesentlich älter, renommierter Arzt und überdies in
der Lokalpolitik aktiv. Noch Fragen?«

»Nicht wirklich.« Sydow kratzte sich hinterm Ohr.
»Wann hat sich Czerny wieder auf die Socken gemacht?«

»Dem Vernehmen nach kurz nach zwölf.«

»Und wohin?«

»Genau das, lieber Tom, ist die Frage.«

»Auf gut Deutsch: Der Kerl, der mich angerempelt hat, dieser … Wie hieß der rasende Reporter doch gleich?«

»Gierke. Paul Gierke.«

»Die einzige Möglichkeit, auf einen grünen Zweig zu kommen, wäre, diesem Gierke auf den Zahn zu fühlen.«

»Du sagst es, Tom.«

»Na also – worauf wartest du noch?«

»Wäre alles kein Problem, wenn …«

»Herr Kriminalrat Wagenbach nicht geruht hätte, dir den Fall zu entziehen. Und das ohne Angabe von Gründen.«

»Herr Leitender Kriminalrat Doktor Wagenbach, Tom.« Krokowski strahlte mit der Persil-Dame, die von der Litfaßsäule auf der gegenüberliegenden Straßenseite herablächelte, um die Wette. »So viel Zeit muss sein.«

»Hm.« Das Kinn zwischen Daumen und Zeigefinger, stierte Sydow in den Regen hinaus. Die Schlieren auf der Windschutzscheibe breiteten sich immer weiter aus, wie ein Flussdelta, dessen Fluten sich ins Meer ergießen. »Hat es dieser Intrigant doch tatsächlich geschafft.«

»Ich muss doch sehr bitten, Herr Kriminalhauptkommissar. Etwas mehr Respekt wäre dringend vonnöten.«

»Kriminalkommissar a. D., wenn ich bitten …« Erst jetzt und denkbar spät begann Tom Sydow ein Licht aufzugehen. Von Krokowski war er zwar einiges gewohnt und wusste, dass er es mit den Vorschriften nicht immer so genau nahm, wie er tat. Beim Gedanken an das, was er vermutlich vorhatte, verschlug es ihm dennoch fast die Sprache. »Wenn ich bitten … sag mal, du hast doch nicht etwa vor, Privatdetektiv zu spielen?«

»Doch.« Krokowskis Mundwinkel verformten sich, und die Andeutung eines Schmunzelns huschte über sein Gesicht. »Und weißt du auch, wer mir dabei behilflich sein wird?«

Aber natürlich wusste er es. Und er wusste auch, dass er den Moment, in dem er den Rückzug hätte antreten können, längst verpasst hatte. Trotz gegenteiliger Behauptungen war er immer noch Polizist und hatte nie aufgehört, einer zu sein. Darüber hinaus konnte er Kroko nicht einfach hängenlassen, ungeachtet der Schwierigkeiten, die er aus dem Weg zu räumen hatte. Schließlich war das, worauf Krokos Plan abzielte, nicht nur illegal, sondern zu allem Übel auch noch gefährlich. Höchst gefährlich sogar. Wenn die Stasi ihre Hände mit im Spiel hatte, würde es über kurz oder lang ans Eingemachte gehen, und die Frage war, ob er es wirklich darauf ankommen lassen sollte. Allzu oft hatte er schon schlechte Erfahrungen mit den Schattenmännern dieser Welt gemacht, zu oft, um nicht zu wissen, auf was er sich einlassen würde.

»Sprich es nicht aus Kroko – ich hab's kapiert.«

»Danke. Bist halt ein echter Freund.«

»Werd jetzt bloß nicht sentimental. Sonst kannst du deinen Kram selbst erledigen.«

»Tut mir leid!«, warf Krokowski eilig ein. »Soll nicht wieder vorkommen.«

»Ich bitte darum!«, brummelte Sydow und betätigte den Scheibenwischer, um wenigstens kurzzeitig freie Sicht zu bekommen. »Wie ich dich kenne, hast du auch schon einen Plan, oder?«

»Ich muss zugeben, du kennst mich gut.«

»Dann lass hören.«

Anders als sonst kam Krokowski gleich zur Sache, begleitet von einem Blick auf die Uhr. »Also: Was mich betrifft, werde ich nach außen hin den pflichttreuen Beamten geben.«

»Wenn das rauskommt, kannst du deinen Hut nehmen.«

Krokowski zuckte die Achseln. »Na, wenn schon!«, winkte er mit lässiger Gebärde ab. »Ein bisschen Nervenkitzel kann bekanntlich nicht schaden.«

»Na, du musst es ja wissen«, gab Sydow zurück, in Gedanken bei Lea und der Frage, was sie zu seinen Eskapaden sagen würde. Da er die Antwort kannte, war es müßig darüber nachzudenken, weshalb er sich auf das Gespräch mit seinem Freund konzentrierte. »Du willst, dass ich diesen …«

»Gierke. Paul Gierke.«

»Du willst also, dass ich ihn mir vorknöpfe.«

»Korrekt.«

»Und was versprichst du dir davon?«

»Na, was wohl! Dass er ein Geständnis ablegt.«

»Wozu gestehen, wenn es nichts zu gestehen gibt?« Die Hand am Haltegriff, richtete sich Sydow auf. »Schuld daran, dass Czerny angeschossen wurde, sind doch wohl andere.«

»Stimmt. Aber solange wir nicht wissen, wo er steckt, müssen wir uns an Gierke halten.« Krokowski schob ein Pfefferminzbonbon in den Mund und kaute so lange und hingebungsvoll darauf herum, dass Sydow, der das Geräusch auf den Tod nicht ausstehen konnte, um ein Haar der Kragen geplatzt wäre. »Das siehst du doch wohl ein, oder?«

»Ich sehe alles ein – Hauptsache, du hörst auf, diese Dinger zu verdrücken.«

»Wie der Herr von und zu wünschen.« Krokowski ließ die Pfefferminzbonbons verschwinden, zog einen Zettel aus der Tasche und drückte ihn Sydow in die Hand. »Hier, Gierkes Adresse. Die Nächste rechts, nur ein Katzensprung.«

»Und was, wenn er abblockt?«

»Dann knöpfst du dir seine Bekannte vor.«

»Bekannte?«

»Die Dame an der Rezeption war so frei, mir ein paar Auskünfte zu erteilen. Danach scheint es sich bei Constanze Behrens, van der Eycks Sekretärin, um mehr als nur eine Kollegin von Gierke zu handeln. Adresse siehe Rückseite.«

Sydow pfiff anerkennend durch die Zähne. »Alle Achtung, Kroko«, räumte er unumwunden ein, »von dir kann man wirklich noch was lernen.«

»Wurde auch Zeit, dass du das merkst!«, flachste Krokowski, kurz darauf wieder todernst. »Und da dem so ist, kriegst du jetzt auch noch eine Telefonnummer.« Bevor er zu Wort kam, wanderte ein weiterer Zettel in Sydows Hand. »Ich hoffe, du kannst sie dir merken.«

»Ich bin zwar verkalkt, aber mit Sicherheit nicht so wie du!«

»Beruhigend zu wissen, Herr Kriminalhauptkommissar.«

»Und was soll ich damit?«

»Damit kannst du mich anrufen – in einer Telefonzelle in der Nähe des Präsidiums. Ab fünf zu jeder vollen Stunde.«

»Hut ab, Kroko. Du bist wirklich ein ganz Schlauer.«

»Sagen wir mal so, Tom: Ich verwette meine Fliege, dass wir einer Riesensache auf die Spur gekommen sind. Ich weiß nicht, aber irgendwie sagt mir mein Gefühl, dass sie alles, woran wir uns je die Zähne ausgebissen haben, in den Schatten stellt. Ein geheimnisumwittertes Treffen in einem Park, Schüsse aus dem Hinterhalt, die einem Major der Staatssicherheit gelten, ein Zeuge, der fluchtartig das Weite sucht, ein Chefredakteur, der alles tut, um seine Verwicklung in den Fall herunterzuspielen, die wundersame Widerauferstehung des Majors, der sich von seiner Geliebten, einer betuchten Arztgattin, hegen und pflegen lässt, um nach getaner Arbeit ohne plausible Erklärung das Weite zu suchen und unerkannt unterzutauchen – wenn das kein Stoff für einen Krimi ist, weiß ich auch nicht mehr!«

*

Allmählich war Sydow es leid, nassgeregnet zu werden, und obwohl er nur Jeans, ein Holzfällerhemd und eine Jacke trug, um die es bestimmt nicht schade war, fluchte er lautstark vor sich hin. Wie bescheuert musste man sein, um sich auf so etwas einzulassen, fragte er sich, und wie naiv, einen derart heiklen Fall zu übernehmen.

Einen Fall, bei dem man nur verlieren konnte.

Harmlos ausgedrückt.

War er eigentlich so naiv, oder tat er nur so?

Quatsch. Natürlich war er es nicht. Es war nur so, dass ihn die aussichtslosen Fälle am meisten reizten, egal, wem er dabei auf die Füße treten würde. Dass van der Eyck die Hände im Spiel hatte, konnte man sich an fünf Fingern abzählen, und dass er es war, der seine Beziehungen hatte spielen lassen, lag ebenfalls auf der Hand. Männer wie er brauchten nur mit dem Finger zu schnippen, ›Sesam, öffne dich!‹ zu rufen oder zum Hörer zu greifen, und schon öffneten sich Türen, die Leuten wie ihm verschlossen bleiben würden. Diesbezüglich war West-Berlin ein Dorf, da machte er sich nichts vor. Die Frage war lediglich, wie man an die Eintrittskarten kam, die den Zugang zu den sogenannten besseren Kreisen ermöglichten. Hatte man den Bogen raus, war alles geritzt. Dann brauchte man nur auf den Knopf zu drücken, und irgendwer, der Teil des unsichtbaren Netzwerkes war, sprang in die Bresche.

Was die Strippen anging, die van der Eyck in der Hand hielt, schien seine Wahl auf Dr. Sven Wagenbach – mit Betonung auf Doktor! – gefallen zu sein. Als Sydow noch bei der Kripo war, hatte ihn mit dem Nachfolger seines früheren Chefs eine Antipathie verbunden, die im Präsidium ihresgleichen suchte. Kriminalrat Kurt Augustin, von jedermann nur ›Onkel Kurt‹ genannt, war die Vaterfigur schlechthin gewesen, Wagenbach das genaue Gegenteil. Mitte 30, effizient und eloquent und so gut wie nie um eine Antwort verlegen, gehörte er zu der Sorte Mensch, die Sydow in Nullkommanichts auf die Palme brachte. Nicht genug, dass er wie ein Pfau im Präsidium herumstolzierte, kam er stets geschniegelt und gebügelt daher und legte ein Faible für dunkle Anzüge an den Tag und trug stets einen Diplomatenkoffer, den er nie, nicht einmal bei Sitzungen, aus den Augen ließ. Im Verein mit dem angefeuchteten Haar, hochtrabendem Geschwätz und der Attitüde eines Managers bei einem Versicherungskonzern verkörperte er all das, was Sydow, gelinde gesagt, zum Speien fand. Lea, die ihren Pappenheimer kannte, hatte ihm immer wieder gut zugeredet und ihm eingeschärft, sich Bemerkungen jedweder Art zu verkneifen. Genützt hatte es nicht viel, denn sobald sich seine und Wagenbachs Pfade kreuzten, warf Sydow die Ermahnungen über Bord.

Er war eben ein schwieriger Typ, und lediglich Krokowski, der ihn nahm, wie er nun einmal war, hatte bei ihm den Bogen rausgehabt. Deshalb war er auch bereit, dem Freund und Kollegen unter die Arme zu greifen, ganz gleich, ob er sich dabei neue Feinde einhandeln würde oder nicht.

Oder eine Grippe, je nachdem.

Binnen Kurzem total durchnässt, überquerte Sydow die Straße und steuerte auf eine Gebäudezeile zu, in deren Mitte sich ein Mietshaus aus ockerfarbenem Backstein befand. Es stammte noch aus der Gründerzeit, und ein Blick genügte, um festzustellen, dass hier keine armen Schlucker wohnten. Die schmiedeeisernen Balkongeländer, offenbar frisch gestrichen, von Pilastern gesäumte Fenster, Schnörkel, Ranken, Verzierungen aller Art und mythische Figuren, darunter ein Pegasus, waren Beweis genug. Die Limousinen davor rundeten den Eindruck ab.

Nur von einem Gedanken beseelt, nämlich dem, möglichst schnell ins Trockene zu kommen, beschleunigte Sydow seinen Schritt.

Und hatte Mühe, seine Überraschung zu verbergen.

Rechts von ihm, in Sichtweite des Mietshauses, war ein Sportwagen geparkt, was angesichts der Boliden, die hier standen, nicht weiter verwunderlich war. Verwunderlich, um nicht zu sagen beunruhigend, war hingegen etwas anderes. Nämlich dass ihm der Mann hinter dem Steuer des silbergrauen Lamborghini 350 GT bekannt vorkam. Überaus bekannt sogar.

Aufgrund der Tatsache, dass der Fahrer des Lamborghini beschäftigt, will heißen in ein Techtelmechtel mit einem adretten Fräulein auf dem Beifahrersitz verwickelt war, sah Sydow jedoch davon ab, den früheren Kollegen zu begrüßen. So etwas gehörte sich nicht, und außerdem, fuhr es ihm durch den Sinn, gab es derzeit Wichtigeres zu tun.

Vor der Haustür angelangt, drückte Sydow auf die Klingel, neben der sich ein Schild mit der Aufschrift ›P. Gierke‹ befand. Eine Antwort wurde ihm jedoch nicht zuteil.

Erneutes Klingeln. Wiederum keine Reaktion. Die Hand auf der Klinke, machte Sydow seinem Unmut durch eine unflätige Bemerkung wett. An der Tatsache, dass niemand öffnete, änderte dies jedoch nichts.

Sydow wollte sich schon abwenden, als die Haustür plötzlich aufgerissen wurde. Nacheinander traten zwei Männer auf die Straße, der eine groß, breitschultrig und unverkennbar grobschlächtig, der andere wesentlich kleiner, unscheinbarer und mit einer getönten Brille auf der Nase. Beide schienen es ziemlich eilig zu haben, weshalb Sydow, der mit dem plötzlichen Auftauchen nicht gerechnet hatte, das ungleiche Paar passieren ließ.

Ein Gutes hatte sein Auftauchen gehabt: Sydow erhielt Zugang zum Haus. Und nicht nur das. Kaum hatte er den Flur betreten, trat ihm auch schon eine ältere Dame in den Weg. Wie der Verlauf des Gesprächs, das sie vom Zaun brach, bewies, betrachtete sie sich als Hüterin von

Recht und Ordnung, besonders was unerwünschten Lärm betraf. Davon, so ihr Lamento, habe es während der vergangenen Dreiviertelstunde genug gegeben. Aus der Wohnung über ihr sei ein Heidenlärm gedrungen, und obwohl es mit ihrem Gehör nicht zum Besten stand, habe sie ihren Mittagsschlaf abschreiben können. Auf Sydows Einwand, warum sie sich dann nicht beschwert habe, ging sie freilich nicht ein, sondern erging sich in Klagen über Gierke, der andauernd nur ›Negermusik‹ höre und dabei keinerlei Rücksicht auf seine Mitbewohner nehme.

Am Ende des Gesprächs, während dem Sydow beinahe der Geduldsfaden gerissen wäre, wusste er zwar über alles Bescheid, ob Gierke etwas zugestoßen war, wusste er allerdings nicht. Der Schlägertyp und sein Kapo mit der Brille legten jedoch genau diese Vermutung nahe, und der Bericht, so ausschweifend er auch war, sprach für sich.

Unter dem Vorwand, er werde erwartet, ließ Sydow die selbsternannte Ordnungshüterin einfach stehen, nahm zwei Stufen auf einmal und hatte es plötzlich eilig, in den ersten Stock zu gelangen. Im Verlauf der Jahre hatte er einen siebten Sinn entwickelt, und je länger er bei der Kripo war, desto seltener hatte er getrogen.

Es war dieser Instinkt, der ihm riet, nicht lange zu fackeln. Er war es auch, der ihn drängte, die Tür zu Gierkes Wohnung aufzubrechen. Nicht etwa aus Jux und Tollerei, sondern weil er ahnte, was ihn dort erwartete. Zur Not ging das auch mit seinem Schweizermesser, und da er genug Erfahrung besaß, war die Arbeit in Nullkommanichts erledigt.

Die Hand auf der Türklinke, lauschte Sydow nach drinnen. Von dort kam jedoch kein Geräusch. Keine

Musik, keine Schritte, keine Stimme und auch keins der Geräusche, die zu hören sind, wenn jemand in den eigenen vier Wänden weilt. Nicht nur das Treppenhaus, sondern die Etagenwohnung, vor der er stand, war in tiefes Schweigen gehüllt.

Das bedeutete nichts Gutes.

Auf alles gefasst, drückte Sydow auf die Klinke und trat ein. Stille. Auf dem Korridor, von dem insgesamt vier Türen abzweigten, war nichts Ungewöhnliches zu entdecken. Im Gegensatz zu Sydow, der sich mit Grauen an seine Junggesellenzeit erinnerte, schien es sich bei Gierke um einen ordentlichen Menschen zu handeln. Die Schuhe standen in Reih und Glied, Wollschal und Jacke, unverkennbar jene vom Vormittag, hingen an der Garderobe, die Wohnungsschlüssel am Brett neben der Tür. Insofern sah es hier wie in jeder anderen Mietwohnung aus.

Und auch wieder nicht.

Auffällig und ausgesprochen penetrant war nämlich der Geruch, der den Korridor durchzog. Er kam aus dem Bad, vor dessen halb geöffneter Tür Sydow gerade stand.

Im Wissen, was ihn dort erwartete, ließ Sydow die angestaute Atemluft entweichen. Allzu oft, insgesamt mehr als ein Dutzend Mal, war er dabei gewesen, wenn ein Leichnam aufgefunden oder untersucht worden war. Mulmig geworden war ihm dabei sehr häufig, in manchen Fällen sogar speiübel. Am schlimmsten war es immer dann gewesen, wenn er der Erste am Tatort gewesen war. Dann hatte es ihn große Überwindung gekostet, dem Tod, der im Park, unter einer Brücke, auf den Geleisen oder am Spreeufer auf ihn wartete, in die Augen zu blicken. Egal wann, wo und vor allem wie – es hatte ihn nicht kalt gelassen, auch heute nicht, nach mehr als einem Vierteljahrhundert in Diensten von Vater Staat.

Mord oder Unfall, das war, wie so häufig, die Frage. Die Augen auf den Leichnam gerichtet, dessen Kopf aus der zu drei Vierteln gefüllten Wanne ragte, kam Sydow nicht umhin, am Türbalken Halt zu suchen. Zu viel, wenn nicht gar alles, sprach für Ersteres, wenngleich offenkundig war, was zum Tod von Paul Gierke geführt hatte. Am Fußende der Wanne, vom Eingang aus nicht zu übersehen, ragte ein mit der Steckdose über dem Waschbecken verbundenes Kabel hervor, und Sydow war Experte genug, um zu wissen, dass es zu einem Föhn gehörte, der, Zufall oder nicht, in der Badewanne gelandet war.

Kein Zufall waren mit Sicherheit die Blessuren, die Gierke davongetragen hatte, am deutlichsten diejenigen über dem linken Auge. Ein Blick genügte, um zu zeigen, dass sie jüngeren Datums waren, und das Gleiche galt für die Striemen an seiner rechten Hand, die auf dem Rand der Badewanne ruhte. Ansonsten waren keinerlei Spuren zu entdecken, zumindest nicht auf den ersten Blick.

Also Mord. Oder vielleicht doch ein Unfall? Auge in Auge mit dem jungen Mann, der ihn um ein Haar von den Beinen geholt hätte, versuchte Sydow, sich die Geschehnisse vom Vormittag ins Gedächtnis zu rufen. Doch sein Bemühen schlug fehl, so sehr er sich bemühte, die Gesichtspartie detailliert zu rekonstruieren. Eins freilich stand zweifelsfrei fest: Bei dem Toten handelte es sich um den Mann, nach dem Krokowski und er auf der Suche waren.

Ein schwacher Trost. Aber besser als nichts.

Blieb also das Motiv. Mit letzter Gewissheit ließ sich noch nichts sagen, aber an Hinweisen, in welche Richtung er ermitteln musste, herrschte kein Mangel. Gierke hatte sich mit einem Major des DDR-Staatsicherheitsdienstes getroffen, an einem Ort, wo man davon ausgehen konnte, unter sich zu sein. Zum Leidwesen aller Beteiligten, Sydow inbegriffen, war daraus jedoch nichts geworden. Irgendwer – und man musste nicht lange nachdenken, wer – hatte offenbar etwas gegen das vertrauliche Tête-à-Tête einzuwenden gehabt, blieb die Frage, warum. Eine Frage, die nur einer beantworten konnte: nämlich Czerny selbst.

Sofern er nicht längst über alle Berge war.

Dass van der Eyck mit gezinkten Karten spielte, stand fest. Er war es, auf dessen Namen der Scheck ausgestellt worden war, und wenn es jemanden gab, der im Bilde war, dann er. Aus Gründen, die nur er kannte, hatte der Herr Chefredakteur jedoch nichts unversucht gelassen, um Kroko und ihm Sand in die Augen zu streuen. Vieles, wenn nicht gar alles, hing jedoch von der Beantwortung der Frage nach seinen Motiven ab. Der Kerl hatte Dreck am Stecken, wie viel, würde sich zeigen.

Fazit: Es bestand Grund zu der Annahme, dass Gierke eines gewaltsamen Todes gestorben war. Als Täter – oder Auftraggeber – kam diesbezüglich eigentlich nur die Stasi infrage, egal, ob Czerny Betriebsgeheimnisse des Mielke-Konzerns ausgeplaudert oder den Versuch unternommen hatte, Geheimdokumente gegen Bares zu verkaufen. 50.000 Mark waren mit Sicherheit kein Pappenstiel und keine Zeitung, die Springer-Blätter mit eingeschlossen, würde so viel Geld hinblättern, es sei denn, sie versprach sich etwas davon. Nein, je mehr Sydow darüber nachdachte, desto klarer wurde ihm, dass Czerny etwas ausgeplaudert hatte, das die Bonzen in Ost-Berlin geheim halten wollen. Etwas, das nicht in fremde – sprich: westliche – Hände fallen durfte.

Die Stirn in Falten, wandte sich Sydow ab und verließ das Badezimmer, um einen Blick in die übrigen Räume zu werfen. Was, fragte er sich, war so wichtig, dass sich die Stasi nicht anders zu helfen wusste als ein Killerkommando zu entsenden, das den Auftrag hatte, Czerny zu liquidieren? Was hatte der Flüchtige im Gepäck gehabt, als er sich mit Gierke traf? Handelte es sich bei dem Major um einen Überläufer, oder hatte er einfach nur Kohle machen wollen, um anschließend wieder treu und brav Dienst zu schieben? Oder war der Mann, dessen Wohnung er gerade durchforstete, am Ende gar auf eine Finte à la Normannenstraße hereingefallen, mit dem Ziel, Berlins größte Boulevardzeitung mit Fehlinformationen zu versorgen?

Hinter was waren der oder die beiden Kerle von vorhin, bei denen es sich vermutlich um die Mörder handelte, her gewesen?

Hinter was, zum Teufel noch mal, hinter was?

»Verdammt.« Auf der Suche nach Spuren, die Licht in den mysteriösen Fall hätten bringen können, war Sydow in Gierkes Arbeitszimmer angelangt. Auch dort herrschte die gleiche penible Ordnung, die überall, selbst im Badezimmer, anzutreffen war. Doch war es vor allem ein Gegenstand, der Sydows Aufmerksamkeit erregte. Auf dem Bild, das den fein säuberlich aufgeräumten Schreibtisch zierte, lächelte ihm nämlich genau die Frau entgegen, von der ein Ladykiller namens Krokowski so fasziniert gewesen war.

Constanze Behrens, van der Eycks Sekretärin. Jung, attraktiv und eigentlich viel zu schade, um für einen Kotzbrocken wie den Chefredakteur Handlangerdienste zu erledigen.

»Nicht schlecht, der Specht.« Was Gierke betraf, lagen die Dinge offenbar anders. Das Bild in der Hand, das in einem vergoldeten Rahmen steckte, gab Sydow ein anerkennendes Nicken von sich. An den Andeutungen, welche die Dame vom Empfang gegenüber Kroko gemacht hatte, war also etwas dran. Gierke war mit van der Eycks Sekretärin verbandelt, das heißt, er war es gewesen. Gut möglich, dass sie mehr wusste als ihrem Chef recht sein konnte, weshalb Sydow beschloss, ihr baldmöglichst einen Besuch abzustatten.

An erster Stelle rangierte jedoch die Frage, wer ihren Freund auf dem Gewissen hatte. Nicht zuletzt deshalb stellte Sydow die Fotografie wieder an ihren Platz, atmete tief durch und setzte die Suche nach Indizien fort. Viel Glück war ihm dabei jedoch nicht beschieden. Egal, wo er hinsah – überall, so auch im Wohnzimmer, herrschte die gleiche, an Pedanterie grenzende Ordnung. Das Einzige, was auf die Wohnung eines Mannes in den frühen Zwanzigern schließen ließ, waren die Bilder an der Wand, unter anderem Porträts von James Dean, Elvis und den vier Radaubrüdern mit der Pilzkopffrisur, die momentan andauernd im Radio gespielt wurden. Ansonsten war da nicht viel Spektakuläres, ausgenommen vielleicht der Terminkalender, der auf dem Schreibsekretär neben dem Wohnzimmer lag.

Hätte Gierke nicht so eine krakelige Schrift gehabt, wäre Sydow die Entzifferung der Einträge, die seine Tätigkeit als Journalist betrafen, wesentlich leichter gefallen. Dennoch fand er genau das, wonach er suchte – beziehungsweise längst wusste. Unter dem Datum von heute, dank Großbuchstaben gut zu erkennen, fand sich unter der Rubrik ›9.30 h‹ das Kürzel ›G.Cz.‹, und man musste kein Sherlock Holmes sein, um es zu entziffern.

Fürs Erste zufrieden, legte Sydow den Terminkalender wieder dorthin, wo er ihn aufgefunden hatte. Es war Zeit, das Feld zu räumen, sonst würde er sich noch in Schwierigkeiten bringen. Wie drückte man es in der Sprache seines Mutterlandes aus? Genau: ›There's always the unexpected!‹ – unverhofft kommt oft.

Nur wenige Sekunden, und Sydows Befürchtungen wurden wahr. »Alles in Ordnung, junger Mann?«, fragte die Dame aus dem ersten Stock, legte den Kopf in den Nacken und stierte Sydow mit zusammengekniffenen Augen an. »Ich wollte nur mal kurz nach dem Rechten sehen, wissen Sie.«

»So, wollten Sie.« Erst jetzt, die Türklinke in der Hand, wurde Sydow klar, in welche Lage er sich manövriert hatte. Nicht genug, dass er nicht richtig geschaltet hatte, als die beiden Unbekannten das Haus verließen, war er wie ein Anfänger vorgegangen. Ohne richterlichen Beschluss in eine Wohnung einzudringen war nun einmal illegal, daran, und am Tatbestand des Einbruchs, führte kein Weg vorbei. Weitaus schlimmer war jedoch die Tatsache gewesen, dass er seine Fingerabdrücke hinterlassen hatte, auf der Klinke, auf dem Bild und zu guter Letzt auf dem Terminkalender. Wenn das kein Dilettantismus war, wollte er nicht mehr Sydow heißen. Oder, anstatt auf Verbrecherjagd zu gehen, den Hausmann spielen. »Darf ich Sie um einen Gefallen bitten, gnädige Frau?«

»Selbstverständlich«, lautete die Antwort, und Sydow musste nicht lange warten, bis die weißhaarige, kleinwüchsige und auf einen schwarzlackierten Knaufstock gestützte

Rentnerin eine weitere Frage folgen ließ. »Was kann ich für Sie tun, Herr ...?«

»Die Polizei rufen«, knurrte Sydow, zog die Tür hinter sich zu und ließ die Alte einfach stehen. »Ich fürchte, daran führt kein Weg vorbei!«

*

Zurück im Erdgeschoss, knöpfte Sydow seine Jacke zu, fuhr über die schweißnasse Stirn und überflog einen der beiden Zettel, den Krokowski ihm zuvor zugesteckt hatte.

Constanze Behrens. Die letzte Hoffnung, Licht ins Dunkel um die Ermittlungen im Fall Gierke zu bringen.

Oder im Fall Czerny, je nachdem.

»Nicht so eilig, Herr Kommissar. Ich finde, wir sollten ein paar Takte reden.«

Im Begriff, die Haustür zu öffnen, wirbelte Sydow herum. »Woher wissen Sie, dass ich bei der ...«, begann er, während sein Blick im Halbdunkel hin und her irrte. Und fuhr, als er die Gestalt am Hinterausgang entdeckte, mit gerunzelten Brauen fort: »Was haben Sie hier zu suchen?«

»Das Gleiche könnte ich Sie fragen«, fuhr der Mann, der am Pfosten der halb geöffneten Hoftür lehnte, hörbar amüsiert fort. »Oder denken Sie, die West-Berliner Polizei kann sich alles erlauben?«

»Und wie kommen Sie darauf, dass ich Polizist sein könnte?«

»Menschenkenntnis!«, lautete die Antwort des Majors der Staatssicherheit, bei dessen Anblick Sydow die Sprache versagte. »Und jetzt kommen Sie, sonst rücken uns Ihre Kollegen auf die Pelle!«

20

Glück musste der Mensch haben. Nur ein winziges
Quäntchen Glück. Glück bei der Wahl seiner Freunde,
im Berufsleben, in der Liebe – und bei der Aufklärung
eines Verbrechens.

Und bei der Jagd nach denjenigen, die im Hintergrund
die Fäden zogen.

Obschon unter Hochspannung, rang Krokowski sich
ein Lächeln ab. Manchmal kam einem eben der Zufall zu
Hilfe, was ihn betraf, im richtigen Moment. Eigentlich
hatte er zurück ins Präsidium fahren wollen, aber dann,
dank einer spontanen Eingebung, hatte er es sich anders
überlegt. Ein Entschluss, den er nicht bereuen würde.

Oder vielleicht doch?

Einerlei. Jetzt, da er hinter van der Eycks nagelneuem
Porsche 356 einfädelte, gab es kein Zurück mehr für ihn.
Jetzt nicht mehr. Dass sich seine und des Redaktionsleiters
Pfade erneut kreuzten, war zwar Zufall, nichtsdestoweniger jedoch ein Fingerzeig gewesen. Denn eigentlich hatte
es Krokowski auf die Dame am Empfang und nicht etwa
auf van der Eyck abgesehen gehabt. Zumal sich Erstere als
überaus auskunftsfreudig und einem kleinen Plausch gegenüber nicht abgeneigt gezeigt hatte. Doch dann, während er
mit ihr herumschäkerte, war Friedemann van der Eyck aufgetaucht, hatte ohne nach links oder rechts zu blicken das

Foyer durchquert und war in seinen vor der Tür abgestellten Sportwagen gestiegen. Niemand hatte ihm Beachtung geschenkt, Krokowski, der rasch in Deckung ging, umso mehr. Manchmal, dachte der Kommissar, musste man eben den Mut haben, über den eigenen Schatten zu springen.

Selbst dann, wenn man Gefahr lief, Mist zu bauen.

Im Zweifel, ob er das Richtige tat, verringerte Krokowski die Geschwindigkeit. An seiner Absicht, dem in nördlicher Richtung davonbrausenden Porsche 356 zu folgen, änderte dies jedoch nichts. Der Kripo-Beamte hatte Blut geleckt, und obwohl er nichts gegen ihn in der Hand hatte, riet ihm der Instinkt, van der Eyck zu folgen.

Doch war dies leichter gesagt als getan.

In Sichtweite des Flughafens, unterwegs in Richtung Tiergarten, scherte der Porsche plötzlich aus. Krokowski fluchte, dass es nicht mehr feierlich war, drückte aufs Gaspedal und versuchte, dem auf über 100 km/h beschleunigenden Sportwagen zu folgen. Regenwasser spritzte in die Höhe, nahm Krokowski, der Blut und Wasser schwitzte, die Sicht. Allem Anschein nach hatte der Kerl gemerkt, dass er verfolgt wurde, selbst schuld, wenn man sich so dämlich anstellte wie er.

Das hatte er nun davon. Anweisungen, die ihm erteilt worden waren, nicht zu befolgen, auf eigene Faust zu ermitteln, einen auf James Bond zu machen und dann, wenn es brenzlig wird, wie ein Anfänger zu Werke zu gehen. Das sah ihm weiß Gott ähnlich. Anstatt abzuwarten, was Tom herausbekommen würde, hatte er sich zu einer Unbedachtheit hinreißen lassen, überzeugt, er könne es allein richten.

»Aus dem Weg, lahme Ente!« In Gefahr, von seinem Kontrahenten abgehängt zu werden, gab Krokowski

Vollgas, betätigte die Lichthupe, um einen LKW von der Überholspur zu drängen und stellte den Scheibenwischer auf volle Kraft. Vergebens. Van der Eycks Vorsprung vergrößerte sich, und es war nur eine Frage der Zeit, wann er ihn aus den Augen verlieren würde.

Doch dann, nach einer Verfolgungsjagd, die ihn mit hoher Wahrscheinlichkeit den Job kosten würde, geschah es. An der Stelle, wo die Tiergartenstraße seinen Weg kreuzte, schaltete die Ampel auf Rot. Krokowski bremste, gerade rechtzeitig, bevor er auf den Jeep einer britischen Militärstreife prallte.

Und traute den eigenen Augen nicht.

Van der Eyck, der bei Gelb über die Ampel gefahren war, fuhr rechts ran, stieg aus und hob die Hand zum Gruß. Als gäbe es keinen Feierabendverkehr, keine Zuschauer, keine Militärstreife. Als gäbe es nur ihn und den unbedarften Kripobeamten, der sich anmaßte, ihm zu nahezutreten.

Mitten auf dem Grünstreifen, im strömenden Regen.

Einfach so.

Doch damit hatte er den Bogen überspannt. Denn es geschah etwas, das bei Eduard Krokowski äußerst selten vorzukommen pflegte.

Er bekam nämlich eine Stinkwut.

Bis er sie abreagieren konnte, musste sich der Kripo-Beamte jedoch gedulden. Erneut hinter dem Steuer, legte es der Chefredakteur darauf an, ihn endgültig zur Weißglut zu treiben und kurvte ziellos durch die Gegend. Siegessäule, Schloss Bellevue, Hansaplatz und dann, weil es so schön war, zum Brandenburger Tor. Mitten durch den Berliner Feierabendverkehr.

Krokowski ließ sich jedoch nicht düpieren, überholte, bremste, nahm anderen, die ihn mit wenig schmeichelhaften Gesten bedachten, die Vorfahrt. Pirschte sich bis auf wenige Meter an sein Ziel heran. Ließ sich von nichts, geschweige denn einem Streifenwagen, von seinem Vorsatz abbringen. Mit einem Wort: Er war in seinem Element.

Wenn dieser Schnösel dachte, er könne mit ihm Schlitten fahren, hatte er sich geirrt.

Nicht mit ihm, Kriminalkommissar Eduard Krokowski. Da hatte er sich den Falschen ausgesucht.

Und siehe da – nach einer Irrfahrt durch den britischen Sektor, der nördlich der Spree fortgesetzt wurde, riss van der Eyck der Geduldsfaden. Der Chefredakteur drosselte das Tempo, blinkte und bog in die Invalidenstraße ein.

Das Ende der Treibjagd?

Weit gefehlt.

Jetzt, in Sichtweite der Mauer, wurde die Sache erst so richtig spannend.

Und erst jetzt fiel es Krokowski wie Schuppen von den Augen. Auf einmal fügte sich alles wie von selbst zusammen. Das Kombinieren, Rätselraten und Spekulieren hatte ein Ende. Der Fall war gelöst.

Und auch wieder nicht.

Nur noch wenige Hundert Meter von der Grenze entfernt, fuhr van der Eyck rechts ran und stoppte. Krokowski tat das Gleiche, blieb jedoch im Wagen, kurbelte das Fenster herunter und wartete, bis sein Kontrahent den nächsten Schritt tun würde.

Der Schritt kam schneller als erwartet. Kaum hatte er den Motor abgestellt, stieg van der Eyck aus, öffnete den

Kofferraum und zog eine Reisetasche hervor. Darüber, wohin die Reise gehen würde, herrschte bei Krokowski kein Zweifel mehr.

Das Schlimme war nur, dass er es nicht verhindern konnte. Die Miene des Ermittlers verdüsterte sich. Nicht zum ersten Mal in seiner Karriere waren ihm die Hände gebunden, und er war gezwungen, das zu tun, was er am meisten hasste: nämlich gute Miene zu bösem Spiel machen.

Ob er wollte oder nicht.

»Na, Herr Kommissar«, amüsierte sich van der Eyck, der den Anschein erweckte, als sei er zu einer Partie Golf unterwegs. Pullunder, Markenhemd und Jackett saßen perfekt, und wäre der Wind nicht gewesen, der die grau melierte Haarpracht durcheinanderwirbelte, hätte der Journalist den perfekten Dressman abgegeben. »Nach Dienstschluss noch unterwegs?«

»Ihre Witze können Sie sich sparen, van der Eyck. Wenn mir zum Lachen zumute ist, ziehe ich es vor, Ihr Käseblatt zu lesen.«

»Eins zu null für Sie, Herr Kommissar«, antwortete van der Eyck, warf einen prüfenden Blick zum Himmel und schlug den Kragen seines dunkelblauen Trenchcoats hoch. »Mistwetter, finden Sie nicht auch?«

»Sie sind doch nicht ausgestiegen, um über das Wetter zu reden, oder?«

»Nein, ganz bestimmt nicht.«

»Sondern?«

»Sagen wir es einmal so: Mir ist es ein Bedürfnis, mich von Ihnen zu verabschieden. Ich weiß ja schließlich, was sich gehört.«

»Tatsächlich?« Die Geräusche im Ohr, die vom Lehr-

ter Bahnhof herüberdrangen, hob Krokowski unwill-
kürlich die Stimme. Sie klang rau, anders als sonst, wo
ihr etwas Warmherziges anhaftete. »Ich muss gestehen,
das ist mir neu.«

»Schade, Herr Kommissar.«

»Um Ihre Karriere als Chefredakteur, meinen Sie?«

»Ach, wissen Sie: Nach so einem Job leckt sich doch
kein Mensch die Finger.«

»Aber nach dem eines Agenten, oder?«

»Darf man fragen, wo Sie geboren sind, Herr Kommissar?

»In Lübeck. Wieso?«

»Das hört man.«

»Sie werden es nicht glauben, van der Eyck –«, knurrte
Krokowski, kurbelte das Fenster hoch und stieg aus, um
dem Mann, der sich einbildete, ihn zum Narren halten
zu können, auf den Zahn zu fühlen, »aber das höre ich
nicht zum ersten Mal.«

Van der Eyck ging nicht darauf ein. »Darüber hinaus
erzählt man sich«, fuhr er stattdessen fort, »dass Sie aus
gutem – oder sollte ich sagen: ›gutbürgerlichem‹? – Hause
stammen. Mit mir, Herr Krokowski, hat es das Schicksal
dagegen nicht ganz so gut gemeint. Meine Mutter, die aus
Königsberg stammt, kam während der Flucht ums Leben,
Vater während der Schlacht bei Kursk.«

»Und Ihr Name? Ich meine, für jemanden, dessen
Eltern aus ...«

»Was das betrifft, hätte ich eine Erklärung parat.«

»Und die wäre?«

»Mein leiblicher Vater stammt aus den Niederlan-
den.« Van der Eycks Mundwinkel verformte sich. »Eine

Jugendsünde von Mutter, wenn man so will. Wissen Sie, was von all dem am schlimmsten gewesen ist?«

»Ich vermute, Sie werden es mir gleich sagen.«

»Wie wir, das heißt Mutter und ich, kurz nach der Kapitulation von Königsberg meinen kleinen Bruder begraben haben. Im Garten hinter dem Haus. Ein Albtraum, so etwas mitansehen zu müssen. Fast so schlimm wie das, was während unserer Flucht geschah.«

»Sie verlangen doch nicht etwa, dass ich Sie …«

»Nein, Herr Kommissar, ich verlange nicht, dass Sie mich bedauern. Mir wäre es lieber, wenn Sie mich verstehen. Schauen Sie: Wie, wenn die Frage erlaubt ist, hätten Sie reagiert, wenn Sie von einem auf den andern Tag ohne Eltern dagestanden wären? Hungrig, zerlumpt, schutzlos, ohne feste Bleibe und auf der Suche nach einem Dach über dem Kopf. Wissen Sie, wie man uns genannt hat? Wolfskinder. Wenn wir Glück hatten, haben uns die Bauern etwas zu essen zugesteckt, wenn nicht, haben sie den Hund von der Leine gelassen. Und dann, welch unerhörter Glücksfall, kommt urplötzlich ein russischer Offizier daher, den Sie an seinen Ältesten in Nowosibirsk erinnern. Nimmt Sie unter seine Fittiche, füttert Sie durch, sorgt dafür, dass Sie in die richtigen Hände, sprich: in diejenigen Ost-Berliner Parteigenossen kommen. Und jetzt frage ich Sie: Was hätten Sie an meiner Stelle getan?«

»Das weiß ich nicht. Aber ich weiß, dass ich garantiert nicht bei der Stasi gelandet wäre.«

Van der Eyck brach in affektiertes Gelächter aus. »Was wisst ihr im Westen schon davon! Denkt ihr vielleicht, ihr seid etwas Besseres? Nur weil ihr auf der richtigen Seite des Zauns aufgewachsen seid?«

»Zaun?«, wiederholte Krokowski, dem um ein Haar die schwarze Galle hochgekocht wäre. »Habe ich da gerade richtig gehört? Ausgerechnet Sie wagen es, diese Monstrosität da hinten als Zaun zu bezeichnen?«

»Wissen Sie, was Ihr Problem ist, Herr Kommissar? Sie sind unfähig, die Zeichen der Zeit zu verstehen.« Van der Eyck wischte sich die Regentopfen von der Stirn und sagte: »Wenn Sie denken, die Amerikaner werden auf ewig ihre schützende Hand über Berlin halten, irren Sie. Irgendwann in nicht allzu ferner Zukunft wird es nämlich aus und vorbei mit der Herrlichkeit sein. Dann werden uns die Westsektoren wie eine reife Frucht in die Hände fallen. Glauben Sie mir, Herr Krokowski: Es ist nur eine Frage der Zeit, bis uns der Westteil unserer Hauptstadt in die Hände fallen wird. Zwei Jahre, höchstens drei – dann ist es so weit. Dann wird uns niemand, auch nicht Ihre angeblichen Verbündeten, mehr aufhalten können. Machen wir uns nichts vor, Herr Kollege: Schon jetzt wissen wir über alles, was bei Ihnen ausbaldowert wird, genauestens Bescheid. Genosse Ulbricht braucht nur mit dem Finger zu schnippen, und schon stehen Hunderte von Tschekisten Gewehr bei Fuß.« Schriller als zuvor, übertönte van der Eycks Lachen die Rangiergeräusche auf den Geleisen. »Wenn Sie wüssten, wie viele Genossen bei Ihnen in Lohn und Brot stehen! Glauben Sie mir, Sie kämen aus dem Staunen nicht heraus. Politik, Medien, Beamtenapparat – haben überall unsere Quellen!«

»Auch bei der Polizei?«

»Machen Sie sich keine Hoffnungen, Herr Kommissar: Der Genosse, der die Freundlichkeit besaß, Ihnen den Fall zu entziehen, ist längst über alle Berge. Mehr als ein paar Stunden Galgenfrist, um die Lage zu sondieren, war nicht nötig.«

»Auf gut Deutsch: Sie brauchten ein wenig Zeit, um Ihren Aktenbestand – wie drücke ich mich jetzt aus? –, um Ihren Aktenbestand auf das Allernötigste zu reduzieren.«

»Mein Kompliment, Herr Kommissar: Bei uns würden Sie es mit Sicherheit zu etwas bringen. Naturtalente wie Sie sind wirklich rar.«

»Und was ist mit denjenigen, die auf Ihre Mitbürger schießen? Was das betrifft, können Sie doch wohl aus dem Vollen schöpfen, oder?«

»Erstens: Was die Sicherung ihrer Staatsgrenze betrifft, steht es jeder Regierung frei, die erforderlichen Maßnahmen zu ergreifen.«

»So, meinen Sie!«, stieß Krokowski, bebend vor Zorn, hervor. »Und wie steht es mit dem Killerkommando von heute Morgen?«

»Das verstehen Sie nicht, Herr Kommissar.«

»Und ob ich das verstehe, van der Eyck.«

»Gar nichts haben Sie kapiert, Krokowski – überhaupt nichts.« Van der Eyck schlug einen gönnerhaften Tonfall an. »Es geht darum, einen besonders schwerwiegenden Fall von Verrat an unserem sozialistischen Vaterland zu unterbinden – nicht mehr, aber auch nicht weniger.«

»Jetzt ist es aber genug, van der Eyck!«, empörte sich der Kommissar. »Bei uns nennt man das, was Ihre Firma zu verantworten hat, immer noch versuchten Mord.«

»Und bei uns Liquidierung eines Verräters.«

»Um was ist es bei dem Treffen zwischen Gierke und dem sogenannten Verräter gegangen? Was war so wichtig, dass Sie einen Scheck über 50.000 DM ausgestellt haben?«

»Sie erwarten doch nicht, dass ich Ihnen eine Antwort gebe, oder?« Das gleiche Lächeln im Gesicht, das ihn am Vormittag in Weißglut versetzt hatte, baute sich van der Eyck vor Krokowski auf. »Einstweilen nur so viel: Als Mitarbeiter des Ministeriums für Staatsicherheit war es natürlich meine Pflicht, meine Dienstbehörde über die Zusammenkunft zwischen Gierke und seinem Kontaktmann in Kenntnis zu setzen.«

»Und wann haben Sie darüber erfahren?«

»Na, Sie stellen mir vielleicht Fragen, Herr Kommissar!«, spottete van der Eyck und ließ die Tragetasche mit seinen Unterlagen von der rechten auf die linke Schulter wandern. »Als Chefredakteur hat man auf dem Laufenden zu sein, oder? Wenn nicht, ist man fehl am Platz.«

»Fazit: Ihnen blieb genug Zeit, um Alarm zu schlagen.«

»Auf die Gefahr, mich zu wiederholen: Sie verstehen überhaupt nichts, Herr Kommissar. Was ich getan habe, war Dienst am Vaterland, Dienst an der Sache, der ich und meine Genossen uns verschrieben haben. Wenn der Klassenfeind nichts unversucht lässt, dem eigenen Land zu schaden, darf man in der Wahl seiner Mittel nicht wählerisch sein. Das wäre tödlich, für mich, den Sozialismus und die Zukunft des gesamten Arbeiter-und-Bauern-Staates. Und überhaupt: Wer im Glashaus sitzt, sollte nicht mit Steinen werfen, Herr Kriminalhauptkommissar. Wenn Sie wüssten, wie viele Spione, CIA-Schergen, Diversanten und Saboteure uns dieses Jahr ins Netz gegangen sind, würden Sie ziemlich kleinlaut werden.«

»Vermeintliche oder echte?«

»Ihren Humor in allen Ehren, Krokowski – aber damit kommen Sie nicht weiter.«

»So, meinen Sie.«

»Sie werden den Kürzeren ziehen – und das wissen Sie auch.«

»Wenn hier jemand den Kürzeren zieht, dann Sie.«

Van der Eyck trug ein gequältes Lächeln zur Schau. »Darf man fragen, woher Sie Ihren Optimismus nehmen?«, spottete der Stasi-Offizier, die Linke um den Tragegurt seiner Tasche gelegt, während die rechte Hand in der Innentasche seines Trenchcoats verschwand. »Und ich dachte, Sie seien Realist. Hier – ein gültiger Passierschein, dazu ein Personalausweis der Deutschen Demokratischen Republik.«

»Und Ihr Dienstausweis – wo haben Sie den?«

»Alles zu seiner Zeit, Herr Krokowski. Seien Sie versichert, dass ich sämtliche Eventualitäten in Betracht gezogen habe.«

»Auch die, dass ich Sie an der Flucht hindern werde?« Mit Blick auf die Grenzanlagen, welche sich am Ostufer des Berlin-Spandauer Schifffahrtskanals entlangzogen, wurde Krokowski von unbändiger Wut gepackt. Wut auf ein Regime, welches seine Bürger daran hinderte, ihr Leben so zu gestalten, wie sie es wollten, Empörung über die Alliierten, die sich mit diesem Zustand abgefunden hatten, Zorn auf die Schergen des SED-Staates, die nichts unversucht ließen, Letzteren aufrechtzuerhalten. Und, weitaus schlimmer, Wut auf sich selbst, weil er sich in die Lage, in der er sich befand, durch eigenes Zutun hineinmanövriert hatte.

Eine Lage, die, realistisch betrachtet, nicht gerade vielversprechend war.

»Kommen Sie, Krokowski – das meinen Sie doch wohl

nicht ernst.« Van der Eyck befand sich auf der Sieger-straße, und das merkte man ihm auch an. »Punkt eins: Was, denken Sie, wird geschehen, wenn herauskommt, dass Sie auf eigene Faust ermittelt haben?«

»Man wird mir dankbar sein – was sonst!«

»Sehen Sie, Herr Kommissar –«, antwortete van der Eyck, während die Dokumente unter seinem Trenchcoat verschwanden, »genau das ist momentan das Problem. Sie haben nichts gegen mich in der Hand. Absolut nichts.«

»Mag sein. Aber was nicht ist, kann ja noch werden.«

»Finden Sie nicht, Ihr Optimismus geht ein bisschen weit? Um mich ernsthaft in Verlegenheit zu bringen, müs-sen Sie noch einen Gang zulegen. Sprich: den Mann, mit dem sich Gierke getroffen hat, ausfindig machen. Viel Glück, Herr Krokowski – ich bin mir sicher, Sie werden es bitter nötig haben.«

»Ich kriege Sie, darauf können Sie Gift nehmen!«

»Falsch, Herr Kommissar – wir kriegen Sie. Je früh-er Sie sich damit abfinden, desto besser.« Van der Eyck grinste. »Wenn Sie schlau sind, versuchen Sie gar nicht erst, mich zu verhaften.«

»Etwa, weil Sie eine Waffe bei sich tragen?«

»›Bei sich tragen‹ ist gut!«, höhnte Friedemann van der Eyck, Offizier in Diensten des MfS, die Hand auf dem Pistolenhalfter, das sich unter seinem Jackett befand. »Eine falsche Bewegung, und Sie sind ein toter Mann.«

»Und was, wenn ich schneller bin?«, erwiderte Krokowski und wies mit den Augen auf die linke Hand, welche sich die ganze Zeit über in der Tasche befunden hatte. »Wie Sie wissen, kann eine Walther PPK großen Schaden anrichten.«

»Schon möglich – vorausgesetzt, man ist schnell genug, um von ihr Gebrauch zu machen.« Mit dem Rücken zum Ostufer, wo außer einem schwarz lackierten Wartburg nichts Auffälliges zu erkennen war, wies van der Eyck mit dem Daumen über die Schulter und sagte: »Ein Wartburg 911-9 Kombi, Baujahr 1964. In Ihren Augen gewiss kein Vergleich mit Limousinen aus dem Westen, aber immerhin erfüllt er seinen Zweck. Genügt das, oder muss ich noch deutlicher werden?«

Nein, das musste der Herr Chefredakteur nicht. Selbst auf diese Distanz, nach grober Schätzung circa 100 Meter, würde ihn ein Scharfschütze im Heck der Limousine binnen Sekundenbruchteilen töten.

Daran, so Krokowskis jähe Einsicht, gab es nichts zu rütteln.

»Ich sehe, wir verstehen uns, Herr Kommissar.« Weder fähig noch willens, seine Häme zu verbergen, trat van der Eyck aus der Schusslinie, hob die Hand zum Gruß und sagte: »Nichts für ungut, Herr Kommissar, aber ich fürchte, es wird allmählich Zeit. Der Minister wartet – Sie verstehen. Viel Glück, Krokowski, mir scheint, als käme eine Menge Ärger auf Sie zu!«

21

»Tja, Herr Kommissar – wie das Leben so spielt!«, schloss Czerny seine Ausführungen, hielt vor dem Mietshaus, auf das Sydow gedeutet hatte, und stellte den Motor seines Leihwagens ab. »Als Junge hatte ich vor, Archäologie zu studieren, aber die Zeitläufte wollten es anders. Hätte ich Gelegenheit dazu gehabt, wäre vieles anders gelaufen. Dann wären wir uns nie begegnet.«

Sydow nickte. Wäre er nicht zur Stelle gewesen, als auf Czerny geschossen wurde, hätte er sich einiges erspart. Vermutlich hätte er noch eine Runde durch den Park gedreht und wäre anschließend nach Hause getrabt. Er hätte geduscht, frische Klamotten angezogen und eine ruhige Kugel – mit Betonung auf ›Kugel‹ – geschoben. Kurzum: Es wäre ein Freitag wie jeder andere geworden, geruhsam, beschaulich und bar jeder Aufregung.

Und stinklangweilig.

»Sieht ganz danach aus, Herr ...«

»Gerd.«

»Na schön, ganz wie Sie ... äh ... Ganz wie du willst, wollte ich sagen!«, antwortete Sydow und ergriff die Hand, die der Mann hinter dem Steuer des Opel Admiral ausstreckte. »Daran muss ich mich erst gewöhnen.«

»Einem Major des MfS die Hand zu schütteln, meinst du?«

»Wenn du mich so fragst – ja.«

»Du weißt ja – es gibt solche und solche.«

»Ohne dir zu nahe treten zu wollen, mein lieber Herr Ma...«

»Gerd.«

Sydow musste wider Willen schmunzeln. »Du ahnst, worauf ich hinaus wollte?«

Czernys Antwort bestand aus einem resignierten Schnauben. »Oh ja. Du bist der Meinung, ich hätte die Wahl gehabt. Die Wahl zwischen Gut und Böse. Aber das stimmt nicht, Tom. In der Zeit, in der ich aufgewachsen bin, hatte man keine Wahl. Da hieß es: Friss, um nicht gefressen zu werden. Sei geschmeidig, sprach der Mühlstein zum Weizenkorn – sonst wirst du zerquetscht! Gerade du müsstest wissen, was ich damit meine!«

»So, müsste ich das.«

»Gehe ich recht in der Annahme, dass du in etwa zur gleichen Zeit Polizist geworden bist wie ich?«

»Ja, bin ich. Ich bin zur Kripo gekommen, als du aus Deutschland geflüchtet bist.« Auf einen Schlag hundemüde, hob Sydow begütigend die Hand. »Wenn es dir nichts ausmacht, würde ich lieber über deinen Fall reden.«

»Ich dachte, der sei abgeschlossen.«

»So, findest du.«

»Spricht etwas dagegen?«

»Jede Menge.«

»Wenn du denkst, ich habe dir etwas vorenthalten, dann befindest du dich im Irrtum.« Auch jetzt, ohne dass sich etwas Verdächtiges regte, ließ Czerny die umliegenden Mietshäuser, vor allem dasjenige zu seiner Rechten, nicht aus den Augen. »Ich habe dir alles gesagt, was du wissen musst. Ehrenwort.«

»Hübsche Formulierung.«

»Vertraust du mir, ja oder nein?«

Sydow machte eine abwehrende Bewegung mit der linken Hand. »Schon gut, war nicht so gemeint.«

»Na schön, dann eben noch einmal von vorn!«, gab Czerny zurück, die Hand auf der bandagierten Schulter, an der die Kugel des Heckenschützen entlanggeschrammt war. »Ja, ich habe dich reingelegt. Mich zunächst totgestellt. Dann habe ich mir die Zeit, in der du deine Kollegen benachrichtigt hast, zunutze gemacht und bin getürmt. Wenn man so will, bin ich dabei über Leichen – sprich: über diejenige des Unbekannten, der auf mich geschossen hat – gegangen. Warum ich ihn einfach liegen ließ? Antwort: Ich hatte es eilig. Außerdem hatte ich mit mir selbst genug zu tun.«

»Und du hast wirklich keine Ahnung, wer …«

»Zum Mitschreiben, Herr Kriminalhauptkommissar: Ich habe keinen blassen Dunst, wer ihn liquidiert haben könnte.«

»Bleibt zu klären, wo die Leiche ist.«

Czerny nickte. »So komisch es klingt: Wer auch immer den Kerl ins Jenseits befördert hat, ihm gebührt das Verdienst, mir das Leben gerettet zu haben.«

»Klar. Willst du auf Nummer sicher gehen, ziele auf den Kopf.«

»Du sagst es.« Czerny atmete tief durch. »Was durch die Kugeln, die auf meinen Ex-Kollegen abgefeuert wurden, in letzter Sekunde vereitelt wurde.«

»Schwein gehabt.«

»Na, so viel nun auch wieder nicht!«, widersprach Czerny und betastete die lädierte Schulter. »Wäre Marlene nicht gewesen, hätte ich jetzt ein Problem.«

»Das hast du trotzdem, da kann ich dich beruhigen.«

»Du denkst an meinen Adoptivbruder?«

Sydow bejahte. »Du lebst gefährlich, Gerd – weißt du das?«

»Wie recht du doch hast.« Czerny setzte seine Brille ab, säuberte die Gläser und starrte ins Leere. Mittlerweile hatte es aufgehört zu regnen, und hin und wieder brach bereits die Sonne durch. »Weißt du, was ich denke, Tom? Es war ein Fehler, dass ich mich nach unserem Plausch im Kranzler aus dem …«

»Jetzt mach aber mal halblang, Herr Major! Dir blieb wohl nichts anderes übrig als die Fliege zu machen, oder? Schließlich sind wir hier nicht im Wilden Westen.«

»Dreimal kurz gelacht, Herr Kriminalhauptkommissar. Du siehst ja, was daraus geworden ist.«

»Wenn hier einer Schuld daran trägt, dass sich dein Bruderherz auf freiem Fuß befindet, dann ich.« Das war nicht nur so daher gesagt, Sydow meinte es auch so. Anstatt in Gierkes Wohnung einzudringen wäre es besser gewesen, wenn er sich die beiden Stasi-Agenten vorgeknüpft hätte, wobei es sich laut Czernys Bericht bei dem Brillenträger um seinen Adoptivbruder handelte, eben jenen Mann, der die Verantwortung für den Tod von Gierke trug. Dass er auch hinter der Schießerei im Wilde-Park steckte, konnte man sich an fünf Fingern abzählen, wenngleich die Beweise, so sie denn existierten, Mangelware waren. »Aber darüber, das garantiere ich dir, ist das letzte Wort noch nicht gesprochen.«

»Was immer du vorhast, Tom: Nimm dich vor ihm in Acht.«

»Moment mal, soll das etwa heißen, du …«

»Weißt du, was ich an dir bewundere, Tom: Die Fähigkeit, dich in meine Lage zu versetzen.«

»Danke für die Blumen, Herr Major.« Sydows Blick wurde von einem flüchtigen Lächeln erhellt. »Mit dir tauschen möchte ich trotzdem nicht.«

»Sag das nicht so laut, Tom!«, mahnte Czerny, richtete sich auf und ließ die junge Frau, die er im Rückspiegel ausgemacht hatte, nicht aus den Augen. »Wenn du wüsstest, wohin ich um sechs fliegen werde, würdest du vor Neid erblassen.«

»Capri?«

»Alles, bloß das nicht!«, entgegnete Czerny und bot Sydow erneut die Rechte dar. »Ich fürchte, die goldene Sonne wird ohne mich untergehen müssen.«

»New York, Los Angeles, San Francisco?«

»Vergiss es, Tom! Du kommst sowieso nicht drauf.« Die Linke am Steuer, drückte Czerny seinem Nebenmann die Hand, zog sie rasch zurück und förderte einen braunen Umschlag zutage. »Hier – mein Abschiedsgeschenk.«

Sydows Reaktion kam prompt. »Die Negative?«, fragte er, keineswegs so überrascht, wie Czerny es sich ausgemalt hatte. »Falls ja, denke ich, werde ich Verwendung für sie haben.«

»Na, dann bin ich aber froh!«, frotzelte Czerny, legte den Zeigefinger an die Hutkrempe und grinste über beide Backen. »Fehlen nur noch die Originale.«

»Was das betrifft, Gerd –«, konterte Sydow, warf einen Blick auf die Frau, die im Haus mit der Nummer acht verschwand, und hatte es plötzlich eilig, aus dem Opel Admiral zu steigen, »was das betrifft, bin ich auf einem guten Weg!«

22

»Ich konnte nichts mehr für ihn tun, Fräulein Behrens. Als ich Ihren … Als ich Herrn Gierke fand, war er bereits tot.« Falls möglich, hatte sich Sydow während seiner Dienstzeit vor Gesprächen mit Hinterbliebenen gedrückt. Die Schwierigkeit bestand dabei weniger darin, den Leuten reinen Wein einzuschenken, sondern in der Wahl der richtigen Worte. Als Überbringer von Hiobsbotschaften taugte er ungefähr so viel wie als Streitschlichter – nämlich überhaupt nicht. Hinzu kam, dass sich die Hinterbliebenen über die Konsequenzen dessen, was er zu sagen hatte, zumeist nicht im Klaren waren, in Schockstarre verfielen oder, schlimmer noch, einen hysterischen Anfall bekamen. Allein schon deshalb war er froh, wenn Kroko mit von der Partie gewesen war. Im Gegensatz zu ihm, der er sich mit Emotionsbekundungen schwertat, fand sein Partner immer die richtigen Worte, spendete Trost, bot Hilfe an und erweckte den Eindruck, als ginge ihm das Schicksal der Hinterbliebenen nah.

Im Fall von Constanze Behrens, so Sydows Eindruck, war Krokos Beistand jedoch nicht vonnöten. ›Gefasst‹ war zwar nicht das richtige Wort, da van der Eycks Sekretärin unübersehbar mit den Tränen rang. Trotz allem blieb der befürchtete Gefühlsausbruch jedoch aus, was angesichts der Tatsache, dass Sydow kein Blatt vor den Mund genommen hatte, umso erstaunlicher war. Die junge Frau sah aus wie aus dem Ei gepellt, genau so, wie Kroko und er sie am Vormittag erlebt hatten. Anfang 20, eng anliegendes Kostüm, dunkles Haar, Bubikopf, Idealmaße – Männerherz, dachte Sydow verschämt, was begehrst du mehr.

»Ich habe es gewusst.«

Obwohl Sydow es für unangebracht hielt, zur Tagesordnung überzugehen, gewann der Ermittler in ihm die Oberhand. »Was haben Sie gewusst?«, hakte er mit angemessenem Zeitabstand nach und vermied es, Constanze Behrens in die Augen zu schauen. Stattdessen zog er es vor, einen kurzen Rundblick zu wagen, überrascht, wie unordentlich – um nicht zu sagen chaotisch – das Wohnzimmer der jungen Frau auf ihn wirkte. Offene Schreibtischschubladen, zerknüllte Tüllgardinen, angelehnte Schranktüren, ein umgedrehter Ledersessel, ein Schubfach, das auf dem Fensterbrett deponiert, eine Spitzentischdecke, die achtlos auf die antike Chaiselongue geworfen worden war – nichts, aber auch rein gar wollte zum Erscheinungsbild der jungen Frau passen. »Dass Ihr … Ihr …«

»Nennen wir das Kind beim Namen, Herr Kommissar. Paul und ich waren Freunde.«

»Ihr Privatleben geht mich nichts an, Fräulein Behrens«, stellte Sydow klar, verwundert über die Wortwahl, der sich die junge Frau bediente. »Mein Interesse an Herrn Gierke ist …«

»Rein beruflicher Natur?«

»Wenn ich so denken würde, Fräulein Behrens, stünde ich nicht hier.«

»Nichts für ungut, Herr Kommissar. Ich wollte Sie nicht kränken.« Mit einem Seufzen, in dem sowohl Ratlosigkeit als auch Unverständnis mitschwang, bettete van der Eycks Sekretärin das Gesicht in die Handflächen und ließ die Finger über Stirn und Wangenpartie gleiten. Sydow fiel auf, wie schmal die Finger waren, so zierlich, dass sie denjenigen eines Kindes zum Verwechseln ähnlich sahen. »Fragen Sie, wenn Ihnen danach ist.«

»Glauben Sie mir, Fräulein Behrens: Ich bin nicht zum Vergnügen hier.«

»Dann lassen Sie uns zum Thema kommen!«, schlug Constanze Behrens vor, straffte sich und machte Anstalten, sich zu erheben. »Je früher wir fertig sind, desto besser.«

»Bei allem Mitgefühl: Bitte lassen Sie alles so, wie es ist.«

Die Hand auf der Tischplatte, ließ sich Gierkes Geliebte auf den Stuhl sinken. »Verzeihung, ich vergaß.«

»Wenn ich Sie richtig interpretiere, waren Sie über das, was der Ermordete zu tun beabsichtigte, informiert.« Zum ersten Mal während des laufenden Gesprächs ließ Sydow den Blick auf dem Gesicht seiner Gesprächspartnerin ruhen. »Können Sie das bestätigen, Fräulein?«

Constanze Behrens deutete ein Nicken an.

»Wann haben Sie Ihren Kollegen zum letzten Mal gesehen?«

»Gestern Abend«, antwortete die junge Frau, vom Ton, den Sydow anschlug, aus dem Konzept gebracht. »Soll das etwa ein Verhör werden?«

»Zu Ihrer Information, Gnädigste: Mir obliegt es, einen Mord aufzuklären, und wie die Dinge liegen, sind Sie imstande, mir wertvolle Hinweise zu geben.«

»Wie wertvoll, wird sich zeigen.«

»Genau.« Ohne den genauen Grund zu kennen, wurde Sydow von schleichendem Unbehagen gepackt. Aus dieser Frau, die ebenso gut als Teenager hätte durchgehen können, wurde er nicht schlau, für ihn ein Grund, die Gangart zu verschärfen. »Frage: Wann genau haben Sie Herrn Gierke zum letzten Mal gesehen?«

»Gestern Abend.«

»Wann genau?«

»Vor dem Zubettgehen.«

»Sehen Sie, jetzt kommen wir der Sache schon näher.« Die Ellbogen an der Tischkante, tippte Sydow die Fingerkuppen gegeneinander und sagte: »Und heute Morgen?«

»Paul musste früh raus – ich dagegen erst um neun.«

»Und warum?«, bohrte Sydow, der es hasste, anderen die Würmer aus der Nase zu ziehen. »Gab es einen triftigen Grund?«

»Den gab es, Herr Kommissar. Und wir beide wissen auch genau, welchen!«, giftete Constanze Behrens, von dem Eindruck, den sie auf den ersten Blick erweckte, weit entfernt. »Ich würde vorschlagen, das Katz-und-Maus-Spiel zu beenden.«

»Dann setzen Sie mich ins Bild. Ich höre.«

Die Handflächen auf dem Tisch, starrte Gierkes Geliebte an die gegenüberliegende Wand. Erst dann, nachdem sie sich geraume Zeit beharrlich ausgeschwiegen hatte, schraubte sich der zierliche Körper der Sekretärin in die Höhe. »Ich habe gewusst, dass es schiefgehen würde«, flüsterte sie, die Stimme seltsam rau und kurz davor, in Tränen auszubrechen. »Aber er wollte nicht auf mich hören.«

»Die Story seines Lebens, hab ich recht?«

Constanze Behrens schluckte. »Es ging sogar so weit, dass wir Streit miteinander bekamen.«

»Kommt in den besten Familien vor, oder?«

»Mag sein. Mir jedenfalls hat es gereicht.«

Sydow legte eine kurze Pause ein. Dann fragte er: »Darf man erfahren, was der Grund war, weshalb Sie sich mit Gierke gestritten haben? Schließlich hat er nichts Verbotenes getan.«

»Stimmt.«

»Na also. Wozu dann die Aufregung?«

»Ich hatte meine Gründe.« Die Augenlider aufeinandergepresst, kämpfte Constanze Behrens mit den Tränen. »Gute Gründe.«

»Will heißen?«

»Ganz einfach: Er hat sich mit den falschen Leuten eingelassen.«

»Etwa mit denen, die in Ihrem Wohnzimmer herumgeschnüffelt haben?«

»Ihre Aufgabe, das herauszufinden, nicht meine.«

»Wenn Sie sich da mal nicht irren, Fräulein.« Mit der Geduld am Ende, beugte sich Sydow über den Tisch, nahm seine Gesprächspartnerin ins Visier und grollte: »Bei allem Verständnis, Fräulein – allmählich habe ich die Faxen dicke. Entweder Sie schenken mir reinen Wein ein, oder ich sehe mich gezwungen, Sie mit aufs Revier zu nehmen.«

Die Frage war nur, auf welches.

»Na schön, anscheinend wollen Sie es nicht anders.«

»Mit Wollen, Herr Kommissar, hat das nichts zu tun.« Die Wangen dunkelrot gefärbt, nahm Sydows Gesprächspartnerin ihren ganzen Mut zusammen, trocknete die

Tränen und flüsterte: »Ich habe Angst, können Sie das nicht verstehen?«

»Und vor wem?«, hakte Sydow unerbittlich nach, wohl wissend, wie rabiat sein Vorgehen war. »Etwa vor der Staatssicherheit?«

»Wenn Sie wüssten, wie mir zumute ist, würden Sie nicht so mit mir re…«

»Na schön, gnädiges Fräulein – dann stelle ich meine Frage eben anders.«

»Nicht nötig.« Sydow hatte noch nicht ausgeredet, da hatte Constanze Behrens sich bereits erhoben, vom Tisch entfernt und den Verschluss der Handtasche, die auf der Kommode neben der Tür stand, aufschnappen lassen. »Ich kann mir denken, wonach Sie suchen!«

*

»Wie ich an die Fotos gekommen bin, fragen Sie?«, begann Gierkes Geliebte, nachdem sie Sydow den Umschlag, der sich in der Tasche befand, ausgehändigt hatte. »Ganz einfach: Paul hat sie mir anvertraut. Gestern früh, soweit ich mich entsinnen kann kurz vor neun, habe ich das Telefon klingeln hören. Da ich gerade im Bad war, ist Paul rangegangen, aber wie sich herausstellte, war das Gespräch ohnehin für ihn.« Constanze Behrens holte tief Luft. »Unmittelbar danach ist er weggegangen, Hals über Kopf, ohne auch nur ein Wort mit mir gewechselt zu haben. Um wen es sich bei dem Anrufer gehandelt hat, konnte ich mir denken. Mister Unbekannt von der Stasi, wer sonst. Wo sich Paul mit ihm getroffen hat? Keine Ahnung – natürlich streng geheim! Bitte lachen Sie

269

jetzt nicht über mich, Herr Kommissar: Aber ich habe von Anfang an gewusst, dass die Sache ein Reinfall werden würde. Oder es zumindest geahnt. Auf einen Schlag berühmt werden, die Story seines Lebens schreiben, den Olymp des Journalismus erklimmen, in einem Atemzug mit den ganz Großen genannt werden – von wegen! Das konnte nicht gut gehen – und ich sollte recht behalten. Sei's drum: Ich war gerade auf dem Weg zur Arbeit, als Paul wieder aufgetaucht ist. Es sei etwas schiefgegangen, hat er gesagt, und ich müsse ihm einen Gefallen tun. Auf meine Frage, was los sei, wollte er mir jedoch keine Antwort geben. Doch ich wusste auch so, wie es um ihn stand. Paul war total von der Rolle, machte Andeutungen, dass er van der Eyck nicht traue, dass sein Leben am seidenen Faden hinge. Was, frage ich Sie, hätte ich tun sollen? Ihn hängen lassen, vor die Tür setzen, in die Wüste schicken? Das habe ich nicht fertiggebracht. Schon gut, Herr Kommissar – ich weiß genau, was jetzt kommt! Natürlich habe ich gewusst, auf was ich mich einlasse. Und mit wem ich es zu tun bekommen würde.« Die Worte sprudelten nur so aus Constanze Behrens hervor. »Aber was soll's – jetzt kann ich es nicht mehr rückgängig machen. Kurzum: Da er um sein Leben fürchtete, hat Paul mich gebeten, die Fotos verschwinden zu lassen – als eine Art Faustpfand sozusagen. Dann hat er van der Eyck angerufen und gesagt, der Deal sei geplatzt. Danach hat er sich aus dem Staub gemacht.«

»Und Sie?«

»Ich? Ich hatte den Schwarzen Peter. Toll, nicht? Das zum Thema Liebesdienst. Gott sei Dank ist mir wenigstens ein passendes Versteck eingefallen. Wie Sie sehen, waren die Fotos hier auch nicht sicher. Lange Rede, kurzer Sinn: Auf dem Weg zur Arbeit habe ich zunächst ein paar Ehrenrunden durch Schöneberg gedreht. Und dann, als ich sicher sein konnte, dass mir niemand folgte, bin ich raus zum Flughafen gefahren, habe mir ein Schließfach gemietet und mich anschließend auf den Weg in die Redaktion gemacht.« Am Fenster angekommen, schob Gierkes Freundin den Vorhang einen Spalt weit beiseite.

»Wie dem auch sei – wenigstens wissen Sie jetzt Bescheid.«

»Schön wär's.«

Starr vor Schreck, wirbelte die junge Frau herum. »Wie meinen Sie das, Herr Kommissar?«

»Ich frage mich, warum Sie die Fotos nicht im Schließfach gelassen haben. Finden Sie nicht, dort wären sie besser aufgehoben?«

»Tut … tut mir leid, Herr Kommissar –«, erwiderte die Sekretärin, bemüht, einen gefassten Eindruck zu machen, »aber ich verstehe nicht, worauf Sie hinauswollen.«

»Haben Sie mir noch etwas zu sagen, Fräulein? Oder war das alles?«

»Jetzt hören Sie mir mal gut zu, Herr …«

»Nein, Sie hören mir jetzt zu!«, fuhr Sydow dazwischen, den Blick auf einem Schwarz-Weiß-Foto, das die Vorderseite des Obduktionsberichtes zeigte. Links oben war ein Stempel mit der Aufschrift ›M.f.S.‹ zu erkennen, darüber hinaus der Vermerk, dass es sich um eine vertrauliche Dienstsache handle. Der Vorgang selbst trug das Kürzel XV / 3901 / 64 und hatte es wahrhaftig in sich.

»Falls es zu dem, worüber Sie mich in Kenntnis gesetzt haben, noch etwas hinzuzufügen gibt, bitte ich Sie hiermit, dies zu tun. Jetzt gleich.«

»Ich wüsste nicht, was es meinerseits noch zu hinzuzu…«

»Schon gut.« Das Foto in der Hand, machte Sydow eine Einhalt gebietende Geste. Czerny hatte zwar durchblicken lassen, was auf den Fotos, die er Gierke zugespielt hatte, abgelichtet war. Dennoch war er immer noch perplex, kaum fähig, die Geschehnisse zu begreifen.

Die Schlüsse, welche man aus dem Obduktionsbericht ziehen konnte, waren in der Tat niederschmetternd. Beileibe nicht zum ersten Mal in seiner Karriere war er auf ein Dokument gestoßen, bei dessen Lektüre einem die Luft wegblieb. Hätte er sich nicht in Gegenwart einer Frau befunden, wäre Sydow vermutlich der Kragen geplatzt, so groß, um nicht zu sagen übermächtig, war die Wut, die in ihm emporzulodern begann. Man stelle sich vor: Um zu vertuschen, was sich auf dem Hinterhof des Hauses in der Strelitzer Straße 55 abgespielt hatte, war Mielke anscheinend jedes Mittel recht, selbst dann, wenn dies zur Folge hatte, dass das eigene Volk – und vermutlich auch die politisch Verantwortlichen – zum Narren gehalten wurde. Das war keine Lüge, sondern das war schlichtweg kriminell.

Darüber hinaus stand fest: Egon Schultz, gerade einmal 21 und Unteroffizier der DDR-Grenztruppen, war nicht etwa den Schüssen zum Opfer gefallen, die aus der Waffe eines Fluchthelfers stammten, sondern, um im Militärjargon zu reden, einem besonders tragischen Fall von ›friendly fire‹. Frei von Schuld war der Kommilitone von Sydows Möchtegern-Schwiegersohn trotzdem nicht. So zumindest das Gutachten, das der obduzierende Pathologe, ein gewisser Prof. Dr. med. Otto Prokop, eigens angefertigt hatte. Aus ihm ging hervor, dass es sich bei der Verletzung, die der Fluchthelfer dem Grepo zugefügt hatte, laut Fachjargon um einen sogenannten Lungensteckschuss handelte. Das heißt, das Projektil war von vorn in den Brustkorb des NVA-Unteroffiziers eingedrungen. Und, von daher auch der Begriff, in seiner Lunge steckengeblieben. Tödlich gewesen war dieser Schuss jedoch nicht. Das wusste Sydow bereits von Czerny, der bei der Obduktion mit von der Partie gewesen war. Hierzu Prokop: ›Pistolenprojektile aber, welche nicht die Lunge durchdringen, führen zu einer relativ geringen Blutung.‹ Alles klar? Für Sydow schon.

Oder mindestens so gut wie.

Erster Akt: NVA-Unteroffizier Schultz betritt den Hof. Der Fluchthelfer eröffnet das Feuer. Schultz bricht zusammen. Die Nachfolgenden, unter ihnen Leute von der Stasi, drängen herzu. Eine wilde Schießerei beginnt. Zweiter Akt: Laut Obduktionsbericht wird Schultz von insgesamt neun Kugeln getroffen, wovon allein vier in den Rücken eindringen. Todesursache: ›Verbluten in das Körperinnere infolge Zerstörung eines größeren Brustabschnittes der Körperschlagader. Mittelbare Todesursache sind die Schussverletzungen durch Schüsse außerhalb des Nahschussbereiches.‹ Soweit das 17-seitige Gutachten, von denen Czerny 17 gestochen scharfe Bilder gemacht hatte.

Noch Fragen, Herr Kriminalhauptkommissar?

Nein danke, kein Bedarf.

»Stimmt etwas nicht, Herr von Sydow?«

Oder vielleicht doch?

Die Blicke von Sydow und Constanze Behrens trafen sich. »Mit mir schon. Und wie steht's mit Ihnen?«

»Alles in Butter, kein Grund zur Sorge.«

Dreimal kurz gelacht, Fräulein!, dachte Sydow, bemüht, seinen Argwohn zu verbergen. Gründe, um Constanze Behrens zu misstrauen, gab es genug. Mehr als genug sogar. »Da bin ich aber froh!«

Ohne etwas zu erwidern, ließ Sydow die Bilder in den Umschlag gleiten, steckte ihn in seine Jacke und stand auf.

Irgendetwas was hier faul. Die Frage war nur, was.

»Warum so eilig – ich bringe Sie zur Tür.«

»Zu viel der Ehre – nur keine Umstände.« Plötzlich konnte es Sydow nicht schnell genug gehen, wobei er selbst nicht genau wusste, was ihn dazu trieb. Er war im Besitz der Negative, im Besitz der Fotos, mit deren Hilfe er Mielke & Co. hochgehen lassen konnte, am Ende seiner Ermittlungen. Der Fall, so schien es, war gelöst.

Trotzdem hatte er da noch ein paar Fragen. Fragen, auf die er hoffentlich bald eine Antwort finden würde.

An der Tür angekommen, drehte sich Sydow um. »Darf ich Sie um einen Gefallen bitten, Fräulein?«

Constanze Behrens nickte, offenbar froh, ihn endlich los zu sein. »Natürlich – und um welchen?«

»Bitte halten Sie sich zur Verfügung!«, erwiderte Sydow, öffnete die Tür und trat ins Treppenhaus. »Schönes Wochenende, die Dame – und auf ein baldiges Wiedersehen!«

23

Außer Betrieb – auch das noch.

Sydow legte auf, steckte das Münzgeld, das der defekte Apparat ausgespuckt hatte, wieder ein und beeilte sich, die Telefonzelle in Sichtweite der Königskolonnaden zu verlassen. Ausgerechnet jetzt, wo er sich mit Kroko beratschlagen wollte, ließ ihn die Technik im Stich, und die Frage war, wie er ihn auf dem Laufenden halten sollte.

Was den Stand der Dinge betraf, konnte man geteilter Meinung sein. Noch stand nämlich nicht fest, wer hinter dem Mord an Gierke steckte, obwohl die Indizien eine deutliche Sprache sprachen. Um die Schuldigen zu finden, reichten Verdachtsmomente allein nicht aus. Mehr denn je war Sydow auf Fakten angewiesen, wohl wissend, dass diejenigen, welche als Täter infrage kamen, ihr Handwerk von der Pike auf gelernt hatten.

Dementsprechend gab es noch jede Menge zu tun, wenngleich er es geschafft hatte, in den Besitz der Negative samt Originalabzügen zu kommen. Die Hand auf der Brusttasche, sah sich Sydow nach etwaigen Verfolgern um. Was er damit anfangen sollte, stand dagegen auf einem anderen Blatt. Dass er sie nicht ewig mit sich herumschleppen konnte, lag auf der Hand, was bedeutete, dass die Suche nach einem Versteck Priorität besaß. Vertrauen, ganz gleich in wen, war momentan fehl am

Platz. An dieser Erkenntnis führte – wieder einmal – kein Weg vorbei.

Am U-Bahnhof Kleistpark, von wo aus es nur ein Katzensprung bis nach Hause war, bog Sydow nach rechts und beschleunigte seinen Schritt. Vielleicht war es das Beste, erst mal auszuspannen, über alles nachzudenken und sich nach dem Stand der familiären Zwistigkeiten zu erkundigen. Lea wartete bestimmt schon auf ihn, und es war ratsam, ihre Geduld nicht zu strapazieren.

Vor der Tür angelangt, die ins Innere des vierstöckigen Mietshauses führte, stieß Sydow einen Seufzer der Erleichterung aus, lockerte den Hemdkragen und griff in die Tasche, um seinen Wohnungsschlüssel hervorzukramen.

Nur um festzustellen, dass er noch auf der Kommode neben der Tür liegen musste.

Einen Fall aufklären wollen, der ihm alles abverlangte. Und zu dämlich, seine Siebensachen mitzunehmen.

Das sah ihm wirklich ähnlich.

Eine Bemerkung auf den Lippen, die nicht druckreif war, wandte sich Sydow nach links, um auf die Klingel zu drücken.

Und prallte wie vom Blitz getroffen zurück.

»Stimmt irgendetwas nicht, Herr von Sydow?« Und ob hier etwas nicht stimmt!, dachte Sydow voller Groll, die Worte im Ohr, die er mit Gierkes Freundin gewechselt hatte. Und murmelte: »Aber nicht mit mir, Gnädigste, nicht mit mir!«

»Sie haben es doch nicht etwa mit mir, Herr Nachbar, oder?«

»Natürlich nicht, wo denken Sie hin!«, beteuerte Sydow, eine Äußerung auf den Lippen, die er in Gegenwart von Frau Meyer-Wondraschek, Gattin des unlängst verblichenen Kammersängers August Wondraschek, lieber für sich behielt. »Nach Ihnen, gnädige Frau!«

Wie um der Komödie, die er seiner Nachbarin vorspielte, die Krone aufzusetzen, ließ Sydow dem in die Jahre gekommenen Schlachtschiff den Vortritt, wartete ab, bis es außer Reichweite war und steckte den Umschlag mit den Fotos in den Briefkasten. Etwas Besseres fiel ihm momentan nicht ein, und wie die Dinge lagen, blieb für Gedankenspiele keine Zeit.

Eile, so schien es, war das Gebot der Stunde.

Angetrieben von der Frage, woher Constanze Behrens wusste, dass er ein ›von‹ im Namen trug, verließ Sydow fluchtartig das Haus, hastete die Grunewaldstraße entlang und bog nach links in die Elßholzstraße ein. Vorbei am Kammergericht, vor genau 20 Jahren Sitz des berüchtigten Volksgerichtshofes, eilte er weiter in Richtung Palasstraße, in der Hoffnung, nicht zum zweiten Mal innerhalb kurzer Zeit zu spät zu kommen.

Eine Hoffnung, die sich nicht erfüllen sollte.

*

»Du rufst ihn jetzt an, sagst ihm, dass es dir leid tut und bittest ihn herzukommen!«, sagte Sydows Frau, und sie sagte es so, dass ihrer Tochter Vroni die Widerworte im Hals stecken blieben. »Und merk dir eins: Wegen Politik kriegt man sich nicht in die Haare!«

»Darum geht es nicht, Mutter. Das habe ich dir doch gesagt.«

»Um was dann, wenn ich fragen darf?«

»Jetzt tu doch nicht so, Mutter!«, erwiderte Sydows Stieftochter und machte ihrem Ärger dadurch Luft, indem sie sich erhob, Lea den Rücken zudrehte und ans Fenster des elterlichen Wohnzimmers trat. »Das kannst du dir doch wohl denken, oder?«

»Ob du es wahrhaben willst oder nicht: Hajo hat nichts Unrechtes getan.«

»›Nichts Unrechtes getan?‹ Jetzt mach aber mal einen Punkt!« Veronika von Oertzen verstand die Welt nicht mehr, erst recht nicht, seit sich ihre Mutter auf die Seite ihres Verlobten geschlagen hatte. Dass dieser der Möchtegern-Sohn ihres Stiefvaters war, machte die Sache nicht leichter, ganz abgesehen davon, dass Vroni, die auf ihrem Standpunkt beharrte, weiß Gott andere Sorgen hatte. »Weißt du was, Mutter? Am besten, ich ziehe mein Kind alleine groß!«

»Wenn du das tust, Vroni, begehst du einen schweren Fehler.« Weniger aus Einsicht denn um des lieben Friedens willen gab sich Lea einen Ruck, stand auf und trat ebenfalls ans Fenster. »Jetzt hör' mir mal gut zu, mein Kind: Ich kann verstehen, wenn du dich darüber beklagst, dass Hajo dich nicht ins Vertrauen gezogen hat. Aber das heißt noch lange nicht, dass er dich nicht liebt.«

»Darum …«

»Ich weiß, worum es dir geht, Vroni. Und ich weiß auch, dass alle, die am Bau des Fluchttunnels beteiligt waren, zum Stillschweigen verpflichtet sind.«

»Interessiert mich nicht.«

»Sollte es aber, Schatz.« Die Hand auf der Schulter ihrer Tochter, die aus der Ehe mit einem SS-Standartenführer stammte, ließ Lea den Blick auf den Passanten ruhen. »Vergiss nicht: Hajo hat mit den Schüssen, die auf den Grenzpolizisten abgefeuert wurden, nichts zu … Schau mal, Vroni – da unten! Jetzt haut es mich aber gleich um!«

»Aber das ist ja Tom!«, entfuhr es Sydows Stieftochter, die sich auf das, was sie sah, keinen Reim machen konnte. »Wieso kommt er denn nicht nach Hause?«

»Das, mein Kind, frage ich mich ehrlich gesagt auch!«, entgegnete Lea Sydow und schaute ihrem Mann, der Hals über Kopf davonstürzte, mit betretener Miene hinterher. »Sieht so aus, als stecke er in Schwierigkeiten.«

POST MORTEM (IV)

›Die hier bekannt gewordenen Einzelheiten des Vorfalles sowie das Verhalten der sowjetzonalen Behörden nach dem Tod von Egon Schultz zwingen vielmehr zu dem Schluss, dass er von Grenzsoldaten erschossen worden ist, die zum Zeitpunkt der Schussabgabe hinter ihm standen.‹

(Vermerk des West-Berliner Senators für Inneres vom 14. Februar 1968)

VIERTES KAPITEL

24

Eigentlich hatte er hier nichts zu suchen. Er besaß keinerlei Befugnisse, hatte seinen Job gekündigt und wäre gut beraten gewesen, die Finger von Dingen zu lassen, die ihn nichts angingen.

Gerade das aber tat er nicht.

Er tat das, was er für richtig hielt.

Dass er viel riskierte, war ihm bewusst. Er riskierte, vor dem Kadi zu landen. Er lief Gefahr, sich, seiner Familie und Kroko großen Schaden zuzufügen. Und er war bereit, alles auf eine Karte zu setzen.

Faites votre jeu, Herr Kriminalhauptkommissar.

Rien ne va plus.

Im vierten Stock angelangt, verhielt Sydow seinen Schritt, wandte sich nach rechts und lauschte. Aus der Wohnung, vor der er stand, drang jedoch kein Geräusch.

Ein Druck auf die Klingel. Nichts. Zweiter Versuch. Wieder nichts. Dritter Anlauf – erneut Fehlanzeige.

Pech gehabt. Der Vogel war ausgeflogen. Jetzt war guter Rat teuer.

Ein Grund, sein Vorhaben aufzugeben? Nicht für ihn. Vielleicht war es ja ganz gut, dass Gierkes Freundin das Weite gesucht hatte. Das bot ihm die Chance, sich in Ruhe umzusehen.

Die Hand auf der Klinke, rührte sich Sydow nicht von der Stelle. Im dritten Stock war eine Tür aufgegangen, und zwei Kinder, dem Gespräch nach zu urteilen Geschwister, lieferten sich ein Wettrennen durchs Treppenhaus.

Danach kehrte wieder Stille ein.

Und die Tür, die Sydow zur Not aufgebrochen hätte, sprang auf.

Ganz von allein.

Jetzt oder nie!, dachte Sydow, betrat die Wohnung und schloss die Tür. Nichts rührte sich. Von Constanze Behrens, auf die er womöglich treffen würde, keine Spur.

Weder im Wohnzimmer, wo es immer noch so aussah wie vor einer Stunde, noch im Schlafzimmer, wo die Rollläden heruntergelassen worden waren, noch in der Küche, in der das Geschirr, welches die Bewohner benutzt hatten, immer noch auf dem Abtropfgitter lag.

Blieb also das Bad. Auf dem Weg zu der Tür, durch deren Oberlicht ein schwachen Lichtschein drang, wurde Sydow von düsteren Vorahnungen gepackt. Bereits mehrfach in seiner Karriere hatte er mit Toten zu tun gehabt, die in der Badewanne lagen, zuletzt vor nicht einmal zwei Stunden. Und er war nicht erpicht darauf, dies noch einmal zu erleben.

Ein Mord pro Tag war genug. Mehr als genug sogar.

Ein Blick ins Badezimmer, und Sydow konnte aufatmen. Keine Tote, keine Blutspuren, keinerlei Indizien, die auf Gewaltanwendung schließen ließen. Der Albtraum, so schien es, würde sich nicht wiederholen.

Ein frommer Wunsch, nicht mehr.

»Schönen guten Tag, der Herr. Womit kann ich dienen?«

Wie von Furien gepackt, wirbelte Sydow herum. Und erstarrte.

»Darf man fragen, was Sie hier zu suchen haben?«, fragte der Anzugträger mit der getönten Brille, wie schon zuvor in Begleitung des Schlägertyps, der in die Flurmitte trat, um Sydow den Weg abzuschneiden.

»Das Gleiche könnte ich Sie fragen, oder?«, gab Sydow zur Antwort und zog die Tür des Badezimmers hinter sich zu. »Irre ich mich, oder sind wir uns schon mal über den Weg gelaufen?«

Die Antwort des Brillenträgers, dessen Gebaren auf einen versierten Menschenschinder schließen ließ, kam prompt. »Und ich dachte, ein Kripo-Beamter irrt sich nie.«

»Haben Sie eine Ahnung! Wenn ich unfehlbar wäre, würde ich zur Stasi gehen.« Der Hieb saß. Die Arme vor der Brust, betrachtete Sydow den Mann, auf dessen Konto Gierkes Tod aller Voraussicht nach ging. »Kompliment für Ihre Beobachtungsgabe – ich bin tatsächlich Polizist. Von daher interessiert es mich natürlich brennend, was Verbrechersyndikate treiben.«

»Sie nennen es Syndikat, wir nennen es Schwert und Schild der Partei.«

»Einer Partei, die bei uns unter ›ferner liefen‹ rangieren würde.«

Radek lachte in sich hinein. »Nehmen Sie den Mund nicht ein bisschen voll, Herr Kommissar?«, versetzte er und entblößte die ungepflegten Zähne. »Sie wissen doch: Hochmut kommt vor dem Fall.«

Sydow, der seinen Widersacher um Haupteslänge überragte, gab sich betont gelassen. »Sprüche Salomons – Kapitel 16, Vers 18. Ich wusste gar nicht, dass die Stasi Bibelstudien betreibt.«

»Wissen Sie was, Herr Kommissar? Ich mag Leute mit Humor.« Scheinbar ganz auf sein graues Jackett konzentriert, von dem er eine Staubfaser entfernte, verzog Marek Wegener alias Radek keine Miene. »Das macht es mir leichter, unbequeme Themen anzuschneiden.«

»Erstens: Ich bin Kriminalhauptkommissar. Zweitens: Für Gespräche mit Ihnen fehlt mir die Zeit.«

»Ich fürchte, Sie haben keine Wahl.«

»Oh doch, die habe ich!«, knurrte Sydow, nur eine Handbreit von Wegener entfernt. »Oder glauben Sie, ich lasse mich mit Ihnen auf einen Handel ein?«

»Sehen Sie, Herr Kriminalhauptkommissar«, fuhr Radek ungerührt vor, wobei er sich einen Spaß machte, Sydows Dienstgrad zu betonen, »allmählich kommen wir der Sache näher. Was Sie als Handel bezeichnen, ist Ihre einzige Chance. Die einzige Alternative, die Ihnen bleibt. Sollten Sie so töricht sein, mein Angebot abzulehnen, werden Sie sehen, zu was das führt.«

»Mit anderen Worten: Wenn ich die Fotos rausrücke, kommt Frau Behrens frei.«

Die Augen an die Decke gerichtet, breitete Wegener die Arme aus. »Endlich jemand, der mich versteht.« Und fügte augenzwinkernd hinzu: »Sie glauben gar nicht, wie mich das freut.«

»Wenn nicht, werden Sie sich meine Familie vorknüpfen, stimmt's?«

»Das haben Sie gesagt, Herr Kriminalhauptkommissar, nicht ich.«

»Und Sie haben es gedacht.«

»Können Sie Gedanken lesen?«

Anstatt zu antworten, würdigte Sydow seinen Kontrahenten keines Blickes, wandte sich nach rechts und warf einen Blick ins Wohnzimmer, wo immer noch das gleiche Durcheinander herrschte. »Ihr Werk?«

»Immer diese Unterstellungen.« Radek wandte sich um, fuhr mit dem Zeigefinger über den Rand der Kommode, die sich unmittelbar neben der Wohnzimmertür befand und sagte: »Ich fürchte, da muss ich Sie enttäuschen. Wenn wir es gewesen wären, hätten wir den Raum so hinterlassen, wie wir ihn angetroffen haben.«

»Wie Gierkes Wohnzimmer – verstehe.«

»Sie verkennen Ihre Position, Herr …«

»Und Sie die Ihre. Denken Sie vielleicht, ich habe keine Augen im Kopf? Gierkes Körper weist Spuren von Gewaltanwendung auf. Dreimal dürfen Sie raten, von wem die stammen!«

»Auch da, fürchte ich, werden Sie den Beweis schuldig bleiben.«

»Gar nichts werde ich!«, schnaubte Sydow, der den Drang, die Fäuste sprechen zu lassen, nur mit Mühe unterdrücken konnte. »Damit Sie Bescheid wissen: Wenn Sie mich vorführen wollen, haben Sie sich den Falschen ausgesucht!«

»Na schön – wie Sie wollen.« Radek stieß ein gekünsteltes Seufzen aus, zuckte die Achseln und bedeutete seinem Begleiter, einen Blick in den Hausflur zu werfen. »Ich würde vorschlagen, Sie lassen sich die Sache in Ruhe durch den Kopf gehen. Mein Angebot steht. Sollten Sie zur Vernunft kommen, hat Frau Behrens nichts zu befürchten. Und Ihre Familie, die unter Beobachtung steht, auch nicht.«

»Wie ich sehe, sind Sie gut informiert.«

»Wir sind Ihnen gefolgt. Eine unserer leichteren Übungen.« Auf einen Wink seines Beleiters, der signalisierte, das die Luft rein war, rückte Radek seine getönte Brille zurecht, wandte sich ab und schlenderte zur Tür. Dort angekommen, warf er einen Blick auf die Uhr. »Ich denke, wir beide wissen, was das Beste für Sie ist. Alsdann, Herr Kriminalhauptkommissar: Punkt sieben an der Grenzübergangsstelle Chausseestraße – und keine Minute später!«

*

Das Beste war, er trat den Rückzug an. Ausrichten konnte er ohnehin nichts mehr.

Die Zeichen standen auf Sturm, und viel, wenn nicht gar alles, deutete auf einen Triumph seiner Widersacher hin. Er selbst, und er ganz allein, trug die Schuld, dass es so weit gekommen war, und er selbst war es auch, der den Stein ins Rollen gebracht hatte.

Herumlamentieren, das wusste er, führte jedoch zu nichts. Er musste handeln. Und das möglichst rasch.

Entschlossen, das Beste aus seiner Lage zu machen, brach Sydow seine Spurensuche ab, beließ alles so, wie er es angetroffen hatte, und wandte sich zum Gehen. Was genau jetzt zu tun war, wusste er nicht, aber er wusste, dass Nichtstun fatal sein würde.

Er musste das Gesetz des Handelns an sich reißen. Koste es, was es wolle.

Dazu, etwaige Verzweiflungstaten eingeschlossen, sollte es jedoch nicht mehr kommen. Nur noch eine Armlänge von der Tür entfernt, hielt Sydow inne. Drunten, dem Lärm nach zu schließen unmittelbar vor der Haustür, war das Geräusch quietschender Autoreifen zu hören, so laut, dass es einem in den Ohren wehtat.

Von Neugier getrieben, rannte Sydow auf den Balkon. Und musste zweimal hinsehen, um zu begreifen, dass dies kein Trugbild war.

Auf der Straße, die durch einen Lieferwagen blockiert wurde, ging es zu wie in einem Gangsterfilm. Seine Widersacher, so schien es, waren in eine Falle geraten, von wem, war einstweilen nicht zu erkennen. Eins jedoch war auf Anhieb klar: Aus freien Stücken würden die beiden nicht aufgeben.

Die Waffe im Anschlag, zögerte der Rausschmeißertyp keine Sekunde, sprang aus dem Wagen und eröffnete das Feuer. Sein Vorgesetzter, unverkennbar der Gewieftere, flüchtete ans Heck des Volvo PV544, ging in Deckung und wartete ab, bis der Kugelhagel, der sich über seinem Kollegen entlud, abgeklungen war. Dann zog auch er die Waffe, offenbar im Begriff, sich den Weg zur gegenüberliegenden Toreinfahrt freizuschießen.

So weit sollte es jedoch nicht mehr kommen. Kaum hielt er die Makarow in der Hand, rauschte ein drittes Fahrzeug, zu Sydows Überraschung ein Alfa Romeo, heran. Der Agent mit der getönten Brille wirbelte herum, riss die Waffe empor, zielte – und erkannte, dass die Lage aussichtslos war. Der Sportwagen machte eine Vollbremsung, und die Waffe des Agenten lag auch schon auf dem Boden. Er selbst stand einfach nur da, die Hände in die Höhe gereckt.

Und harrte der Dinge, die da kamen.

Sydow, der sich wie in einem James-Bond-Streifen vorkam, kam aus dem Staunen nicht mehr heraus. Wie aus dem Nichts tauchten plötzlich bis an die Zähne bewaffnete Beamte auf, teils uniformiert, vereinzelt jedoch in Zivil. Wie gebannt von dem bizarren Schauspiel, konnte Sydow den Blick nicht abwenden. Dass dies ein Polizeieinsatz war, lag auf der Hand, aber nicht, auf wessen Betreiben er zustande gekommen war. Alles ging so schnell, dass er kaum zum Luftholen kam, und noch ehe eine Minute verstrichen war, war der Spuk vorüber.

Doch das war beileibe noch nicht alles. Wie um seine Verwirrung noch zu steigern, öffnete sich die Tür des Alfa Romeo, und ein Beamter, bei dessen Anblick Sydow der Atem stockte, betrat die Szenerie, gab Befehl, den Leichnam des Schlägertyps zu verhüllen und winkte zwei Zivilfahnder herbei, die er beauftragte, dem Mann mit den getönten Gläsern Handschellen anzulegen.

Dann aber, als spüre er seinen Blick im Rücken, wandte sich der Beamte, bei dem es sich um den Einsatzleiter zu handeln schien, auf dem Absatz um, rückte die Krawatte seines Maßanzuges zurecht, erteilte zusätzliche Anweisungen, lobte, tadelte, spornte an – und hob den Blick, der an Sydow haften blieb.

Dann, das für ihn typische Lächeln im Gesicht, hob er die Hand zum Gruß.

Sydow indes grüßte nicht zurück.

Er hatte genug gesehen.

25

Dass man vor Überraschungen nicht gefeit war, wusste Sydow nur zu gut. Unverhofft kam eben oft, speziell in seinem Beruf. Als Polizist musste man mit allem rechnen, und das Wichtigste war, einen kühlen Kopf zu bewahren.

In Anbetracht der Ereignisse, die er vom Balkon aus verfolgt hatte, fiel ihm dies jedoch mehr als schwer. Gerade eben noch in einer Sackgasse, befand er sich plötzlich auf der Siegerstraße. Das musste man erst einmal verkraften.

Verkraften, das heißt hinterfragen, musste er aber auch etwas anderes. Die Aktion war zwar wie am Schnürchen gelaufen, aber das bedeutete nicht, das sämtliche Fragen geklärt waren. Fragen, auf die er eine Antwort erwartete. Das war sein gutes Recht.

»Zigarette?« Ob er damit Erfolg haben würde, blieb abzuwarten. Die John Player in der Hand, die ihm soeben überreicht worden war, ließ Sydow den Blick auf seinem ehemaligen Kollegen ruhen. ›Eigentlich hättest du ja von selbst draufkommen können!‹, flüsterte ihm seine innere Stimme zu, während sich Sydow das Aufeinandertreffen vor Gierkes Haus in Erinnerung rief. Auf die Idee, dass der Journalist observiert wurde, wäre er nie gekommen, und selbst wenn, hätte dies die Probleme, mit denen Sydow konfrontiert wurde, nicht behoben.

»Clever bist du ja. Das muss dir der Neid lassen.« Das eigentlich Erstaunliche am unerwarteten Wiedersehen war jedoch etwas anderes gewesen. Waldemar Naujocks, genannt Waldi, war ein anderer Mensch geworden. Der junge Mann, mit dem er über zehn Jahre lang zusammengearbeitet hatte, war ein glühender Elvis-Verehrer gewesen und hatte sich trotz Rügen und Spötteleien nicht davon abbringen lassen, wie sein Idol herumzulaufen. Bei seinen Kollegen, allen voran Kroko, waren Haartolle, Cowboy-Stiefel und Halbstarken-Jacke zunächst auf wenig Gegenliebe gestoßen, für Naujocks, der aus Potsdam stammte, jedoch kein Grund, sich den Gepflogenheiten anzupassen. Der junge Mann, schon mit 25 Leiter der Spurensicherung, war seiner Linie dennoch treu geblieben. Und hatte sich, allen Unkenrufen zum Trotz, durchgeboxt. »Auf dich wäre ich wirklich als Letztes gekommen.«

»Zu viel der Ehre, altes Haus.«

»Ehre, wem Ehre gebührt.« Wahrhaftig, Sydow musste zweimal hinsehen, um das Elvis-Imitat von damals wiederzuerkennen. Waldemar Naujocks war nämlich nicht nur älter geworden, er kleidete sich auch anders. Als sei der Nadelstreifenanzug, den er trug, an sich nicht schon auffällig genug, trug er ein Markenhemd samt Krawatte, was Sydow, der zum Leidwesen seiner Frau keinen Wert auf Kleidung legte, nicht im Traum eingefallen wäre. »Trotzdem hätte ich da noch ein paar Fragen.«

»Nichts dagegen.« Der Traum aller ledigen Frauen grinste, setzte die Sonnenbrille ab und steckte sie an den Kragen. »Es sei denn, ich bin nicht befugt, dir zu antworten. Apropos – wie kommt es eigentlich, dass du wieder im Dienst bist? Ich muss gestehen, dass ich nichts davon mitgekriegt …«

»Alles zu seiner Zeit, Waldi.« Sydow steckte seinen Glimmstängel an und fragte: »Seit wann beschäftigt sich das LKA mit gewöhnlichen Mordfällen?«

Naujocks, zwar erst Mitte 30, nichtsdestoweniger jedoch Stellvertretender Leiter des Staatsschutzes, setzte ein vielsagendes Lächeln auf. »Komm schon, Tom –«, gab er augenzwinkernd zurück, »wir beide wissen doch, worum es geht, oder?«

»Um Fräulein Behrens vielleicht?«

Das Lächeln des LKA-Beamten erlosch. »Um die auch.«

»Merkwürdig.«

»Was denn?«

»Ich frage mich, wie der Staatsschutz vom Treffen zwischen Gierke und seinem Gewährsmann erfahren hat.«

»Bedaure, Tom – mir sind die Hände gebunden.«

»Sind sie nicht.«

»Wenn ich auch nur ein Wort über die Operation verlauten lasse, kann ich meinen Hut nehmen.« Die Arme verschränkt, wich Naujocks Sydows bohrenden Blicken aus. »Und das weißt du auch.«

»Mag sein. Aber ich weiß auch, dass du auf mich angewiesen bist.«

»So? Weshalb denn?«

»Warum denn gleich so barsch, Waldi! Wir verfolgen doch ein und denselben Zweck.«

»Und der wäre?«

»Meine Absicht ist es, einen Mord aufzuklären. Und deine, aus den Tätern möglichst viele Informationen herauszuholen.«

»Täter? Ich glaube, da weißt du mehr als ich.«

»Lenk nicht ab, Waldi. Du weißt genau, was ich meine.«
Sydow sog an der Zigarette, klemmte sie zwischen Mittel- und Zeigefinger und sagte: »Lass uns offen miteinander reden. Ich habe etwas, das du nicht besitzt. Und du verfügst über Informationen, die ich nicht habe. Wie wär's, wenn wir uns in der Mitte träfen?«

»Ich frage mich, was so wichtig ist, dass du es unbedingt wissen musst.« An die Wand gelehnt, wanderte der Blick des LKA-Beamten zur Tür, wo ein Kollege damit beschäftigt war, auf der Klinke nach Fingerabdrücken zu suchen. »Ich dachte, der Fall sei gelöst.«

Sydow ließ sich nicht beirren. »Wie gesagt: Ich frage mich, wie es kommt, dass Gierke ins Fadenkreuz des Staatschutzes geraten ist. Er hatte doch nichts verbrochen, oder?«

»Na schön!«, sagte Naujocks, und er sagte es so, dass sein Unmut nicht zu überhören war, stieß sich von der Wand ab und bedeutete seinem Kollegen, die Tür zu schließen. »Um der alten Zeiten willen!«

»Freut mich, dass du es genauso siehst, Waldi!«, antwortete Sydow prompt. »Lass hören.«

»Das bleibt unter uns, Tom – haben wir uns verstanden?«

Sydow nickte.

»Eigentlich hatten wir es auf van der Eyck abgesehen«, gestand Naujocks und begann, in der Küche auf und ab zu gehen. »Verdachtsmomente gab es nämlich genug.«

»DDR-Flüchtling?«

»Du sagst es. Proletarische Herkunft, Reifeprüfung in Radeberg, Studium an der Humboldt-Universität, Mitgliedschaft in der FDJ – alles hat gepasst.«

»Fehlt jemand, der ihn überwacht.«

»Genau.«

»Und dieser Jemand war …«

»Constanze Behrens, du hast es erfasst.« Naujocks hielt unvermittelt inne. »Hast du dich nicht gefragt, wie es kommt, dass sie sich eine Etagenwohnung leisten kann?«

»Kleine Geschenke erhalten die Freundschaft – verstehe.«

»Dann verstehst du bestimmt auch, wie wir von dem Treffen erfahren haben.«

Sydow pfiff anerkennend durch die Zähne. »Jetzt wird mir einiges klar, Waldi.«

»Als V-Frau war sie dazu verpflichtet, Tom. So einfach ist das.«

»V- Frau – ist das so was wie ein IM?«

»Kein Grund, sarkastisch zu werden, Tom. Ich denke, uns beiden ist der Unterschied bekannt.«

»Schwamm drüber, Waldi. Auf die Art kommen wir nicht weiter.« Sydow atmete tief durch. »Korrigier mich, wenn ich falsch liege: Fräulein Behrens verständigt das LKA, eure Jungs oberservieren die Grenzübergänge, Czerny wird abgefangen und observiert. Soweit korrekt?«

Naujocks nickte.

»Dumm nur, dass etwas schiefgegangen ist.«

»Gelinde gesagt.« Naujocks setzte seine Wanderung fort. »Damit wir uns richtig verstehen, Tom: Mein Auftrag war, das Treffen zu observieren.«

»Aber dann kam etwas dazwischen. Etwas, womit du nicht gerechnet hast.«

Naujocks bejahte. »Alles, was recht ist, Tom: Auf die Idee, dass die Stasi einen Killer auf ihn angesetzt hat, bin ich nicht gekommen.«

»Folge: Du hast ihn abgeknallt, bevor er Czerny abknallen konnte.«

»Falsch.« Naujocks legte den Kopf in den Nacken, schloss die Augen und seufzte. »Eine Zehntelsekunde später, und Gierkes Informant wäre ein toter Mann gewesen.«

»Heißt das, du …«

»Logisch, dass ich zunächst auf sein Bein gezielt habe – falls es das ist, was du wissen wolltest.«

»Aber?«

»Aber dann trat ein übereifriger Kollege auf den Plan. Und hat … und hat ihm eine Kugel durch den Kopf gejagt.«

»So, hat er das.« Sydow rang nach Worten. All dies schien so unglaublich, ja geradezu bizarr, dass es ihm schwerfiel, einen Kommentar abzugeben. »Ergo: Da ihr alle Hände voll zu tun hattet, um eure Panne zu vertuschen, gelang Gierke die Flucht.«

»Schon wieder falsch. Ein weiterer Kollege besaß die Cleverness, ihm zu folgen.« Naujocks drehte sich auf dem Absatz um. »Rate mal, wohin!«

Sydow setzte seine Unschuldsmiene auf. »Etwa hierher?«

»Genau. Seinen Aussagen zufolge hat Gierkes Stippvisite exakt sieben Minuten gedauert. Danach hat er sich verkrümelt.«

»Und du?«

»Ich habe versucht, mir das Fräulein Braut zur Brust zu nehmen. Aber leider war der Vogel schon ausgeflogen.« Naujocks verzog das Gesicht. »Folglich blieb mir nichts übrig, als die Dame während der Mittagpause zum Rapport zu bitten. Tut richtig gut, so ein Spaziergang am Teltowkanal! Spaß beiseite: Leider ist unser Stelldichein nicht so gelaufen wie erhofft.«

»Das heißt, sie hat behauptet, die Fotos befänden sich nicht in ihrem Besitz.«

»Richtig.«

»Was du ihr allerdings nicht abgekauft hast.«

»Bingo.«

»Ergo: Um das Objekt der Begierde in die Hand zu bekommen, habt ihr die Wohnung von Fräulein Behrens auf den Kopf gestellt. Und zwar gründlich.«

Naujocks' Miene verfinsterte sich. »Ich muss zugeben, dass ich die Dame unterschätzt habe. Schließlich sind die Fotos ein Vermögen wert. Ein Angebot an die richtige Stelle – und schon hat man ausgesorgt.«

»Ein Grund mehr, Gierke samt Gespielin beschatten zu lassen.«

»Jetzt guck doch nicht so, Tom! Schließlich haben wir nur unsere Pflicht getan.«

»Was das betrifft, kann ich dir nicht widersprechen, Waldi.«

»Eins möchte ich jetzt mal klarstellen, Herr von Sydow: Hättest du nicht dazwischengefunkt, wäre das alles nicht passiert.«

Dunkelrot vor Zorn, hielt es Sydow nicht mehr auf seinem Stuhl. »Und wie erklärst du dir, dass Gierkes Mörder unerkannt in seine Wohnung gelangt sind? Etwa mit einer Tarnkappe? Und wenn wir gerade dabei sind: Wie kommt es, dass seine Freundin mir nichts, dir nichts entführt worden ist? Nennt man das vielleicht Observation?

Ein Tipp unter Freunden, Waldi: Die meisten Häuser haben einen Hintereingang.«

»Sie haben ihn betäubt, Tom.«

»Wie bitte?«

»Der Kollege, der dieses Haus oberserviert hat, wurde mit Ethanol betäubt. Und der Sicherheit halber mit Morphium vollgepumpt.«

»Kann es sein, dass ihr noch dazulernen müsst?«

Der Blick des LKA-Beamten verengte sich und nichts, schon gar nicht der Gesichtsausdruck, erinnerte noch an den Mann, den Sydow einst kennen- und schätzen gelernt hatte. »Kann es sein, Tom, dass du keinerlei Befugnisse hast, im Fall Gierke zu ermitteln? Ich weiß ja nicht, wie du die Dinge siehst – aber bei mir heißt so etwas Amtsanmaßung. Dafür, mein Lieber, wandert man in den Knast. Es sei denn, man hat gute Gründe vorzuweisen.«

»Die habe ich, keine Sorge.« Sydow setzte ein gekünsteltes Lächeln auf. »Darüber hinaus bin ich mir natürlich im Klaren, dass du mich ans Messer liefern kannst. Was du, wie ich dich kenne, allerdings nicht tun wirst.«

»Und warum nicht, Herr Kriminalhauptkommissar a. D.?«, zischte Naujocks, Aug in Aug mit dem Mann, der einmal so etwas wie sein Mentor gewesen war. »Denken Sie vielleicht, ich habe Skrupel?«

»Freut mich, gesiezt zu werden. Das macht es leichter, mit Ihnen ins Geschäft zu kommen.«

»Geschäft?«

»Sie haben richtig gehört, Herr Naujocks!«, antwortete Sydow, bemüht, den Stich im Herzen nicht offenkundig werden zu lassen. »Ich werde Ihnen ein Geschäft vorschlagen – ein Geschäft, das Sie unmöglich ablehnen können!«

26

»Der Polizeipräsident? Um diese Zeit?« Der Innensenator, SPD-Mitglied und seit Kriegsende in Diensten des Landes Berlin, blickte ungläubig auf die Uhr. Die Woche, eine der turbulentesten seit seinem Amtsantritt vor eineinhalb Jahren, hatte ihm gleich mehrere 16-Stunden-Tage beschert, für einen 64-Jährigen, der kurz vor der Pensionierung stand, keine Kleinigkeit. »Na gut – stellen Sie durch!«

Den Hörer am Ohr, harrte der Innensenator der Dinge, die da kamen. Das Wochenende, das er mehr denn je herbeigesehnt hatte, stand vor der Tür, und er hoffte, nicht schon wieder Adressat irgendwelcher Hiobsbotschaften zu werden. Daran hatte in letzter Zeit nämlich kein Mangel geherrscht. Der aus Görlitz stammende Verwaltungsexperte, den die Aura des gütigen Patriarchen umgab, sandte ein Stoßgebet zum Himmel, in der Hoffnung, das nun folgende Gespräch möge nichts mit den Geschehnissen um den Tunnel 57 zu tun haben. Bei aller Freude, die er und die meisten Berliner über die geglückte Flucht empfanden, hatte die Affäre nämlich auch einen bitteren Beigeschmack gehabt. Fluchttunnel zu graben, und das mit stillschweigender Billigung der Behörden, war gewiss eine Sache. Dass dabei Menschen zu Schaden kamen, stand dagegen auf einem anderen Blatt. So etwas durfte nicht passieren, wusste er doch nur zu gut, welchen Aufwind der Tod des NVA-Unteroffiziers den DDR-Propagandisten beschert hatte. Ob Notwehr oder nicht – jeder Tote, der sein Leben an der Mauer ließ, war ein Toter zu viel, und es spielte keine Rolle, ob er aus dem Osten oder dem Lager des vermeintlichen Klassenfeindes stammte. »Guten Abend, Herr Polizeipräsident – was kann ich für Sie tun?«

»Verzeihen Sie die Störung, Herr Innensenator – aber es gibt da etwas, das ich Ihnen nicht vorenthalten möchte.«

»Ich höre.« Auf alles gefasst, atmete der Angesprochene auf. Stimme und Tonfall ließen auf frohe Kunde schließen, wobei er sich nichts sehnlicher wünschte, als dass seine Vermutung Realität werden würde. »Um was handelt es sich?«

»Um Dinge von größter Wichtigkeit«, ließ die Stimme am Ende der Leitung verlauten, und das, wie der Innensenator feststellte, mit unterschwelligem Stolz im Ton. »Wenn ich ehrlich bin, wollte ich es zuerst nicht glauben.«

»Genug der Vorrede, Duensing – was liegt an?«

»Es geht um den Tunnel 57, Herr Innensenator.«

Um was auch sonst!, dachte der 64-Jährige, darauf gefasst, die Felle samt und sonders davonschwimmen zu sehen. »Irgendwelche neuen Erkenntnisse?«

»Kann man wohl sagen!«

Der Polizeipräsident hielt, was sein geheimnistuerisches Gebaren versprach. Halb ungläubig, halb staunend, presste der Innensenator den Hörer ans Ohr, und er musste seine ganze Selbstbeherrschung aufbieten, um die Genugtuung, die er empfand, nicht offenkundig werden zu lassen. »Meinen Glückwunsch, Herr Polizeipräsident –«, schloss der Mittsechziger am Ende des Telefonats, in dessen Verlauf sich seine Miene deutlich aufzuheitern begann, »Sie und die beteiligten Beamten haben Ihre Sache wirklich gut gemacht.«

»Danke, Herr Innensenator!«, lautete die Antwort, aus der, wenn auch kaum wahrnehmbar, ein Hauch von Unsicherheit herauszuhören war. »Und was, wenn die Frage erlaubt ist, gedenken Sie jetzt zu tun?«

»Man soll das Fell des Bären nicht verteilen, bevor er erlegt ist!«, lautete die Antwort, was, wie der Spitzenpolitiker vorausahnte, den Anrufer schwerlich zufriedenstellen würde. »Sehen Sie zu, dass Sie in den Besitz der Fotos gelangen, Duensing – danach sehen wir weiter.«

Der Polizeipräsident ließ jedoch nicht locker. »Davon, denke ich, können wir getrost ausgehen«, erwiderte er, wobei der Argwohn, der in seinen Worten mitschwang, nicht zu überhören war. »Finden Sie nicht, es wäre an der Zeit, denen da drüben mal so richtig eins auszuwischen?«

»Bei aller Hochachtung für Sie und Ihre Mitarbeiter – es wäre das Falscheste, was wir unter den gegebenen Umständen tun könnten«, antwortete der Innensenator, bemüht, Zweifel an seiner Entschlossenheit erst gar nicht aufkommen zu lassen. »Öl ins Feuer gießen, kommt nicht infrage!«

»Nicht gießen, Herr Innensenator, sondern gießen lassen.«

»Wie meinen Sie das, Duensing?«

»Bei allem gebührenden Respekt: Wir beide, Sie und ich, wissen genau, was man tun muss, um nicht in die Schusslinie zu geraten.«

»Jetzt ist es aber genug, Herr Polizeipräsident! Nehmen Sie zur Kenntnis: Weder sind Sie befugt, sich in die Belange des Senats einzumischen, noch dazu, Ihren Vorgesetzten Ratschläge zu erteilen. Das heißt, Sie werden dafür Sorge tragen, dass die Fotos möglichst schnell in den Besitz des Staatsschutzes kommen. Alles Weitere überlassen Sie bitte mir.«

»Aber …«

»Kein ›Aber‹, Herr Polizeipräsident. Sie händigen mir die Fotos aus, und damit Schluss.« Entgegen seiner Art, die Dinge nüchtern zu betrachten, begann es in dem 64-Jährigen Stoiker zu brodeln. »Haben Sie auch nur ein paar Sekunden darüber nachgedacht, was passiert, wenn wir die Erkenntnisse im Fall Schultz an die große Glocke hängen, oder, um Ihren Vorschlag aufzugreifen, den Obduktionsbericht an die Presse weiterleiten würden? Die DDR-Bonzen stünden am Pranger, da haben Sie recht. Und was dann? Denken Sie, die würden das einfach auf sich sitzen lassen? Ja? Wer das glaubt, kennt die Genossen in Pankow schlecht. Glauben Sie mir, Duensing: Keine drei Tage wären vergangen, und schon hätten Ulbricht & Co. eine Antwort parat. Und wissen Sie auch, welche?«

»Heißt das, Sie glauben, die würden das Passierscheinabkommen …«

»Freut mich, dass Sie endlich auf den Trichter gekommen sind!«, fuhr der Innensenator dazwischen, ganz und gar nicht mehr der Stoiker, als den ihn die Öffentlichkeit kannte. »Zu Ihrer Information, Duensing: Vor gut einem Jahr, genauer gesagt zwischen dem 19. Dezember und 5. Januar, kamen 1,2 Millionen Besuche von

700.000 West-Berlinern bei ihren Verwandten im Osten zustande. Was, wie wir alle hoffen, durch das unlängst abgeschlossene Folgeabkommen übertroffen werden wird. So, und jetzt frage ich Sie: Wollen Sie etwa, dass all das wegen einer billigen Retourkutsche aufs Spiel gesetzt wird? Doch wohl kaum. Und darum nochmals, Herr Polizeipräsident: Sie stehen mir dafür gerade, dass die Fotos samt Negativen umgehend in meine Hände gelangen. Alles Weitere bitte ich tunlichst mir zu überlassen. Tun Sie Ihre Pflicht, Duensing – und kümmern Sie sich um Dinge, die Sie etwas angehen. Soweit alles klar, Herr Polizeipräsident? Wiederhören!«

27

»Wo hast du das her, Tom?«, stieß Veronika von Oertzen hervor, die Schwarz-Weiß-Fotos in der Hand, welche Sydow ihr kurz zuvor überreicht hatte. »Du ... Du hast doch hoffentlich kein krummes Ding gedreht?«

»I wo!«, wiegelte Sydow ab, der sich in seinen Ohrenbackensessel gefläzt und verfolgt hatte, wie seine Stieftochter ein Foto nach dem anderen betrachtet, immer wieder den Kopf geschüttelt und derart fassungslos vor sich hin gestarrt hatte, dass man den Eindruck bekam, sie habe den Verstand verloren. »Alles in Butter, Vroni.«

»Das glaubst du doch wohl selbst nicht, oder?« Dass Vroni ahnte, was gespielt wurde, war Sydow natürlich klar. Mindestens ebenso klar war aber auch, dass von dem, worüber in seinem Arbeitszimmer gesprochen wurde, nichts nach außen dringen durfte. Genau das war der neuralgische Punkt, und er tat gut daran, ihn nicht aus den Augen zu verlieren. »Ich glaube, ich will nicht wissen, wie du das hingedeichselt hast!«

»Überaus vernünftig von dir, Vroni«, pflichtete Sydow seiner Stieftochter bei, die ihn aufgrund des Blicks, mit dem sie ihn fixierte, einmal mehr an seine Frau Lea erinnerte. »Auf die Art bekommst du wenigstens keinen Ärger mit mir.«

»Ärger? Mir dir? Das soll doch wohl ein Witz sein, oder?«

»Keineswegs!«, gab Sydow zur Antwort, erhob sich und durchmaß den Ort, an dem er sich stets am wohlsten gefühlt hatte. Lea hatte es längst aufgegeben, ihn zu mehr Ordnung anzuhalten, und die Folge war, dass in seinem Arbeitszimmer das reine Chaos herrschte. Überall, sogar auf dem Fensterbrett, lagen Zeitungen, Magazine und Bücher herum, die einen bereits angegilbt, die anderen aufgeschlagen und ein beträchtlicher Teil, wozu ein knappes Dutzend Kompendien mit Dienstvorschriften gehörte, noch gänzlich unberührt. »Eins musst du mir versprechen, mein Kind.«

»Was denn, Tom?«

»Dass von dem, was du zu Gesicht bekommen hast, nichts nach außen dringt.«

»Schade.« Veronika von Oertzen warf einen letzten Blick auf das Foto, auf dem das Kürzel M.f.S. und der Vermerk ›Vertrauliche Dienstsache‹ zu erkennen war, öffnete den bereitliegenden Umschlag und beeilte sich, die Bilder darin zu verstauen. »Damit könnte man eine Menge Geld verdienen.«

»Ich meine es ernst, Vroni!«, beharrte Sydow, dem momentan nicht nach Scherzen zumute war. Zum weiß Gott wievielten Mal hatte er Dinge erlebt, die er nie und nimmer für möglich gehalten hätte, allen voran die Wandlung, die mit Naujocks vor sich gegangen war. Daran würde er noch geraume Zeit zu kauen haben, wobei die Befürchtung, einen Freund verloren zu haben, nicht von der Hand zu weisen war. »Du musst mir versprechen, mit niemandem darüber zu reden.«

»Nicht einmal mit Mama?«

»Auch nicht mit deiner Mutter – unter keinen Umständen.«

»Findest du nicht, das geht ein bisschen weit?«

»Es bleibt dabei, Vroni: Kein Mensch darf je davon erfahren. Weder Lea, noch Hajo, noch irgendwelche Freunde oder Freundinnen. Es sei denn, du willst, dass ich Ärger bekomme.«

»Das ganz bestimmt nicht, Tom.«

»Na also. Dann wären wir uns ja einig!«, antwortete Sydow und nahm den Umschlag, der auf seiner Schreibtischplatte lag, wieder in Besitz. »Ich hoffe, du siehst die Dinge nun ein wenig anders.«

Veronika von Oertzen nickte. »Danke für alles, Tom.«

»Gern geschehen!«, antwortete Sydow, steckte den Umschlag in seine Jacke und frotzelte: »51 und schon Großvater – von mir aus hättet ihr euch ruhig ein bisschen mehr Zeit lassen können!«

»Jetzt hab dich nicht so, Tom!«, frotzelte Sydows Stieftochter zurück, heilfroh, das Gespräch in andere Bahnen lenken zu können. »Wie ich dich kenne, bist du bestimmt wild darauf, den Babysitter zu … Kann es sein, dass es eben geklingelt hat, Tom?«

»Kann sogar sehr gut sein«, murmelte Sydow, warf einen Blick auf die Uhr und hob die Hand zum Gruß. »Bis bald, Vroni, und schöne Grüße an Hajo!«

*

»Kaum zu Hause, und schon geht's wieder ab durch die Mitte!«, wetterte Lea, die Sydow um ein Haar über den Haufen gerannt hätte. »Und wo soll die Reise hingehen?«

»Erzähl' ich dir später«, gab Sydow zurück, senkte den Blick und sagte: »Wenn alles glatt geht, bin ich gleich wieder da.«

»Stell dir vor: Den Spruch höre ich zum ersten Mal.«

»Hör zu, Lea –«, druckste Sydow herum, krampfhaft bemüht, einen möglichst galanten Abgang hinzulegen, »ich … ich will Kroko nicht unnötig warten lassen. Du weißt doch, wie er ist.«

Doch so leicht, wie er es sich erhofft hatte, ließ sich Lea nicht besänftigen. »Aus dir soll mal einer schlau werden, Tom Sydow!«, rief sie kopfschüttelnd aus, während Sydow den Hut vom Garderobenhaken riss, seinen Schal um den Hals warf und versuchte, Leas Gardinenpredigt zu entgehen. »Erst machst du dich mir nichts, dir nichts aus dem Staub, dann lässt du stundenlang nichts von dir hören, tauchst wie aus dem Nichts wieder auf und ziehst dich mit Vroni zu einer Geheimsitzung zurück. Kannst du mir verraten, was das soll?«

»In einer Stunde bist du schlauer, mein Schatz – Ehrenwort.«

»Du hast doch kein krummes Ding gedreht, oder?«, brummte Lea, die dem Drang, Schal und Jackenkragen in die gewünschte Ordnung zu bringen, trotz spürbarer Verärgerung nicht widerstehen konnte. »Halt still – so kannst du doch nicht rumlaufen!«

»Stell dir vor: Den Spruch höre ich bereits zum zweiten Mal.«

»Auch noch frech werden – so hab ich's gern«, konterte Lea, ein Schmunzeln im Gesicht, das Entwarnung signalisierte. »Aber was soll's – bei dir ist ohnehin Hopfen und Malz verloren!«

28

Sydow hatte sich damit abgefunden, dass dies ein Tag der unliebsamen Überraschungen werden würde. Zuerst, quasi als Auftakt, der Krach zwischen Vroni und Hajo, dann die Schießerei im Park, wo er, Berlins Antwort auf Emil Zatopek, zum denkbar falschesten Zeitpunkt aufgekreuzt war, der Mord an Gierke, die Entführung seiner Freundin, der Kuhhandel mit Naujocks – und jetzt, auf dem Weg zum Stelldichein der besonderen Art, die Nachricht, dass van der Eyck, Chefredakteur von Berlins größtem Boulevardblatt, sich nach Ost-Berlin abgesetzt hatte. Kriminalrat Dr. Wagenbach, sein Stasi-Kumpel, mit inbegriffen.

Das musste man erst mal verkraften.

»So, ich denke, jetzt bist du auf dem neuesten Stand!«, schloss Krokowski seine Ausführungen, die, getreu seiner nervtötenden Art, überaus detailliert und ausführlich gewesen waren. »Nicht schlecht, die Idee mit der Telefonzelle, oder?«

Sydow deutete ein Nicken an. Nein, schlecht war die Idee ganz bestimmt nicht. Schließlich konnte man nie wissen, wer alles in der Leitung herumlungerte, und es wäre töricht gewesen zu vermuten, dass van der Eyck und Wagenbach die einzigen Filialleiter der Firma in West-Berlin waren. Darüber nachzugrübeln, wo der

Stasi-Konzern noch überall Lauschposten besaß, lohnte jedoch nicht. Kroko und er hatten ihr Bestes getan, wieder einmal Leib und Leben riskiert und dort weitergemacht, wo andere Kollegen dankbar abgewinkt hätten. Das allein zählte, und es kümmerte ihn herzlich wenig, ob die Dienstvorschriften, mit denen er ohnehin auf Kriegsfuß stand, eingehalten worden waren.

»Seltsam!«, murmelte Krokowski und nahm den Fuß vom Gas, um nach rechts in die Chausseestraße einzubiegen. »Hätte ich wirklich nicht gedacht.«

»Was denn?«

»Dass sich Waldi … Dass mit Naujocks eine solche Verwandlung vorgegangen ist, meine ich.«

»Weißt du, was ich denke, Kroko?«

»Du und denken? Das wäre ja mal was ganz …«

»Ich denke, es ist wurstegal, mit welchem Club von Geheimniskrämern du deinen ganz persönlichen Teufelspakt abschließt. Irgendwann haben sie dich am Wickel, machen einen anderen Menschen aus dir. Ich wette, die meisten kriegen es nicht mal richtig mit. ›Schwert und Schild der Partei‹ – klingt toll, findest du nicht auch? Stell dir vor, du malochst dir einen ab, ackerst wie verrückt und kannst dir gerade mal eben eine Zwei-Zimmer-Wohnung leisten. Du bist einer von vielen, und niemand, schon gar nicht die Damenwelt der gehobenen Mittelklasse, nimmt Notiz von dir. Und plötzlich kommt jemand und bietet dir einen Job in der Firma an. Und siehe da – plötzlich bist du am Ziel deiner Träume. Kommst dir wichtig vor. Hast ein Ziel vor Augen. Dienst dem Staat. Hast Macht. Bist gefürchtet. Stehst auf der richtigen Seite. Weißt, wo's langgeht. Bist Teil eines allmächtigen Kollektivs.« Sydow schnaubte. »Glaub mir, Kroko, die wissen genau, bei wem sie es versuchen müssen.«

Sydows Partner hatte zwar eine Antwort parat, kam jedoch nicht mehr dazu, sie an den Mann zu bringen. »Wir sind da.«

*

Der Treffpunkt, auf den sich Sydow mit Naujocks geeinigt hatte, hätte ungewöhnlicher nicht sein können. Er lag an der Stelle, wo die Boyen- in die Chausseestraße mündete, und war so ziemlich der letzte Ort in Berlin, an den es ihn nachts hingezogen hätte. Da Sydow jedoch darauf bedacht war, sein Blatt nicht zu überreizen, hatte er zugestimmt. Schließlich kam es nicht darauf an, wo der letzte Akt des Dramas stattfinden würde, sondern dass er überhaupt stattfinden würde. Das, und nur das, spielte momentan eine Rolle.

Straßenbahnschienen, die im Nichts endeten, ein Strich, der den exakten Grenzverlauf markierte, Stacheldraht, so weit der Blick reichte, die weiß getünchte, aus Betonblöcken errichtete Mauer entlang der Liesenstraße, grelles, aus Bogenlampen auf den feuchten Asphalt flutendes Licht, Mietshäuser, deren Konturen in der Dämmerung verschwammen, dazu der Schlagbaum, Sichtblenden, Beobachtungsposten, feuchtwarmer, nicht enden wollender Nieselregen – für ihn, Sydow, war dies keine Szene, welche der Realität entstammte.

Es war die Szene aus einem Albtraum.

Einem Traum, wie er schlimmer nicht hätte sein können.

Und dann auch noch dieses Warten. Sekunden dehnten sich zu Minuten, Minuten scheinbar zu Stunden. Kein Fußgänger, der die Grenzübergangsstelle überquerte, kein PKW, kein Anzeichen, dass sich etwas tun würde.

Kurzum: von Naujocks keine Spur.

Doch dann, als Sydows Geduld zur Neige ging, kam Bewegung in die gespenstische Szenerie. Bevor Krokowski oder Sydow zum Nachdenken kamen, brauste aus nordöstlicher Richtung eine Limousine heran, offenbar in der Absicht, in die Liesenstraße einzubiegen.

Genau das tat sie jedoch nicht. Kaum auf Kurs, vollzog der Fahrer eine Vollbremsung, stieß zurück, riss das Steuer nach links, gab kurz Gas und blieb stehen.

Sekunden später öffneten sich die Beifahrer- und die linke Hintertür. Naujocks und ein weiterer Beamter stiegen aus. Letzterer, den Sydow sofort wiedererkannte, umrundete die Limousine, wechselte ein paar Worte mit Naujocks, riss die Hintertür auf und nahm dem Mann, der auf dem Rücksitz saß, die Handschellen ab.

Um herauszubekommen, wer der Insasse war, hätte Sydow nicht hinzusehen brauchen.

Der Mann mit der getönten Brille ließ sich Zeit, schien sich der Tatsache, dass er am längeren Hebel saß, absolut sicher zu sein. Wechselte ein paar Worte mit Naujocks, reckte die steifen Glieder, ließ sich Feuer geben, peilte die Lage.

Wandte sich um und lächelte ihn an.

»Bleib sitzen, Tom – sonst kriegst du es mit mir zu tun.« Wie so oft, wenn Sydow die schwarze Galle hochkam, behielt Krokowski auch dieses Mal die Nerven. »Oder willst du alles vermasseln?«

»Weißt du überhaupt, wer das …«

»Du hast ihn mir beschrieben – schon vergessen?«, hörte Sydow den langjährigen Kollegen sagen. »Du und ich wissen, dass er Gierke auf dem Gewissen hat. Dass er ihn womöglich foltern ließ. Dass er hinter der Entführung von Constanze Behrens steckt.«

»Grund genug, ihm die Visage zu polieren, findest du nicht?«

»Das werden andere übernehmen, verlass dich drauf«, versicherte Krokowski und lockerte den Griff, mit dem er Sydows Linke umklammert hielt. »Wenn du denkst, er bekommt den Lenin-Orden, befindest du dich im Irrtum.«

Sydow kam nicht dazu, etwas zu erwidern. Gierkes Peiniger hatte sich gerade abgewandt, als die Stahltür, die für Fußgänger bestimmt war, geöffnet wurde.

Ohne eine Miene zu verziehen, hob Radek die Hand, tippte sich an die Hutkrempe und schlenderte auf die weiße Linie zu, die den Verlauf der Grenze zwischen Ost und West markierte. Dort angekommen, blieb er kurz stehen und wartete, bis Constanze Behrens an ihm vorübergegangen war. Danach setzte er seinen Weg fort.

Kurz darauf fiel die Tür ins Schloss.

Der Vorgang dauerte nur wenige Minuten, und ehe sich Sydow und sein Wegbegleiter versahen, war auch die Limousine samt LKA-Beamten und einer sichtlich erleichterten V-Frau in der hereinbrechenden Dunkelheit verschwunden.

Zurück blieb der Mann, von dem Tom Sydow einmal geglaubt hatte, dass er es weit bringen würde. Als sei nichts geschehen, blieb Waldemar Naujocks einfach stehen, die Hände in den Hosentaschen seines Maßanzuges vergraben. Dann, vor unerwünschten Zeugen sicher, rückte er seine Krawatte zurecht, überquerte die Straße und nickte Krokowski, der jede seiner Bewegungen verfolgte, mit der ihm eigenen Nonchalance zu.

»Da, nehmen Sie!«, war alles, was Eduard Krokowski zu sagen hatte, einen braunen Umschlag in der ausgestreckten rechten Hand. »Wer weiß, vielleicht bringt Ihnen das eine Beförderung ein.«

Dann kurbelte er das Fenster loch, ließ den Motor an und fuhr los.

*

»Donnerwetter«, murmelte Sydow, nachdem der Mercedes 190c gewendet, auf über 80 km/h beschleunigt und die Grenzanlagen hinter sich gelassen hatte. »Dem hast du's aber gezeigt!«

»War nicht meine Absicht«, bekannte Krokowski, dem die Anspannung, unter der er gelitten hatte, deutlich anzumerken war. Sichtbarer Beweis war die zerzauste zitronengelbe Fliege, auf die sein Freund, wie Sydow überrascht bemerkte, keinerlei Aufmerksamkeit verwendete. »Tut mir leid, aber ich kann die Kollegen vom LKA nun mal nicht leiden.«

»Wer kann das schon!«, pflichtete Sydow seinem Nebenmann bei, während sich auch bei ihm eine Spur von Müdigkeit breitzumachen begann. Einmal mehr hatte er mit einem Fall zu tun gehabt, der ihm alles abverlangte. Hätte er gewusst, was der Tag bringen würde, wäre er vermutlich im Bett geblieben. Dank würden er und Kroko ohnehin nicht ernten, und sie konnten von Glück sagen, dass ihre Eskapaden unbemerkt geblieben waren. »Hätten wir die Fotos nicht gehabt, wären wir am …«

»… Ende, da muss ich dir recht geben!«, bekannte Krokowski und fügte mit spitzbübischem Grinsen an: »Falls es das ist, was du sagen wolltest.«

»Wenn ich ehrlich bin, wollte ich eigentlich etwas anderes sagen«, druckste Sydow herum, während der Mercedes Alt-Moabit durchquerte und sich mit überhöhter Geschwindigkeit der Luther-Brücke näherte. »Mensch, kannst du nicht mal ein bisschen langsamer fahren? Wenn uns jemand sieht, sind wir reif!«

Krokowski lenkte wider Erwarten ein. »Was mich betrifft, bin ich reif für die Couch«, gab er freimütig zu. »Noch so ein Tag, und ich hänge meinen Job an den Nagel.«

»Die Couch können Sie sich abschminken, Herr Kriminalkommissar«, widersprach Sydow, angenehm überrascht, weil die Geschwindigkeit in etwa 50 km/h betrug. »Es gibt nämlich was zu feiern.«

»Wo denn? Im Savoy?«

»Nein, du Snob – bei uns zu Hause.«

»Bei euch zu Hause?«, wiederholte Krokowski, setzte eine spitzbübisches Grinsen auf und fragte: »Lässt sich Lea endlich von dir scheiden?«

»Idiot«, erwiderte Sydow und verpasste seinem Freund einen Rippenstoß, der dazu führte, dass sich die Geschwindigkeit der Limousine erneut spürbar verringerte. »Ich werde Opa – deshalb!«

Wie vom Schlag getroffen, fuhr Krokowskis Kopf nach rechts, und er stierte seinen Beifahrer mit weit aufgerissenen Augen an.

Sydow machte eine entschuldigende Geste, kam jedoch nicht mehr dazu, den Kalauer, den er sich zurechtgelegt hatte, an den Mann zu bringen.

Krokowski, im Nebenberuf Verkehrssünder, war auf den vorausfahrenden VW Käfer aufgefahren, der vor einer Ampel hielt.

Sekunden später, im Bewusstsein, nur geringfügigen Blechschaden verursacht zu haben, lehnten sich die beiden Kripo-Beamten zurück, atmeten auf und blickten einander ins schreckensbleiche Gesicht.

Danach brachen sie in schallendes Gelächter aus.

›Der Pistolenschütze Zobel war bis zu seinem Tode überzeugt, der Mordschütze gewesen zu sein. Und es ist ihm
zu glauben, dass er Zeit seines Lebens darunter litt, einen
Menschen getötet zu haben. Nach dem Ende der DDR
wurden jedoch Dokumente des Ministeriums für Staatssicherheit gefunden, die belegen: Egon Schultz wurde zwar
durch einen Pistolenschuss schwer verletzt; die tödliche
Kugel kam indessen aus einer Waffe der DDR-Grenz-
posten. Der Obduktionsbericht des namhaften Rechts-
mediziners Prof. Otto Prokop, der bis zum Ende der
DDR geheime Verschlusssache geblieben war, ließ keinen Zweifel: Schultz starb wegen eines tragischen Ver-
sehens. Er war ein Opfer. Opfer des gnadenlosen Kamp-
fes zweier Systeme.‹

(NEUES DEUTSCHLAND, 13. 08. 2012)

EPILOG

(Ost-Berlin, Montag, 12. Oktober 1964)

29

Die Sache ließ ihm keine Ruhe. Wieso, wusste er nicht. Was er indes wusste, war, dass er einen Schlussstrich ziehen musste.

Es war Zeit, das Kapitel zu beenden.

Allerhöchste Zeit.

Bevor dies geschah, wollte er sich jedoch ein Bild von der Lage machen. Akten hatte er genug studiert, Fotos betrachtet, seitenweise Berichte studiert. An der Tatsache, dass es ihm immer noch ein Rätsel war, wie 57 Republikflüchtlinge unbemerkt entkommen konnten, änderte dies jedoch nichts. Wenn die Grenzanlagen so leicht überwunden und die Grenztruppen beziehungsweise Stasi-Einheiten so leicht düpiert werden konnten, war irgendetwas nicht in Ordnung. Dann mussten Köpfe rollen, falls nötig, auch diejenigen, welche auf den Schultern der Führungskader saßen.

Sich selbst hatte Erich Mielke, Minister für Staatssicherheit der DDR, natürlich nicht im Sinne. Zählte er doch zu einem Typ Mensch, der an dem, was er tat, keinerlei Zweifel hegte. Dem Sozialismus gehörte die Zukunft, woran die Wühlarbeit der Saboteure, die vor zehn Tagen auf das Territorium des Arbeiter-und-Bauern-Staates vorgedrungen waren, nichts geändert hatte. Alles, was es brauchte, waren Zähigkeit, Ausdauer und Härte –

Zähigkeit im Umgang mit den Widrigkeiten, auf die man beim Aufbau des Sozialismus stieß, Ausdauer im Kampf mit dem Klassenfeind, der nichts unversucht ließ, dem eigenen Land zu schaden, Härte im Umgang mit den kriminellen Elementen, die sich die Destabilisierung des Sozialismus auf die Fahnen schrieben. Das war es, worauf es ankam, und das war es auch, worauf er seine Energie verwenden würde.

Zuvor jedoch galt es, einen Schlussstrich zu ziehen, in der Hoffnung, dass sich die Ereignisse vor einer Woche nicht wiederholen würden. Allein auf dem Hinterhof, wie es ihn entlang der Mauer zu Dutzenden gab, sah sich Mielke nach allen Seiten um. In Zukunft, so sein Entschluss, musste eben noch mehr Energie darauf verwendet werden, die Staatsgrenze zu sichern. Falls nötig, auch dadurch, indem die neuralgischen Punkte beseitigt und Häuser in Grenznähe dem Erdboden gleichgemacht wurden. An Horchposten, zusätzlichen Hindernissen, Wachtürmen und Postenwegen würde dabei ebenso wenig ein Weg vorbeiführen wie an Minen oder Selbstschussanlagen. Je sicherer die Staatsgrenze war, desto geringer die Chance, dass gedungene CIA-Spitzel oder vom Westen eingeschleuste Diversanten ihr unheilvolles Werk verrichten konnten. War das Werk, das ihm vorschwebte, erst vollendet, würde es keine Störmanöver mehr geben. Das war seine feste – und durch nichts zu erschütternde – Überzeugung. Um dem Sozialismus zum Sieg zu verhelfen, war jedes Mittel recht. Daran hegte er nicht den geringsten Zweifel.

Auch Pannen und Missgeschicke, zu denen der Tod des Unglücksraben vor einer Woche zählte, würden ihn,

Erich Mielke, nicht von seinem Weg abbringen. So etwas passierte eben, und wenn, war es das Beste, den Spieß einfach umzudrehen. Die Andeutung eines Lächelns im Gesicht, betrachtete der MfS-Chef die Spuren, welche von der Schießerei übrig geblieben waren. Überall an den Backsteinwänden, angefangen bei der Tür, waren frisch verputzte Stellen zu erkennen, unübersehbare Anzeichen, dass es sich um ehemalige Einschusslöcher handelte. Dass es nicht mehr Tote gegeben hatte, wunderte ihn, war der Hof, den er überquerte, doch so eng, dass man sich fragte, wie die Flucht der Banditen hatte gelingen können.

An der Schmalseite des Hofes angekommen, wandte sich Mielke nach links, erklomm die Stufen, die zum Toilettenhäuschen führten, und fragte sich abermals, wieso der Schacht, in den er blickte, gänzlich unbemerkt geblieben war. Es gehörte schon viel Dreistigkeit dazu, so etwas zuwege zu bringen, aber damit allein, fürchtete er, konnte man die ärgerliche Panne nicht erklären. Um so etwas zu bewerkstelligen, brauchte man Mitwisser. Und Zuträger. Informanten. Spitzel. Sympathisanten. Kriminelle Elemente. Konterrevolutionäres Gesindel, das Schmiere stand. Verräter, die bereit waren, ihre Fahne nach dem Wind zu drehen.

Fazit: Es gab nicht nur viel, sondern jede Menge zu tun. Getreu der Devise, dass Kontrolle allemal besser als Vertrauensseligkeit war, musste die Feindaufklärung unbedingt verstärkt werden. Doch damit, so stand zu befürchten, war es nicht getan. Nicht im Entferntesten. Wie überall, wo mit Wühlarbeit des Klassenfeindes zu rechnen war, mussten zusätzliche Kräfte eingesetzt werden, seien es Einheiten des MfS, seien es Mitarbeiter, deren Aufgabe darin bestand, antisozialistische Elemente zu enttarnen und ihrer gerechten Strafe zu überführen. Ohne Terror war die Tugend machtlos. An dieser Maxime von Dserschinski führte kein Weg vorbei.

Mielke hatte genug gesehen, und so machte er kehrt und schlug den Weg zum Hinterausgang des Mietshauses in der Strelitzer Straße ein. Auch heute, zwei Tage nach der Beerdigung des NVA-Unteroffiziers Schultz, gab es wieder eine Menge zu tun, weshalb er beschloss, sich auf schnellstem Weg ins Büro chauffieren zu lassen.

»Und?«, fragte Mielke seinen Adjutanten, nachdem er auf dem Rücksitz seiner Dienstlimousine Platz genommen und dem Fahrer die Weisung erteilt hatte, in die Normannenstraße zurückzukehren. »Irgendwelche Neuigkeiten?«

»Gute und schlechte«, gab der frischgebackene Major, blond, drahtig und mit unverkennbar sächsischen Zungenschlag, postwendend zurück. »Leider.«

»Die schlechten zuerst, wenn's nicht anders geht!«

»Von Czerny fehlt nach wie vor jede Spur.«

»Und die guten?«

Der Adjutant räusperte sich, und wie um die Bedeutung der nun folgenden Nachricht zu unterstreichen, drehte er sich zu seinem obersten Dienstherrn um. »Während Sie den Tatort inspiziert haben, erreichte mich die Nachricht, dass der Befehl, Radek zu liquidieren, ausgeführt worden ist. Gestatten Sie mir eine Frage, Genosse Minister?«

Mielke nickte.

»Wonach hat er eigentlich gesucht?«

Mielkes Züge verhärteten sich, und da er sich das Unbehagen, welches ihn beschlich, nicht anmerken lassen wollte, wandte er den Blick ab und sah zum Fenster hinaus. »Wonach dieser Versager gesucht hat, wollen Sie wissen?«, schnaubte der Tschekist alter Schule, wieder ganz der Bullterrier, wie er landauf, landab gefürchtet war. »Nach etwas, das hoffentlich nie publik werden wird!«

ENDE

GLOSSAR

AK-47

Awtomat Kalaschnikowa, obrasza 47 (aus der ehemaligen Sowjetunion stammende und mittlerweile weltweit gebräuchlichste Handfeuerwaffe)

Becher-Hymne

Nationalhymne der Deutschen Demokratischen Republik (Text: Johannes R. Becher, Musik: Hanns Eisler)

Borsody, Hans von

Schauspieler österreichischer Herkunft (geb. am 20. 9. 1929 in Wien)

Chruschtschow, Nikita Sergejewitsch (1894–1971)

Partei- bzw. Regierungschef der ehemaligen Sowjetunion

Drache, Heinz (1923–2002)

Schauspieler bzw. Hörspiel- und Synchronsprecher aus Essen

Dserschinski, Felix Edmundowitsch (1877–1926)

Sowjetrevolutionär polnischer Herkunft und erster Leiter der Tscheka

Durbridge, Francis (1912–1998)

Schriftsteller bzw. Theater-, Hörspiel- und Drehbuchautor für Fernsehkrimis aus Hull/GB

Faites votre jeu!
Machen Sie Ihr Spiel!

Fangio, Juan Manuel (1911–1995)
Formel -1-Weltmeister aus Argentinien

FU
Berlin Freie Universität Berlin

Gelbes Elend
Zuchthaus Bautzen I, heute Justizvollzugsanstalt des Landes Sachsen

Gorki-Park
Vergnügungspark in Moskau

Grepo
Grenzpolizei bzw. Grenztruppen der DDR

Honecker, Erich (1912–1994)
Organisator des Baus der Berliner Mauer, SED-Generalsekretär, Staatsratsvorsitzender und Vorsitzender des Nationalen Verteidigungsrates der DDR

KGB
In- und Auslandsgeheimdienst der ehemaligen Sowjetunion

KPC
Kommunistische Partei der Tschechoslowakei

Kraus, Peter
Schauspieler und Sänger (geb. am 18. 3. 1939 in München)

Kursk
Stadt im europäischen Teil Russlands

Lenin, Wladimir Iljitsch (1870–1924)
Politiker, Revolutionär, marxistischer Theoretiker, Regierungschef Sowjetrusslands und Vorsitzender der KPdSU

Liebermann, Max (1847–1935)
Maler; Grafiker und einer der bedeutendsten Vertreter des deutschen Impressionismus

Lingen, Theo (1903–1978)
Schauspieler, Regisseur und Buchautor

LKA
Landeskriminalamt

Lubjanka
Hauptquartier, Gefängnis und Archiv diverser sowjetischer Geheimdienste

Machorka
Tabaksorte aus Russland

Makarow
Selbstladepistole aus sowjetischer Produktion

Matern, Herrmann (1893–1971)
SED-Spitzenfunktionär

MfS
Ministerium für Staatssicherheit

NKWD
Volkskommissariat für Innere Angelegenheiten der UdSSR

Norden, Albert (1904–1982)
Journalist und SED-Spitzenfunktionär

OibE
Offizier im besonderen Einsatz

Prinz-Albrecht-Straße 8
Gestapo-Zentrale in Berlin

RIAS
Rundfunk im amerikanischen Sektor

Rien ne va plus!
Nichts geht mehr! (frz.)

Rockefeller, John D. (1839–1937)
US-amerikanischer Unternehmer und reichster Mann seiner Zeit

Rotunde
Baukörper aus kreisförmigem Grundriss

SED
Sozialistische Einheitspartei Deutschlands

Springer, Axel (1912-1985)
Zeitungsverleger und Gründer der bis heute bestehen-
den Springer-AG

Stalin, Josef Wissarionowitsch (1878-1953)
Revolutionär aus Georgien und späterer Diktator der
Sowjetunion

Tschaika
Luxuslimousine aus sowjetischer Produktion

Towarischtsch
Genosse (russ.)

Tschekist
Angehöriger der Tscheka, des Geheimdienstes zur Zeit
von Lenin

Ulbricht, Walter (1893–1973)
SED-Generalsekretär von 1950–1971

VEB
Volkseigener Betrieb

Vopo
Angehöriger der DDR-Volkspolizei

Walther PPK
Selbstladepistole des deutschen Waffenherstellers Carl
Walther GmbH Sportwaffen

Wartburg
Handelsname der von 1956 bis 1991 im VEB Automo-
bilwerk Eisenach hergestellten Personenkraftwagen-Bau-
reihe des Herstellers IFA

Yates, Harry
Kriminalinspektor aus der Krimi-Reihe ›Das Halstuch‹
von Francis Durbridge

Zatopek, Emil (1922–2000)
Langstreckenläufer, Leichtathlet, mehrfacher Weltre-
kordler und Olympiasieger aus der Tschechoslowakei

z.b.V.
zur besonderen Verwendung

LITERATUR

Dietmar Arnold/Sven Felix Kellerhoff, Die Fluchttunnel von Berlin, Berlin 2009

Michael Baade, Mein Freund Egon. Leben und Sterben von Egon Schultz, Rostock 2012

Klaus Behling, »Der Letzte macht das Licht aus ...« Zu Lande, zu Wasser und in der Luft – 250 Fluchtgeschichten aus der DDR, Berlin 2011

Jost-Arend Bösenberg/Johann-Friedrich Huffmann (Hrsg.), Mauerjahre. Leben im geteilten Berlin, Hamburg 2011

Der Bundesbeauftragte für die Unterlagen des Staatssicherheitsdienstes der ehemaligen Deutschen demokratischen Republik, Untersuchungsvorgang XV / 3901 / 64. In: MfS AU 8795, Bd. 214, S. 149-166

Kai Dieckmann (Hrsg.), Die Mauer. Fakten – Bilder – Schicksale, München 2011

Dorothea Ebert/Michael Proksch, Und plötzlich waren wir Verbrecher. Geschichte einer Republikflucht, München 2010

Jens Giesecke, Der Mielke-Konzern. Die Geschichte der Stasi 1945–1990, München 2006

David Grave, Propagandamord – Der Tod des Grenzers Egon Schultz. In: Die Welt, 30. 05. 11

Lars-Broder Keil/Sven Felix Kellerhoff, Mord an der Mauer. Der Fall Peter Fechter, Berlin 2012

Sven Felix Kellerhoff, Geschichte in Geschichten – Ortstermin Mitte. Auf Spurensuche in Berlins Innenstadt, Berlin 2007
Maik Kopleck, Berlin 1945–1989. Past Finder – Stadtführer zu den Spuren der Vergangenheit. Berlin 2006

Frederick Kempe, Berlin 1961. Kennedy, Chruschtschow und der gefährlichste Ort der Welt, Berlin 2011

Hubertus Knabe (Hrsg.), Gefangen in Hohenschönhausen. Stasi-Häftlinge berichten, Berlin 2007

Guido Knopp, Goodbye DDR, München 2005

Wolfgang Leonhard, Die Revolution entlässt ihre Kinder. Köln 1955

Ulrich Mählert, Kleine Geschichte der DDR, München 1998

o.a., Wühlarbeit im Berliner Mergel. Die Legenden um

den Tod des Volksarmisten Egon Schultz. In: DER SPIE-GEL 25 (1991)

Schülerinnen und Schüler des Abiturjahrganges 1961 der Berta- von-Suttner-Schule in Berlin-Reinickendorf, Immer auf der Hut. Ost-Schüler in Westberlin – Als die Mauer dazwischenkam, Berlin 2011

Frederick Taylor, Die Mauer. 13. August 1961 bis 9. November 1989, München 2009

Burkhart Veigel, Wege durch die Mauer. Fluchthilfe zwischen Ost und West, Berlin 2011

Wolfgang Venohr, Die roten Preußen. Vom wundersamen Aufstieg der DDR in Deutschland, Erlangen 1989

Herrmann Vinke, Die DDR. Eine Dokumentation mit zahlreichen Biografien und Abbildungen, Ravensburg 2008

Klaus-M. von Keussler/Peter Schulenburg, Fluchthelfer. Die Gruppe um Wolfgang Fuchs, Berlin 2011

Wolfgang Welsch, Ich war Staatsfeind Nr.1. Als Fluchthelfer auf der Todesliste der Stasi, München 2011